一叶轻舟总关情

周克勤 著

中国言实出版社

图书在版编目（CIP）数据

一叶轻舟总关情 / 周克勤著 .-- 北京：中国言实出版社，2023.4

ISBN 978-7-5171-4440-3

Ⅰ.①—… Ⅱ.①周… Ⅲ.①散文集—中国—当代 Ⅳ.① I267

中国国家版本馆 CIP 数据核字 (2023) 第 055561 号

一叶轻舟总关情

责任编辑：张国旗
责任校对：宫媛媛

出版发行：中国言实出版社
地　　址：北京市朝阳区北苑路180号加利大厦5号楼105室
邮　　编：100101
编辑部：北京市海淀区花园路6号院B座6层
邮　　编：100088
电　　话：010-64924853（总编室）　010-64924716（发行部）
网　　址：www.zgyscbs.cn　电子邮箱：zgyscbs@263.net

经　　销：新华书店
印　　刷：成都市兴雅致印务有限责任公司
版　　次：2023年6月第1版　2023年6月第1次印刷
规　　格：880毫米×1230毫米　1/32　12.5印张
字　　数：249千字

定　　价：78.00元
书　　号：ISBN 978-7-5171-4440-3

自 序

　　我的祖籍是四川广安县，出生地是四川梁平县（今为重庆市梁平区），隶属原万县地区。

　　30 年前的万县地区，辖 9 县 1 市，辖区面积不小，刘伯承元帅之乡——开县、刘备托孤之地——奉节县、"神女应无恙"的——巫山县、川陕革命老区——城口县等秀美山川，像一颗颗璀璨的珍珠镶嵌其中。那时人们的"地区"观念很浓，一个地区就是一方水土，我们平头百姓都称自己是万县人。我从小爱读唐诗宋词，尤其李白的《早发白帝城》："朝辞白帝彩云间，千里江陵一日还。两岸猿声啼不住，轻舟已过万重山。"它不仅写得流丽飘逸，读来朗朗上口，令人畅快与兴奋，更是讴歌我们家乡的活广告。其中"轻舟"一词深得我爱，在青年时期我常用"轻舟"笔名发表"豆腐块"文章，直到今天我的微信依然使用这一昵称。

　　如今，青年小周已成老周。从 17 岁给初一年级学生代课开始，我经历了踌躇满志的大学校园生活以及激情燃烧的共青团岁月，体验了区县主政者干事创业的艰辛以及林业人守护青山的执着，感受了商贸流通发展的甘苦以及人民政协履职的责任。短促而不寂寞的人生，在那些美好的期盼与难忘的记忆中一点点延伸，犹如一叶轻舟，在潺潺流淌的溪河里坚定地前行着，时时泛起一朵朵晶莹的浪花。仰首是春，俯首是秋，月圆是画，月缺是诗，无声的岁月留给我的是一份份收获与充实。

学中文的，总有些许练笔记事的习惯。我以自己的工作经历为题材，相继出版《家乡往事》、《青春放歌》、《天城情结》、《绿色畅想》、《见证三都》、《履职笔记》等几本文集，在业内小有影响。曾有好友希望索取全套，皆因年代久远加之印数偏少难以遂愿。如今闲暇之余，重新翻出当年出版的几本书，择其43篇有代表性的写人记事类文稿，按原书名分章节汇编成集，采其"轻舟"笔名以及清代诗人郑燮"一枝一叶总关情"诗句之意，定名《一叶轻舟总关情》。

我感恩一直关心我的亲朋好友，感谢时常关注我的同学同仁，是你们让我愉快地度过了那些美好又难忘的岁月。我愿以此拙作为谢，希冀您茶余饭后信手翻翻消遣消遣足矣。在此，谨向您拱手致谢了！

周克勤
于2022年金秋

目　录
CONTENTS

第三辑　天城情结

第四辑　绿色畅想

第五辑　见证三都

第六辑 履职笔记

第一辑

家乡往事

家乡的记忆

——《家乡往事》序言

一

今年丁酉鸡年，我的本命年，也是花甲之年。

我的祖籍，是四川省广安县。父亲是广安县梭罗乡人，母亲是广安县广罗乡（今枣山街道）人。1949年12月，广安解放，身为中共广安县地下党交通联络员的父亲进入大足专署干部训练班学习，当时的广安、大竹、梁平等县同属大足专署。父亲结业后分配到人民银行梁平县支行工作，两年后，母亲也从广安毕业分配来到同一单位。1956年，两位老乡喜结良缘。一年后，我在县城出生了。

我出生那天正是一个周六，农历里的"谷雨"节气。第一次临产的母亲，独自躺在县医院的产床上格外紧张，从一大早就焦急地反复询问接生医生"还有多久"，直到晚上10时许我终于呱呱坠地，她才幸福地停息下来。已经调到县政府工作的父亲去重庆黄花园参加四川省第一党校的培训未归，好在请来的保姆孙嬢嬢早已将产后一切事宜准备就绪。她一手抱着襁褓中的我，一手搀扶着身体虚弱的母亲，平平安安地回到我们的家——城关镇西正街一个名叫"凤凰坡"的小地方的两间陋室。

满月后，母亲背着我到父亲单位开出生证明。政府办公室文书贺叔叔得知我还没有取名，就十分热情地献言："叫克勤如何，以后有个弟弟再叫克俭。"那个年代，"克勤克俭，勤俭建国"是最时髦的口号，母亲欣然接受了。就这样，不仅我有了名字，就连5年后出生的兄弟也有了名字。

在儿时记忆中，我的家乡有许多美好的东西。

一条溪河转弯抹角地从县城穿过，它由东、南、北几个方向的小溪汇成，经大河坝（地名）向西流向垫江、长寿，最后进入滔滔长江。这就是小有名气的龙溪河，长江上的一级支流。都说我的家乡不属三峡库区，其实有些冤屈。

家乡的夏天最爽。一碰到下雨天，一河清澈的秀水就开始泛黄，城里娃娃仨俩一伙，拿着大大小小的撮箕奔向河中，蹚着清凉的河水，弯下身子轻轻一捞，小鱼小虾之类绝不会放空；搬开水底石块，偶尔也会捉住一两只张牙舞爪的小河蟹，引来小伙伴们一阵惊呼。欢快的嬉闹，满身的水迹，天真的童趣一直蔓延到家里挨一通父母的臭骂才收场。

家乡有一座机场，是抗战时期修的，后来成为空军部队飞行员的训练场地。沿机场四周，一片片蔬菜地，一点污染也没有，唯有清香与粪味。春夏渴了，顺手摘下一个番茄，可口极了；秋冬饿了，掏出一窝红苕，搓搓泥土，再用衣袖擦一擦就吃，又脆又甜。

家乡的甘蔗特别多，属于那种比较硬的榨糖甘蔗。每年大年初一，我们四姊妹就要去北门孙孃孃家团年。北门的桥头，就是卖甘蔗的地方。有一种买卖方式，称为"削甘蔗"，你只需花一两分钱，就可挑选一根甘蔗树立起来，然后用砍刀从甘蔗的上尖一刀下去，削掉多少你就拿走多少。我们个头矮得没有甘蔗高，便搭一个小竹凳站上去，在弟妹们的吆喝鼓劲下，使劲一刀摁下去，结果还是只削掉了一小节。

二

少年时期，我有写日记的爱好。隔三岔五，记记那些常被大人们视为鸡毛蒜皮的小事，问问那个被自己埋藏很深的内心世界，放飞自我，其乐融融。

那时的青少年，最向往的宝贝有两件。一是毛主席像章，越大越好；二是解放军军帽，越新越好。为此，我们常往机场跑，去找驻守机场的解放军叔叔。一来二去，县城不少住户都与军人结识，真正体现了军民团结一家亲的鱼水之情，梁平也成为名副其实的"拥军爱民模范县"。

郑定云叔叔就是我家的常客。他是河南人，一位典型的长相朴实、为人厚道的中原汉子。自从结识他，我有了军帽，有了毛主席像章，有了自豪的解放军叔叔。每逢节假日，父母就叫我们兄妹去机场邀请他到家"打牙祭"，但十有八九他都在执勤走不了。

1969年3月，我小学六年级的最后一学期，郑叔叔复员了。临行前他专程上我家辞行，特意送了我一本精致的硬面日记本，深蓝色的封面，图案是一簇茁壮成长的翠竹与一只衔着书信展翅翱翔的飞鸽，让人一下子就会想起他那军人的身份与满腔的期望。

这是我第一次拥有这么好的日记本，捧着它，真有些爱不释手。

此后，日记本换了一本又一本，直到进入高中为止。日记内容五花八门，想起什么就记下什么。初始阶段，文字简洁，词汇不多。到了初中，遣词造句稍微多了一些，写作兴趣也油然而生。

如，1969年8月26日，小学毕业暑期中的日记：

> 今天，我家客厅歇凉的凉板床被小伙伴们坐垮了，意外的是爸爸妈妈这次没有像平常那样吼我。
>
> 我喜欢制作幻灯。用一个装鞋子的纸盒，纸盒边上挖一个圆孔，里面放一把手电筒，把电筒盖盖去掉，只让灯泡亮光从圆孔照出去。纸盒外再做一个架子插幻灯片，对着石灰墙壁一照，幻灯片就放映在墙上了。幻灯片是用一块块方块玻璃片制作而成。玻璃片蒙在小人书上，用毛笔蘸上墨汁按照图画一笔一笔描绘下来。演完了，用水把玻璃片一抹，又画新的幻灯片。邻居同伴们很喜欢看我的幻灯片，有时

候一间屋子挤得满满的，热闹得很。今天放映抗美援越的故事，没想到来这么多人，结果把凉板床都压垮了。

又如，刚进初中的一篇日记，写于1969年9月13日：

今天星期六，是我们兄妹期待打牙祭的日子。

我家六口人，每个月有三斤肉票。每周星期六买一次肉，一次不能超过一斤，否则后面就没有肉吃了。一大早我就去大众街肉店排队，结果还是晚了，前面站了许多人。好不容易轮到我，踮起脚板朝案板上一望，全是瘦肉。妈妈说了，要肥肉，好熬油。于是，我急忙弯下腰，假装系鞋带，等后面的叔叔阿姨上前去买那些瘦肉。看见肥肉摆出来了，我迅速递上肉票和钱，高高兴兴地称了一坨肥肉回家。

到了初二年级，我日记中的描写就丰富多了。如，1971年1月27日的一篇日记：

今天过年，左邻右舍一见面就拱拱手，嘴上"拜年，拜年"叨叨个不停，亲热得很。

我的家早从凤凰坡搬到西正街的大街上。正对面是县新华书店，只要是星期天或者寒暑假，书店一开门，第一个进去看书的人十有八九是我。我与书店的叔叔孃孃都很熟，他们还破例常让我进后院仓库去选书。书店往上走，依次是妇幼保健站、张氏诊所、龙氏铁匠铺、国营食堂，这家食堂是整条街道唯一的餐馆，谁家来人来客都是在这个餐馆买菜饭。书店往下有一家自行车行，修车兼营租车业务，租车计时收费，五分钱一个小时。我是车行的常客，九岁就学自行车，开始人矮腿短，无法蹬满圈，只能双脚站在踏板上，双手用力握住车把，踏着半转前行。慢慢下来，我成了骑车的高手，县城满街转，还经常到机场去放开双手骑车表演，开心极了。

西正街是一条有坡度的街道，从家门出来左下右上。左边邻居姓陈，是一家手工业者，我家住房过去就属他家财产。与陈家相邻，依次是县人民银行、财政局、税务局。右边邻居是一家印刷社，每天机器轰鸣不已；再上去是县工人俱乐部，里面很大，是我们儿时玩耍的好去处。我家门口，长期摆有一牙摊。牙医姓孙，夫妇俩拔牙补牙的手艺不错，找他们治疗的人不少。

我们四周邻里关系很好，似乎从没有发生过争吵。我家后门外有一口水井，一到夏天，水源不足，大家就轮流排队下井去舀水，每家舀一桶就换下一家，也没有谁贪心。近水楼台先得月，我经常深更半夜沿着井壁慢慢爬下去，等水积到一定量时，一瓢一瓢地舀到水桶中，待水桶满了就招呼上面的家人拉上去。我家水桶提走后，为了减少爬上爬下，我时常待在井下为后面排队的邻居们舀水，他们也经常在井下帮我们舀水，谁先下井谁就服务，宛若不成文的邻里约定。为了方便邻居们洗衣，父母还在井旁砌了一个洗衣台，墙上安了一盏电灯。每到天黑有人洗衣，我们就主动开灯。洗完衣后，邻居们不忘感谢我们一声，顺便把灯关了。

这就是我们的街坊邻居。

我们虽然是城里娃，但从小养成热爱劳动的品质。1971年11月7日的日记，记录了我做小工的场景：

今天是星期天，天气凉了。妈妈带我去百货公司，为我买了一件新绒衣，说用的是我做小工的积蓄。

我的家庭不穷但也不富裕。四兄弟姊妹经常盼到每周那一次打牙祭，盼到爸爸周末给我们买回一封芝麻片。那个芝麻片，薄薄的，又香又甜，我们每个人只能吃两片，剩下几片则是留下来奖励给平常听话的兄弟姊妹吃。

我是家中老大，从小爱劳动，总想为父母分一些忧。进入初中后，一到寒暑假我就要去做小工。在建筑工地挑过水泥砂浆，搬运过盖房的砖瓦，还带领弟妹们去飞机场锤石头修公路用。有一次大妹回家告诉妈妈锤的石头"好硬哟"，妈妈听拐了，说"你要屙粪就去屙嘛"，引来一家人大笑。

小工做得最多的还是在日杂公司。妈妈是日杂公司的会计，与仓库保管员们关系好。一有我干得下来的小工活路，叔叔们就通知我去。主要是用粗细不等的麻绳捆包，把三五个小蒸笼捆在一起，或者把七八把镰刀、锄头柄绑在一起。一天做下来，多的时候有五角钱，少的时候也有两三角钱收入。一个假期做完，统一由妈妈去结账。谁知道妈妈把我的小工钱有意存了起来，今天给我买新衣服，穿到身上暖烘烘的，我好开心哟！

初中时期最后一则日记，写于 1972 年 8 月 27 日：

我被母校梁中录取高中了。据说高中是住读，每周只能回家一次。我想在开学前抓紧为家里备一些柴火，结果昨天差点回不到家。

县城的居民煮饭都是烧柴火。每逢一、四、七县城赶场日，卖柴的农民很多，一二分钱一斤，什么树木都有，最来火的是松树、杉树，一大块一大块的，自己买回去再把它劈细。至于发火柴，进城的农民也有卖的，但居民们大多是自己去山上捡捞。西山林场的杂灌草多得很，走一个多小时就到，一片一片的芦萁杂草，割回家晒干，一点火就燃。若想要捡粗一点的树枝，必须去东山林场。东山林场比较远，从东门"三台山"出发，翻过"陡梯子"，至少要走两个多小时。上山捡柴的人，随身一根扦担、一圈麻绳或者竹篾。扦担两头尖尖的，枯木树枝捆成两捆后，扦担两头从中一插，挑上肩就走。捡柴很辛苦，也很危险，手脚伤到刮到是家常便饭。

每逢寒暑假，我就要与邻居同伴们上东山捡柴。最开始连走路都困难，挑回家的柴火只有很少一点。后来慢慢适应了，挑的柴也多了起来。昨天就是贪心，多捆了几根，返回时越走越慢，加之没有带午饭干粮，肚子饿得咕咕地叫，很想把柴火丢一些，但又舍不得，只得一步一步地艰难前行，尤其看到同伴们一个个离我远去，心里很不是滋味。

天黑了，爸爸见我还没有回家，带着大妹沿途寻找，一直走过三台山才接到我。看到爸爸和妹妹那亲切的身影，我差点哭了……

三

花甲六十载，弹指一挥间。我从梁平家乡，到万县码头，再到重庆都市，刚好各度 20 个春秋。而家乡的 20 年，正是我青春韶华、梦想联翩的岁月。

　　青春，是一阵至清至洁的风，吹过，永不再来，只在心间，划下一道道明媚的印记。这是一生中难以忘怀的往事，仿佛深藏在心底不变的旋律，悠扬、舒缓而又漫长。最美好的，常常是留不住的，而留住的只是记忆。既然如此，不如就把昔日的美好存放在文字里更妥帖、更温馨。

　　　　　　　　　　　　　　　　写于 2017 年秋

梁平新县城

梁平文峰塔

高74级3班

悠悠岁月，蹉跎人生。母校，永远是我们记忆深处的情结；同学，永远是我们最信任的人群。

一

我的母校梁平中学，是一个拥有辉煌历史的百年老校。清朝末年，废科举，兴新学。1907年2月，"梁山中学堂"开办，使用县城南门"桂香书院"的校舍，一年后迁往四牌楼（即今人民广场正对面），后改名"梁山中学校"、"梁山县立初级中学"。抗战时期，梁中校舍被日寇飞机投弹炸毁，学校被迫迁往巨奎乡顺天寨下的李家大院。抗战胜利后，学校迁回土城门外西关庙空军营房，后又迁往城西乡赵家庵。新中国成立后，迁回城内南门望平楼，直到1955年才"根植西郊，址落镇龙"，先后命名为"梁山县立中学校"、"川东区梁山中学校"、"四川省梁平中学"。1997年，重庆直辖，更名为"重庆市梁平中学"。

我一家四兄妹，除了小妹都是梁中的学生。我与梁中更有缘——五岁弟子，两任教员，直到"文化大革命"结束，国家恢复高考制度才离开母校走出家乡。

1969年10月，我成为梁中初72级5排学生。那个年代是全民皆兵的岁月，学校普遍实行民兵制。全校为民兵营建制，一个年级为一个民兵连，班级为民兵排。

刚进校时，学校没有住读生，再远也是早出晚归。城里的学生算幸运的，从我家到梁中走公路大约5公里的路程，穿小道只有3公里左右，几十分钟就可抵达。而农村学生就惨了，远的要走两三个小时。起早摸黑，寒来暑往。

每天上学，天刚蒙蒙亮就得出门。一路上，同学们越聚越多，有说有笑地匆匆行走在清香的晨雾之中。我们的手上都提着一个搪瓷盅子，盅子有大有小，花色各异，但都有一处自己能够辨认的标记。盅子里盛的是一把大米，有的是红薯或者土豆，家庭条件好的，盅子里偶尔有一点猪油或酱油之类的调料。学校为我们代蒸米饭，收取1分钱的加工费。

上午第四节课下课铃声一响，全校同学尤其是男生，从各个教室蜂拥而出，一个个拿出百米冲刺的速度飞奔向大食堂蒸饭的大灶前。尽管每个同学的饭盅都有记号，但也有随时被其他同学拿错或丢失的现象。更有甚者，个别同学自己没带饭却跑到食堂去抢吃，然后把饭盅往地上一扔了事，为此学校广播经常播放饭盅认领启事。不少同学下课后本想绅士一下，但怕自己的饭盅丢了也不得不随大流奔跑起来。

母校的大门，开在西北方向。但同学们一般爱走捷径，常常出入于东南方向的侧门，这是一条仅有两米来宽的机耕道，一直延伸到县城大河坝车站。学校大门外，是一垄垄肥田沃土。春天栽下的秧苗，看着一天天地挂上沉甸甸的谷穗。到了放暑假的季节，到处是劳作的人群，到处是丰收的喜悦。寒露霜降，秋去冬来，一望无际的"冬水田"，成了母校周边特有的一道风景线。

从母校大门进来，是一个不大规则的足球场，长度刚刚够画100米跑道，但没有了助跑距离，因而学校只画出了6人道的60米跑道，学校搞短跑比赛以及训练都是以60米项目居多。

运动场左侧，是学校大礼堂，可以容纳近千名学生。但凡下雨天，学校召开学生大会都在这里，学生们像灌香肠似的密密麻麻地站一屋。礼堂后面是教师学生分开的两个伙食团，伙食差异悬殊。我们很羡慕那些进出教师伙食团的同学，他们要么是教师子女，要么是教师特别关照的人。后来我在梁中任教，也曾经让还在学校读书的弟妹到小伙食团用餐，但他们死活不肯。

运动场沿几级石阶而上，并排三个篮球场，是学生们集会、做早操的地方。其中一处是混凝土场地，其余两处铺的是灰渣。篮球场正上方，有一个从两旁沿阶而上的平台，自然落差让它成了天然的主席台。球场右侧是一片菜园，学生吃的蔬菜，大多靠这片菜地提供。

与球场主席台平层，矗立着学校的三栋楼房，被一行行高大的香樟、白杨、桦树簇拥着，花香四溢，绿意盎然。阳光照耀，漫步在树下，看着自己的倒影，无比地舒心惬意。

居左，是教学楼，每层有 8 个教室；靠右，是实验室、图书阅览室，少许教师办公室。正中，是学校 20 世纪 50 年代修建的"勤俭楼"，它是学校主要办公场所，虽然年久失修，但苏式的建筑风格以及正品的建筑材质，使它在校园内的地位独一无二。一届接一届川流不息的学生，没有记不住它的。

二

1972 年，四川各地高中恢复招生。按照就近入学的原则，我又被母校录取，有幸成为复课后的首批高中生。

我的高中班，是高 74 级 3 班。这是一个重情重义的集体，也是至今还年年如期聚会的集体，哪怕参加聚会的人，早已逾花甲之年。

先说班上的任课老师。班主任徐大相，政治课教师，严厉而又幽默。虽然全班同学都有点害怕他，但更多的是信服他、敬重他。他与教我们化学课的王庆璋老师亲密无间，在许多事上总是一唱一和，真像"城隍庙的鼓槌"——一对。

上语文课的，开始是朱丕勋老师，一个着装中规中矩、教学严谨认真、板书工工整整的人，他的学识一直受我们敬仰；后来接任的是傅大华老师，他是学校领导班子成员，讲起课来激情洋溢，极富感召力。

上数学课的是张正寅老师。他是民主党派人士，一生坎坷。新中国成立后，他是梁平中学首任校长，之后又当选为梁平县副县长。尽管后来没再任职，但师生们依然尊称他为"张校长"，很少叫他"张老师"。

上物理课的也有两位老师，一是周泽耀，一是曹天佑。曹老师来自自贡方向，说话家乡口音太浓，他讲的是飞机的"速度"，我们听到的是飞机的"朔度"。特别难忘的是教历史课的李名忠老师，他讲授每堂课都是眉飞色舞。讲太平天国时"阎罗妖"的夸张表演，讲辛亥革命时"起来革命哟"的激昂呐喊，至今令同学们难忘。

那个时候，很多班级都学俄语。全校有三位俄语教员，教我们的是彭恩辉老师，他是高74级4班的班主任。唯有3班、4班来自城里的同学居多，彼此争强好胜，从班主任到学生常常暗自较劲。

再说班上的同学。我班进校时共有46名同学，大多数是梁中母校初72级的毕业生，其中来自1班的最多，3班次之，5班只有曾值贵、杨光辉、严冬梅、赵丽萍和我5人。另有万曦、王柱文、刘亚雄、任忠明、伍忠秀5位同学来自其他学校。

班上年龄大的，进校时十七八岁，是班主任老师重点关注怕犯青春错误的对象。最小的是我们这一批，陈荃、谢明、任忠明、丁德奎、许恒华、冯玲、熊小钊等，都是1957年属鸡的。陈荃属鸡头，许恒华最小。

高中一学期后，韩秉良同学随父母迁居天津，李建军同学转学红旗中学。第一学年后，王明谦同学因病休学。两年后的毕业照上，全班只剩43人。后来的每次同学聚会，我们都会将明谦同学叫上，但在外省工作的许恒华、张川华、冯玲、姜滨、唐云杰等同学则很难回来。

不幸的是，班上同学已经走了3位。年龄最大的劳动委员黄昌明，毕业几年后就因病早逝；曾出任团支部书记的韩秉良，转学天津后人生之路走得还不错，但几年前却因公去世；全班人缘颇好的丁德奎，从军后一步步走上四川省某军分区政委岗位，眼看将军之路近在咫尺，他也遗憾地因病而去。

刚进高中，我是班长，韩秉良是团支书。秉良转学后，我接任团支书，李俊梅为班长，万曦是副班长。俊梅比我当班长时间长，但同学们至今还是称我为"老班长"。

三

我们进高中时期，全国上下的大中小学都在贯彻落实毛主席的"五七指示"，即学文化的同时，增加了三项学习内容——学工、学农、学军。

学工，主要是以工人阶级为榜样，培养艰苦朴素、热爱劳动的品质。

学校有校办工厂，学生们每周必须到各个工厂去参加一两次劳动。我班的任务是炸药厂劳动。轮到劳动那天，班上那几位身强力壮的同学，如何本平、冷竹平、邓德平、兰云忠等，在劳动委员黄昌明的带领下，早早地来到炸药车间，生火、炒药。炸药炒好后，一同学就急忙跑进教室，通知上早自习的大伙前去打总体战。搅拌的搅拌，滚碾的滚碾，女同学和个小的男同学就负责装药封药。别看这不是力气活，但也挺麻烦，要把热乎乎的炸药一勺勺地填充进一支支药筒里，然后用烧得滚烫的石蜡封口。稍不留意，蜡汁掉在皮肤上，马上会生起一个个亮晶晶的水泡。

此外，学校也偶尔组织我们到附近工厂去学习锻炼。我们去得最多的是大河机械厂，工人师傅们给我们讲传统，也手把手地教我们一些技术活，比如车工、钳工之类的技艺，试着用扳手拧几颗螺丝帽。力气大点的同学，还抢起二锤学着锻打锄头、镰刀之类的劳动工具。

学农活动，主要在校园内进行。学校有大片的农地，高中班每班分了一亩菜地、一亩粮地，种植小麦、油菜和时令蔬菜。学校要对我们的劳动进行考核评比，以上交的粮食蔬菜总量为依据。我们班好胜心极强，哪怕都是城里娃儿，种起地来并不比农村同学居多的班级逊色。

我们种地不缺劳力，只缺肥料。那时没有"化肥"一说，施肥主要靠人畜粪尿，还有煮饭柴火燃尽的灰肥。为了找点肥料，同学们常常绞尽脑汁，什么办法都想尽了。学校男生多女生少，女生们经常打男厕所的主意。据兰建国同学回忆，有一次，她们半夜三更等候在男生厕所门口，隔一会儿就问里面有没有人，没人应声，便小心翼翼地匆匆跑到尿槽旁边舀尿。还没等把一担尿桶舀满，忽听一人吼道"终于逮到你们了"，吓得她们连尿桶都顾不得了扭头就跑。那时学校的厕所，都包给了附近的生产队。吼她们的人，正是生产队负责看守厕所的值班农民。

5月，正是农村收割小麦油菜、栽种玉米的"双抢"

大忙季节。学校定时放一周的农忙假，农村同学回去帮助家里劳动，城里同学就由学校组织去支农，早出晚归。在麦地里一蹲便是几小时，还是有些够呛，但更为恼火的是肚子饿得快，常常是有气无力。

　　一次劳动回来，大家实在饿得不行，都在那里瞎吹自己一口气可以吃多少米饭。任忠明、邓德平两人最不服气，让何本平当裁判，当着我们的面比赛吃饭。先是每人来了6两白米饭，3分钟不到就扒光了。然后每人又来3两，三下五除二后再加3两。直到大个子的邓德平变相告饶，说一声"没有饭票了"，才偃旗息鼓。

　　学军的主要方式，就是行军拉练。拉练时，学生们常常是背着行李，自带水壶干粮，模仿解放军徒步走十来公里的路，不少同学都记得1973年春天里的那次拉练活动。

　　那一天，清香和煦的晨风轻轻抚摸着我们的脸庞，闹春枝头的小鸟在我们头上欢喜地飞来飞去。迎着冉冉升起的旭日，我们从校园出发，经双桂堂，过金带（乡），穿云龙（镇），一路高歌，一路欢笑。有体弱的同学实在走不动了，身强力壮的男生马上会伸出关切的双手，抢过行李，搀的搀，扶的扶，相互鼓励，咬牙前行。经过大半天的行军，我们终于到达终点站——屏锦中学。晚上，自然少不了两校师生的联谊和交流。

　　年轻真好。睡了一觉起来，同学们精神抖擞，昨日的疲劳仿佛一下子消失殆尽。我们兴致勃勃地参观了县水泥厂、纸厂、化肥厂，还有正在建设之中的盐井水库。看见那么大的工地，拉土石方的车辆穿梭不息，不少同学想知道这个水库究竟有多大。随行的物理老师周泽耀，因势利导，让我们一人捡一块小石子往水库底扔，根据石子落下库底的时间测出水库的高度，再竖起拇指目测水库的宽度，最后算出水库的容积。一些喜爱数理化的同学，真去动笔了，唯有我们这些志在山水之间的游士，继续在一旁领略风光，饱享眼福。

晨练，也是学军活动内容之一。每天早晨，起床铃声一响，全班学生以最快的速度穿好衣服赶往操场集合，在体育委员何本平的带领下开始晨跑。每天晨练情况学校要记录，有周评、月评，然后颁发"流动红旗"，这面流动红旗几乎长期挂在我班教室的墙壁上。

晨跑时间很早，天际边的鱼肚白还没有出现，全班同学已经精神抖擞地穿梭在蒙蒙夜色之中。天气好的时候，我们就从学校侧门出发，沿着学校围墙跑一大圈，再从学校大门返回，一趟大概两公里路程。天气不好，我们就在学校田径场 400 米跑道上至少跑两三圈。夏练三伏，冬练三九，除了下雨天，从不间断。

那时的课外活动就是打篮球。下午第二节课一结束，任忠明第一个飞奔出去抢占学校唯一的混凝土球场。随后，班上的篮球爱好者们纷至沓来。人多的时候打全场，人少的时候打半场，一般甲乙双方都有 5—8 人参与，连晚饭都是其他同学帮着打来在球场上吃。

我班是学校的体育"明星"班。男子篮球，全校很少有打得过我们的队伍。更厉害的要数女子篮球和排球，全校绝对数第一。每逢班上球队参加比赛，我和其他班干部都要带头到现场组织指挥，全班同学能来的都动员来当啦啦队员。后来有球员这样回忆："高中时期打球很来劲。一是大家有集体荣誉感，二是班干部组织指挥有方。只要一看到书记班长们那稳操胜券的样子，我们在场上比赛的人心里就踏实多了。"

我班的文艺活跃分子也不少。许恒华，军人子弟，长得高高帅帅，一口标准的普通话，梁中宣传队排演样板戏，他总是男一号英雄人物的扮演者。丁德奎，一副斯斯文文的书生模样，他能说会唱，宣传队少不了的主力。何本平，敦实的身材，一双浓眉大眼格外瞩目，宣传队中演反派人物总有他的份。加上我这个宣传队长，后来转学走了的李建军，还有几位跳舞的女队员，学校宣传队总共才 20 余人，我班同学贡献近一半。

我班同学集体荣誉感很强。记得 1974 年五四前夕，学校举行年度运动会。第一天下来，我班总成绩列全校第二，全班人都不服气。寻找原因，班上有两个女生没有参加，她俩一个擅长短跑，一个很能投掷，是班上拿分的绝对主力。当天晚上，我找到她俩，不问缘由一通责备。第二天她俩参赛了，果然不负众望。一位拿了短跑 60 米、100 米两项冠军，另一位拿了铅球、铁饼两项第一，最终我班成绩稳居全校榜首。多年后提及此事，还有女同学为她俩打抱不平，说我当时好没人情味，硬是叫她们在例假期去参加大运动。说得我好不尴尬。

这就是我们高 74 级 3 班。

四

1974 年 7 月，我们的毕业时间。

6月28日，全班同学在校园照了毕业照，学校革委会主任徐杰隆，张正寅、傅大华、周泽耀、李名忠等老师，以及校团委张兴沛老师、校办公室李从宽老师参加了我们的合影。同学们笑容满面，一双双凝视前方的清澈的双眸中更多的是对未来生活的憧憬。

当天下午，班上开了一个茶话会，任课老师都来了，唯独班主任徐大相缺席。最后一学期，徐老师出席中共四川省党代会后到高校进修去了。同学们深感遗憾，都说没有徐老师参加，班上的集体生活少了许多滋味。

茶话会上，我代表大家感谢母校、感谢老师，也代表班干部感谢全班同学。接着，老师们一个个给我们临别赠言。

规定程序完成后，教室里一下子成了欢乐的海洋。有的手舞足蹈，有的窃窃私语，完全没有了平时的矜持和做作，青春期的天性展露无遗。就连那几个平常躲在厕所抽烟的同学，也公开亮出了香烟。

邓德平同学回忆，他当时拿出来的香烟是"三门峡"，3角5分一盒，算是中档以上的香烟了。当他把烟递给李名忠老师时，李老师感到诧异，悄悄地把那支香烟放进上衣口袋里，然后摸出8分钱一盒的"经济牌"抽了起来。

签名，是分别时的必经仪式。同学们都准备了一本笔记本，有硬壳的，有软面的，大大小小，五颜六色。每位同学都轮流在递过来的笔记本上签名留念，要好的同学也不吝题上几句格言，内容大多是当时的革命口号、名人名句。即使有的男女同学早有爱慕之心，也绝对不敢写"我爱你"之类的词语，只有隐晦地引用"互相关心，互相爱护"之类来表达心意。

吃完高中生涯最丰盛的散伙饭后，夜幕降临。在我们心中，那晚的月亮格外明亮、空气格外清新。同学们三三两两，陆陆续续地来到田径场上。或坐着，或躺着，横七竖八，一个个仰望着天空的星辰，畅想着美好的未来。有的在草坪上追逐打闹，东蹿西跳的邓德平，不小心用胳膊肘撞在我的太阳穴，瞬间让我昏倒，好在身边同学赶紧掐人中，我及时醒过来，虚惊一场。同学们并没有受这段小插曲的影响，或高兴，或惆怅，一直到半夜。起风了，天凉了，大家才依依不舍地回到宿舍。

这是一个离别的夜晚，一个怀念的夜晚。那一晚，我相信有许多同学都失眠了。那时没有考大学一说，我们的明天就是上山下乡，置身社会。这是我们学生时代的最后一晚，有几人能够安然入睡？

毕业了，分别了，但同学们的友情始终在心中。每逢毕业5年、10年的日子，同学们都要邀请健在的任课教师一道好好庆贺一番，有这份情谊，再远再忙，大家都会尽力赶来。2014年，是同学们到得最全的一次聚会。大家按照40年前毕业照上各自站的位置，来了一张复原的"全家福"。尽管一个个鬓角多了几根白发，脸上多了些许皱纹，但欢乐愉悦之情不减当年。

同学们相约：2024年再聚时，一个不能少！

写于2017年秋

高 74 级 3 班毕业照

高 74 级 3 班毕业 40 周年照

恩师徐大相

从小到大，直接教过我的老师至少几十位。他们那激情四溢地侃侃演讲，他们那传道授业解惑的谆谆教诲，甚至他们中一些人的姓名、年龄、模样，随着时间的流逝而渐渐淡忘。唯有高中班主任、政治课教师徐大相，让我每每想起他都会情不自禁地敬佩不已。

记得那是一个雨过天晴的日子，连绵秋雨一扫夏日来的炎热。我们这些"文化大革命"后期的首批高中生，兴高采烈地簇拥在梁平中学高中新生分班名单下。是他？看见自己所在班级——高74级3班班主任名字时，我不由一惊，好像一个打足气的皮球被捅了一刀，报名时的那股高兴劲一下子跑得无影无踪。"唉，遇到他这个歪（厉害）人。"我自言自语，脸上慢慢罩上一层怅惘之色。

当天晚上，他来到教室。呵，几年不见，还是那副精明强干的模样，只是他那张清瘦刚毅的脸庞上多了几丝皱纹，显得比他三十出头的实际年龄还要老成，特别是那一道炯炯有神的犀利目光，给人感觉相当严厉。他身穿早已褪色的卡其布中山装，看上去还算整洁、大方、朴实，只是衣服显得短了一截，兴许是他个子较高的原故。

他缓缓地走上讲台，先在黑板上麻利地写下三个刚健的大字：徐大相。我没吭声，不认识他的同学却在七嘴八舌地念着。等大家完全静下来，他才扫了我们一眼，不紧不慢地开场了："同学们，我也是刚来梁中报到，我们都属于学校迎新的对象。不过我不瞒大家，此前我是中师毕业教小学的。"他话音刚落，台下就响起一阵起哄声。

"我的学历的确不高，"他死死盯住我们的脸，认真地说，接着话锋一转，音调一下子提升了若干分贝，"不过大家要明白，学习是你们的主要任务，千万不要看菜吃饭。人民需要的是知识，祖国建设需要的是真本领。因此，我郑重声明，在我们班上，不允许有混日子的学生。"

寥寥数语，铿锵有力。在那个读书无用、白卷吃香的年代，能讲出这样的话，我为他的勇气和担当而惊诧。要知道这与我们多年来的所见所闻多么格格不入啊！我再环顾四周，哇！奇怪！那些皱眉头的、咧嘴巴的，仿佛雪花掉进池塘里——全无声息。好个一锤定音的开场白！

接下来，班上建立团支部、班委会，我被选为班长。出于成见与心虚，我这个"班头"一直不去找他这个班主任报告工作，即使有事也总是鼓动团支书韩秉良去请示。害怕他的阴影，始终在我心中飘浮不定。

就这样过了两周，徐老师主动把我请进办公室。"你坐。"他递过椅子，我低着头规规矩矩地坐下。"你为啥常常回避我？"不等回答，他又问："听说报名那天你说我这个人很凶，是吗？"我刚想矢口否认，一瞥他的目光，只好老老实实地承认。见我点头，他又紧追一句："你语文成绩很好，该知道一篇文章光有论点是不行的。"在他的询问下，我只得硬着头皮道出一段一直耿耿于怀的往事。

那是我在梁平师范附小上二年级的时候，徐老师是学校高年级的教师。那时的师范附小，被一座山坡分成高、低年级两个学区。山坡上有一株大洋槐树，树上悬挂着一大块脆铁片，这就是指挥全校师生上下课的校钟。一天下午，我们放学经过洋槐树下，不知哪位好动的同学捡起石块使劲地敲了两下校钟。"当！当！"洪亮震耳的钟声，把当天值日的徐老师从办公室里吸引了出来。见到发怒的老师，敲钟的同学开跑了，胆怯的同学也溜了，唯有我傻乎乎地站在原地迟迟未动。他不由分说，拎着我的小胳膊，把我拽进了办公室，指着我手臂上佩戴的少先队三条白杠的标识，狠狠地羞辱了我一顿，还让我罚站，直到天完全黑下来才放我回家。

徐老师边听边笑，最后平静下来，态度真诚地对我说："要不是你回忆得详细，我连一点印象也没有。看来那是我的不对，我给你赔礼道歉。那个时候，年轻气盛，脾气总有些暴，还很主观，请你相信我一个共产党员能改正自己的毛病。"随后，他又语重心长地对我讲："你也要放下包袱，积极工作，不要辜负学校和同学们对你的信任。你知道，我是第一次来中学教高中，当班主任，需要你们的大力支持啊。再说，从事学生工作，也是锻炼你自己的好机会哟……"

听着听着，我的眼眶湿润了。我完全被他襟怀坦白、正直大度的性格所感动。在这样的班主任面前，还有什么怨气、胆怯、怅惘？我有的只是感激、勇气和热情。

从那以后，我仿佛觉得老师变了（其实是我变了）。他的一言一行都影响着我、激励着我。尤其是他的工作能力与处事方法，让我们全班同学无不佩服之至。

我班同学全都来自县城。城里娃个性十足，宛若一群野马，不知招惹过多少老师落泪，但却在徐老师魔幻般的手中驯服了。他平素很少找我们开会，只是每周一次的"周前班干会"从未间断。他像大腕导演一样，把一周的工作交代清楚、分工落实，然后就归我们这些学生干部自己登台唱戏。只要是学生能干的事情，他都叫我们干，就连我也曾怀疑过他是否有懒病。时间一长，我才真正发现，其实他并不轻松。唱戏的脚本由他亲自创作，表演的虽然是学生干部，但他自己还得常常串演补台。明白人都知道，改作文比写作文要难得多。他的这套管理方法，是在有意培养锻炼我们啊！

有一次，我在班上批评了几位体育活动请假的女同学。晚上，徐老师把我叫去，严肃地责备我："你今天干了件好事，惹出不少怪话。我问你，你晓得她们没参加活动的原因吗？""我……"我语塞。"你当然不晓得，也不可能晓得。当干部要注意方法，莫不问青红皂白就吼人。记住，无论做啥，都要问个为什么？"就这样，他单独对我进行了批评教育。第二天，在班会上，他却讲了另一番话："昨天，班干部的批评是有些主观、过火，但他敢于开展批评的精神应当肯定。可有的人却莫名惊诧了。试问，干部们利用自己的休息时间为大家做事得到什么好处？有的话，那就是挨骂。挨骂的干部谁愿当？没有干部，我们这集体不就该解散了？我再次重申，班干部是我的代表。凡有意见只管来找我，不许再出现背地辱骂班干部的行为。"有老师这样打气，我们一群班干部为集体办事的劲头自然更足了。

"打铁必须本身硬"，这是他常叮咛我们班干部的话。记得一个元旦之夜，我们寝室的同学谈兴正浓，突听门外传来徐老师的嗓音："你们都给我出来！"这时，我们才猛然发觉，四周早已是一片寂静。后悔莫及的我们迅速跳下床，拖着腿，耷拉着脑袋，忐忑不安地走进住在隔壁的班主任寝室。他立在案桌前，两眼逼视着我们，那团本来就有些暗淡的灯光，给这间刚刚能挤下我们几个"客人"的卧室布满了严肃而冷峻的气氛。片刻，他叫着我的名字严厉地质问："你在干什么？钟声不管用了？"这是他第一次毫不客气地当着众人狠狠批评了我一顿，要不是光线差，再加上大家都低着头，我那副难堪相还真不知该藏到哪儿好哩。可我旁边的一位还不服气，嘴里咕噜了几句。徐老师见状，又拿出了他幽默大师的本事："哦，我搞忘了今天是元旦，是该庆祝到深更半夜。看来遵守纪律也还得选择时间才对呀。这算是你们的一项重大发明吧，该奖！"

徐老师就是这么一个人。发现问题，一点也不给你留情面。中秋节到了，学校炸油面给住读生改善伙食。在那个缺肉少油的岁月，吃油面无疑让同学们心动。油面端上桌，每桌一盆。有一桌女同学就油面的长短一根一根地细数，然后长短搭配均匀分配，谁也不吃亏。消息不胫而走。当天晚上班会，徐老师难得到场，径直走向讲台，一本正经地讲："我提议，你们班委是不是凑点钱去买一台天平秤，计量单位越小越好。"连我在内，大家一头雾水，甚至有人真准备掏钱凑份子了。"有了这个天平，你们以后再分东西，就不用一根一根地数了，那多麻烦哟！"听到此，不少同学这才回过神来。对他这种特有的嘲弄式批评，有的红了脸，有的低下头，更多的人是捂着嘴巴在偷偷地嬉笑，一点也不敢笑出声。

徐老师不愧是哲学教师，说话严谨，字眼讲究，逻辑性强。他的教诲引经据典，生动形象，不是发人深省，就是催人奋进。一些寻常之事，经他淋漓尽致地一分析，可以悟出不平凡的哲理；经他入木三分地一刻画，可以彰显光荣或耻辱。有时听他讲话，简直可说是艺术欣赏。只要他一登台，全班人都得屏住呼吸，把他幽默、含蓄的语言慢慢咀嚼，品出味后或欣然大笑，或羞愧难当……因此，背地里我们叫他"鲁迅的门徒"。

那时，我们称哲学叫"玄学"。可那些抽象的理论，经他深入浅出的讲解，犹如种子遇到水分，很快在我们的心田扎下了根。他上课很爱提问，借此复习巩固学过的知识。他提问也怪，专叫那些上课开小差的人回答问题。摸准了他的脾气，同学们在他上课前总要认真准备。

他一走上讲台，大家就会全神贯注，就连平素不爱学习的，也要故意动动嘴巴、眨眨眼睛。只要他喊了一个人站起来回答问题，其他人就会长吁一声，如释重负。他上课从不"满堂灌"，总有我们自己思考、阅读、提问的时间。在他的熏陶下，哲学对于我们3班同学而言并不那么"玄"了。

一个中师毕业生教高中的哲学，本身就是一件使人难以置信的事，而徐老师为何反倒赢得学生们的好评？我开始很纳闷。一次偶然的机会，我找到了答案。

那个年代，住读学生周末要轮流值班守校。那是一个星期天的中午，轮到我值班。经过徐老师的寝室，我见房门虚掩着，便大胆地推门进去。此时的徐老师，正啃着一块没有一点热气的馒头，聚精会神地钻研着教案。桌上，杂乱地摊着什么《哲学名词解释》、《欧洲哲学史》、《哲学史大纲》之类的书，还有马列著作。哦，我顿时明白了，难怪他不爱进城、不爱娱乐，也不爱家访。

我好言劝他出去走走。他坦率地告诉我："不行啊！我的底子差，不下苦功夫钻一钻，是要误人子弟的。"这就是恩师的心声。在他的身上，我看到一名共产党员的品质和情怀，看到一位人民教师的责任与担当。

遗憾的是，1974年上半年，也是我们高中最后一期，他出席中共四川省党代会后到高校进修去了。但即使在那繁忙的日子里，他也经常给我写信，关心班上的工作，勉励我的进步。我清楚地记得，有一封信的结尾处，他写下这样一句话："我们之间应该是革命的同志关系了。"话虽这样说，可我怎能忘却，他永远是我难忘的恩师啊！

徐老师外出学习，时任学校副校长的语文老师傅大华来到班上征求意见，询问我们还需不需要另派班主任来？谁能想到同学们异口同声回答："不需要，我们有班干部。"刹那间，我们这几个班干部热泪盈眶。这是全班同学对我们这些学生干部的充分信任啊！我们不约而同地想起了教我们工作知识、传我们管理方法的徐老师。

毕业了，经过整整一天的聚会，同学们最终还是难舍难分地走了。我是班上最后一个离校的，因为我在等候恭迎徐大相老师的学成归来。当我把全班同学在毕业茶话会上为他准备的礼品交给他时，他欣然地笑了。

离别前，他送我两本书，似乎有点依依不舍地说："你拿去，说不定对你有用。记住，不管今后干什么，都莫忘记学习。知识是最有用的东西，知识是最不会负你的财富。"

这是在"文化大革命"后期的特殊岁月，这是梁平中学一位高中班主任，给我这位毕业生代表的最后一次忠告和勉励。真没想到，时隔几年，国家恢复高考后的今天，我真的把这两本书——《中国古典文学作品选讲》、《中共党史名词解释》摆在了我高校的课桌上……

我热爱我的恩师，我尊敬我的恩师。他是火种，点燃了我们学生的心灵之火；他是石级，承受着我们学生一步步踏实地向上攀登。他给了我们一把生活的标尺，让我们自己天天去丈量；他给了我们一面为人的镜子，让我们处处有学习的榜样。

进大学以来，我利用寒暑假几次去梁中拜望他，可

与徐大相（前左）、傅大华（前右）老师 40 年后合影

惜都没有如愿以偿。暑期，他在参加全省的高考阅卷；春节，他又回忠县老家去了。

我坚信：我总会见到他的。

1979 年 9 月写于万县市吊岩坪

城关宣传队

城关镇是梁平县城所在地。

1974 年底，我从梁平中学代课回到城关镇，前脚刚进城关农中，后脚就被选进了城关镇宣传队。

那个年代，文化生活十分单调。县上有一个专业文工团，各区（镇）有一支业余宣传队。说是业余，其实每逢重大节日，或者重大事件，或者文艺会（调）演期间，都要连更守夜地赶排节目，与专业团队没有多大区别。节目内容完全服从形势需要，一般都是自编自导自演。队员来源也不同，区宣传队以上山下乡的知青为主，镇宣传队则是以高、初中毕业回家待业者为主。

我到镇宣传队报到，是 1975 年春节前的一个夜晚。

城关镇政府，地处西中街，离我家只有几分钟的距离。

还没到政府门前，一阵阵锣鼓声，不断地从政府小礼堂传出，或悠扬，或激昂。走进去一看，嗬，好大的阵仗！光是乐队，就比我原来当过队长的梁平中学宣传队还要强大。

管乐有小号、长号、黑管、萨克斯等，弦乐有板胡、二胡、小提琴、大提琴等，还有任何一支宣传队都缺一不可的手风琴和笛子。演奏者虽然只有几位，但乐器品种却不少。更惊喜的是，队员们中有不少的熟面孔。有原梁中宣传队的老队员侯保平、李建军、王德华、苏祖明、邱大蓉、胡为玲、刘正秋等，有我初中班同学兰代华、谷君坤，高中班同学任忠明，还有街坊好友徐定权、曾发平等。看见他们热情而又友好地彼此招呼，初来乍到的忐忑之心，刹那间烟消云散。

带我去报到的是镇党委宣传委员郑高碧，我们都叫她"郑嬢嬢"。她当着众人的面出乎意料地宣布，我是新来的队长。就这样，在毫不知情的状况下，我走马上任了。

宣传队归镇团委直接管理，镇办文书、团委书记田书成是我们的总领队。镇党委分管宣传队，除了郑嬢嬢，还有武装部的钟部长，很和善的一位领导。

宣传队总共20余人，只有乐队的几位年长一些。乐队指挥姚老师，他是一个多面手，吹拉弹唱样样精通，歌舞类的谱曲以及乐队配器几乎都由他承担；吹黑管的李老师，他是县理发社有名望的大师傅；拉提琴的刘宇泰、弹扬琴的陈德禄、吹小号的徐成龙等，都是梁平县城小有名气的音乐人。

除此之外，其余队员都是20岁上下的未婚青年，最大的是刘宇芬、刘宇忠姐弟。队员中女生多，男生少，男队员还有蔺福喜、高传富、龙和平，后来又来了邓建生、李新平等人。城关农中的李世陵、兰振中、高长文等老师，也时常为宣传队创作或演奏一些节目，他们属于编外人员。

那个时候，队员进进出出是常态。只要找到工作就走了，毕业回家待业的又来了。因为女生多，宣传队表演的节目大多是以女生擅长的歌舞类为主，没有唱片和录音，完全是原生态的表演。唱歌的只有罗红琴、龙耀坤等人，这些人中数罗红琴的嗓子最亮；跳舞的倒是有史中华等一批高矮不一的舞伴们。男生的节目少多了，无外乎群口词、三句半、活报剧之类。当然每台节目的开幕式，少不了男生们扎场子，人多阵仗大，气氛热闹，声音洪亮，还有王德华几个曾经的校体操队员，翻上几个筋斗，给开幕式添彩不少。

回忆宣传队的生活，最值得留念的是每年春节前后那些日子。每逢春节，我们至少提前1个月集中排练，少男少女们聚在一起，说说笑笑，唱唱跳跳，真是不亦乐乎！春节的演出一般是5场以上，在县川剧团的正规舞台上至少演2场，一场给全县干部群众拜年，一场专门慰问城关镇街道干部居民，其余场次就根据应邀情况到附近乡镇拜年。如果碰到县上举行文艺汇演或调演之类，我们更是天天排练，忙得不可开交。

记得1977年春节，梁平县举行了一次规模较大的全县文艺汇演活动。从大年初二开始，到初六结束，全县15个代表队参赛。汇演结果，城关镇、新盛区、屏锦区分获演出奖前三名；乐器演奏奖6人，其中高胡、大板胡、扬琴、琵琶4项花落城关队；演员奖6人，其中城关就有 2 人。由此可见我们城关宣传队的水平。

队员之间的友情，在过年期间表现得最充分。过了旧历腊月二十六七，有条件的队员就陆续在家中请客了。还没有等几个盛菜的土碗瓷盘往桌上摆放稳妥，早已围了一桌或几桌的队员们便迫不及待地动起筷子来。没有一句客套话，没有一点矫作态，唯有一幅风卷残云的写真图。有一次，忘了谁请客，在我教书的农中坝子摆了好几桌，让过往邻居十分羡慕。那些场景，那份情谊，至今难以忘怀。

在城关宣传队那几年，是我文艺创作的丰产期，各种文艺形式的创作我都尝试过。为了写好脚本，我每天都要去一趟家对面的县新华书店。只要有文艺作品书，尤其是曲艺类书籍，我能买就买，买不起就站在书架旁看，有时一看就是半天。好在书店营业员都是街坊熟人，他们也不催我，只要莫把书面折皱就行。

热炒热卖，我编写过故事，创作过小川剧，更多的是曲艺，如快板、相声、四川清音、方言表演唱等，也有群口词、歌词之类。

如，1975 年 8 月创作的四川清音《支农忙》：

祖国山河多娇艳，
农业红旗迎风展，
学大寨，赶昔阳，
男女老少上一线。
（白）你看那，大锤飞舞如闪电，钢钎打得冒青烟。恶水听使唤，穷山把家搬。人人都有愚公志，敢教日月换新天。

水库民兵在大干，
顶风冒雪战严寒。
吼出（那）一声声号子哟，
（白）嗨哟，嗨哟……
劳动干劲冲云天。

工人支农忙加班，
车钳铣刨样样全。
造出（那）一台台机器哟，
（白）嘿咗，嘿咗……
肩抬背扛送田间。

商业支农作风变，
小算盘服从大算盘。
挑起（那）一副副担担哟，
（白）闪悠，闪悠……
送货下乡走得欢。

学生支农不简单，
送肥的队伍牵线线。
推起（那）一辆辆小车哟，
（白）吱嘎，吱嘎……
一路跑得脚板翻。

共产党员挑重担，
共青团员冲在前，
干部群众一起干，
大人小孩都不闲。
（白）还有那，营业员、保管员、服务员、
卫生员、教师学生炊事员……
争先恐后做贡献，
支农凯歌传。

又如，1976年春节，为宣传毛主席发表诗词《重上井冈山》而创作诗朗诵《井冈山颂歌》：

战鼓咚咚响，人民心激荡
吟诵主席词，奋勇向前方

"久有凌云志，重上井冈山。
千里来寻故地，旧貌变新颜。
……
世上无难事，只要肯登攀。"

吟诵毛主席的光辉诗篇
想起了雄伟壮丽的井冈山
啊，井冈山
你雄伟壮丽，气势磅礴，气象万千
啊，想起你，井冈山
我们就热血沸腾，潮涌心间

啊，看见你，井冈山
我们会浮想联翩，思绪万千

是毛主席在这里
树起了中国武装革命的第一面红旗
是毛主席在这里
缔造了中国革命第一支工农红军
是毛主席在这里
建立起中国最大一块革命根据地

热烈的篝火
温暖了你那宽广的胸怀
火红的战旗
辉映着映山红格外亮丽
红军的笑脸
映满条条清溪
红军的脚步
走遍座座山脊
红军的歌声
响彻万里云际

黄洋界的炮声
震碎了一切反动派的梦想
茨坪坝的星火
焚烧着企图断送革命的豺狼
井冈山啊

你高瞻远瞩，仰望着新中国的曙光
井冈山啊
你昂首挺胸，屹立在世界的东方

你向世人证明
只有走井冈山道路
中国革命才能胜利
你向世界宣告
中国革命的红旗
一直要扛到共产主义

倾听井冈山上松涛的轰鸣
我们心潮澎湃
豪情激荡
感受井冈山上杜鹃花的温馨
我们意气风发
斗志昂扬
仰望井冈山上山峦起伏的雄姿
我们意志坚定
浑身充满无穷的力量

井冈山，光荣的山
我们热爱你——
你山上的杜鹃花芬芳烂漫
开放在神州大地的各条战线
井冈山，英雄的山

我们敬仰你——
你澎湃的波涛扣人心弦
推动着时代列车飞驰向前
井冈山，革命的山
我们歌颂你——
你巍峨的山峰横空矗立
永远激励着我们跃马扬鞭

雄壮的井冈山啊
你永远屹立在无产阶级的美好心田
胜利的井冈山啊
你坚定向往着共产主义的灿烂明天
世上无难事
只要肯登攀
世上无难事
只要肯登攀

　　1976 年 10 月，党中央一举粉碎"四人帮"，随后我创作歌词《鲜红的党旗永远飘扬》，经宣传队谱曲后演出。

　　喜讯传九州，
　　凯歌越五洋。
　　英明党中央，
　　一举粉碎"四人帮"。

一回回搏斗，
一次次较量，
镰刀斧头锐不可当。
蚍蜉撼树谈何易，
螳臂当车是痴想。
八亿神州同仇敌忾，
誓死保卫党中央。
奋臂痛打落水狗，
鲜红的党旗永远飘扬！

一道道淬火，
一块块纯钢，
镰刀斧头再铸光芒。
喜看油龙漫天舞，
笑迎稻浪遍地香。
八亿神州齐心协力，
红心永向红太阳。
挥帚横扫害人虫，
鲜红的党旗永远飘扬！
……

那几年，我为宣传队创作的节目作品，虽然文笔很幼稚，很粗糙，但由于时间紧，有的还是"等米下锅"，即一边创作一边排练，根本没有推敲修改时间。好在那个年代是浮躁的年代，大家对作品质量都无所谓，只要听得懂就行，只要热闹就好，只要台下观众鼓掌就是成功。

写于 2017 年秋

梁平县城关宣传队演出照（1975—1977 年）

农中那些事

农中，坐落在梁平县城关镇西正街，离我家只有10来分钟的路程。

从我家出发，往上走几百米，左拐是一条名叫"五道朝门"的小巷。进入巷子，右侧一处居民大院，住有10余户人家，再往里走，左侧有一处曲径通幽的四合大院。走出巷道，是县商业局、供销社的办公场所。它们的斜对面，就是我参加工作的第一站——城关农中，后来改为城关中学，人称"赖家大院"的地方，据说这里是清代赖举人的府第。

这是一所被四周民房层层包围的初级中学，20多户居民在此比邻而居。房前的一大片空地被煤渣填平，成为学校的操场。学校的背后，是梁平县师范学校，再往前走，东边是师范附小，西边是城关幼儿园。这一片，完全称得上梁平县城的学府区了。

一

1975 年寒假，一位英俊刚毅的中年人来到我家。他自我介绍是城关农中的教导主任李世陵，得知我从梁中代课回家，询问我是否愿意到农中去继续代课。作为一名待业青年，找上门的工作自然求之不得。

春季开学前两天，我去报到了。走进学校一看，完全傻了眼。它的全部家当一目了然：操场边上一处平房，三间教室，简陋潮湿而又灰暗，正好供 76 级 3 个班使用。经操场迈上十来步台阶，进入一处小四合院，院内有四五间教室，再加两间住校教师的卧室。教师的办公场所是一间吊楼房屋，中间隔了一个小间，供校领导专用。吊楼办公室是木板墙，遮不住风，隔不住音；地板也是木板，走起路来"吱嘎吱嘎"直响。

学校的老师不多，加上我也不过 10 余人，每一位都身兼数职。比如我，不管是不是初出茅庐，到校就接手初二年级，既是初 76 级 2 班班主任，又承担初 76 级 2 个班的语文课，还有我 2 班的政治课和体育课。初 76 级 1 班班主任是刘德春，3 班班主任是谭凤荣。谭老师她微胖的身材，为人处世大方豪爽，大有男性的率真与耿直，在校深得师生们的称道。

学校当时只有语文和数学、物理、化学、外语老师，语文课最强，李世陵、蓝振中、钱行密、刘德春，加上我足足 5 人。这一阵容，在当时全县各中学的语文教研组中都算强的。李老师、蓝老师他俩，后来成为梁平中学语文教学的领军人物。

这所学校的前身是民办中学，创建于1955年，没有几年就停办了。1962年三年困难时期结束，人口开始陡增。为了解决居民子女的读书难问题，学校复办，并从西中街的针织社迁到这里。20世纪60年代中期，学校响应毛主席号召，走学工学农之路，实行半农半读，在县城南郊开辟了一大片农场，栽桑养蚕，学校由此更名为"农中"。

由于学校是城关镇所办，较之其他县上管的公办中学，农中的办学条件差得很远。教师队伍中，除了校领导等少数几人属正式职工外，大多数人不是民办教师，就是像我一样的代课教师。但家长们都愿意把自己的子女交给农中，因为他们信得过这里的老师。

二

农中的老师，是一个了不起的团队。他们一个个肩负着繁重的课程，一门心思全都扑在学生的身上，大有鞠躬尽瘁、死而后已之精神，尽管工资都很低，如我的月工资不足20元，校长最高也才30多元。

我进校时，学校只有3名党员。党支部书记尧祖德兼校长，他四十出头，中等身材，面相和蔼温雅，地地道道的农村干部模样，在他身上找不到一点领导的威严。他是学校少有家属在农村的教师，平时生活比较节俭，抽的烟也是最便宜的那几个牌子。他只上一个班的政治课，平常就坐在校领导专用办公室里处理事务。他对老师和学生都很好，为人谦和，很少讲重话，我们背地里称他为"和事佬"。

支部组织委员蒋清海，分管学校总务后勤，偶尔也上几节政治课。他50岁左右，清瘦的脸上戴着一副黑边眼镜，穿着比尧校长还要简朴，人实在，爱管事，是学校最闲不住的人。他在学生面前总爱咬文嚼字，经常说些文绉绉的话。有学生尿急，跑到教室后小解被发现，他便在大会上批评"随地屙尿，惨无人道"，惹来一阵大笑。劳动课播种胡豆，他讲"每窝撒胡豆两至三颗之间"，有好事的学生当场接嘴"那是多少，是不是两颗半？"学生操场集合，他要求"来了的站左边，没来的站右边"，自然又是一阵大笑。

支部宣传委员颜昌菊，分管学校教学工作，也是政治课教师。她为人正直、讲政治、讲纪律，学生的批评教育工作大多由她承担。她的家就在赖家大院里，学校出现应急事务，一般都是由她出面处理。她属于"婆婆"型领导，刀子嘴豆腐心，是任何一个团队都少不了的人。

第二年，来了一位党员女老师徐家慧，她为人低调和蔼，教起书来兢兢业业，是大家十分投缘的好同事。

学校教导主任李世陵，是师生们公认的学校顶梁柱。他长相严厉，特别是脸上的浓眉与胡茬格外引人注目，任何一个调皮的学生，只要看见他来了，没有哪个不马上收手的。他知识渊博，教学形象生动，很受学生欢迎。他爱吟诗赋词，擅长写对联，编故事。他为学校的许多老师都创作过歇后语，比如他称高长文老师是"屋檐上挂楹联"。

高长文是一位数学教师，兼任学校团总支书记。他擅长与学生打交道，学生们都亲近他。他爱开玩笑，偶尔也搞点恶作剧，去同事家中劝架，故意提醒"茶瓶摔不得哟"，正在火头上的同事提起水瓶就扔。他又是一个文艺爱好者，二胡拉得很好，经常参加城关宣传队的演出。他有三个活泼调皮的儿子，全家住在学校，随时给师生们带来一大家的喜怒哀乐。

学校老师大多是高中毕业生，正牌大学生只有三位。

杨奉碧，教物理的女老师，我担任高79级1班班主任的搭档，教书十分认真，做事一丝不苟。她和丈夫都是"文革"前的大学生，毕业后一起分到梁平。她有两个小女儿，活泼可爱，常常来学校玩，是女生们的开心果，就连学生毕业照上都有她们幼小的倩影。

张经文，教数学的女老师，我初76级2班班主任搭档，由县进修校借到农中来帮助教学的。她为人沉稳，言辞不多，但做事很细致，慢条斯理。每每下课回到办公室，她的第一动作就是从抽屉里掏出一支烟，点上火，然后再戴上老花镜，认真地批改作业，哪怕老师们在办公室天南海北地吹翻了天，她也心如止水，纹丝不动。

还有一位大学学历的物理老师温志超，他的实验操作课很受学生们欢迎。他50岁上下年纪，是学校出了名的热心肠。无论学校有什么脏活苦活，只要喊到他，他从不推辞，完全像一名不记名的水电杂工。遗憾的是，这样一个大好人却有间歇性狂躁病，一旦发作，几个人都拦不住他。

蓝振中，语文教研组组长，个子不高，斯斯文文，精明清瘦。他的语文功底尤其是古文功底十分深厚，课堂板书写得特别好。我刚到学校那段时间，他经常到教室听我上课，然后热情地指点我，他是我真正意义上的入门师兄。他上课很有文采，常常引经据典，上至天文，下至地理，学生们很爱听。他为人低调，与世无争，即使偶尔参与评论时弊，也是点到为止。

钱行密，语文组老师，只上过初中，却是学校公认的才子，琴棋书画样样精通。他只教一个班的语文，主要承担全校的美术课，他的不少弟子后来成了书画家。遗憾的是，他从小患上肺病，只要天气一变化就哮喘。他深知自己的病情，十分珍惜同事之间的感情，只要找他帮忙总是有求必应。他不到 40 岁就走了，最终还只是一名代课老师。

学校有两位刘老师。刘兴建，教体育的男老师，一米八的个子，是教师中的"高大帅"。他是一名体育健将，篮球、排球、乒乓球样样都行，全校的体育课除了我这个班外，其余都由他负责。他的体育课经常调整为自习课，因为他经常被县里抽去参加比赛或当裁判。

刘德春，教语文和音乐的女老师，文文静静，戴一副清秀的眼镜，典型的知识分子形象。她的音乐知识在学校没有哪一个能比，尤其是手风琴和风琴，是她最擅长的乐器。学校每每组织文娱活动，她都是忙得不亦乐乎。她在学校的知名度，多少还有她丈夫和子女的一点功劳，尤其两个儿女活泼可爱，深得老师和学生们的喜爱。

戴万选，年纪最长者，高挑瘦削的个子，戴着一副老花镜，是旧社会过来的私塾老师。按理说，对这样的老教师应当给予足够的尊重，但由于他中气不足，说话有些木讷，学生们反而不以为然。他教化学，但主要负责学校的后勤保管。莫看他弱不禁风的样子，但管起学校的事务来却井井有条，从没有出过差错。

陈莉莉，教英语，是学校最受人关注的美女教师。她英语口语很好，据说是跟两个人学的，一是她的父亲，一是她的丈夫。丈夫老王，"文革"前的名牌大学生，长相很像南斯拉夫电影《瓦尔特保卫萨拉热窝》里的主人公，我们都称他"瓦尔特"。那几年，老师们在课堂上大都讲四川话，唯有她与我私下鼓励讲普通话，并打赌看谁能坚持下去。有一次，我去听她上课才发现上当了。她一节课下来，几乎全是标准英语，很少说中文，哪像我这个语文教员，从头到尾都得讲普通话。

1975年秋季新生班级增加，学校又去找代课教师。还是李世陵主动上门，好说歹说终于说服龙耀琨来校试一试。她到校后，接任新生班主任，教数学和政治课。其实，她的长项在文艺上，她的到来让学校的文体活动更加活跃起来。

继龙耀琨之后，数学教师谢小宝来了，他是带有正式编制入伙的。他的为人处世很独特，与世无争，活得自在。教学时，他只顾沉溺于自己的讲解，对台下学生视而不见；当班主任也是大胆放手，一切交给学生班委自己去干。他与老师们打交道也不讲究，对错轻重都不放在心上，有时还冒一点"傻气"。

与谢小宝同时到校的，是英语代课教师张学钊。她从小患有先天性心脏病，动过几次手术。她自学成才，英语水平颇高，与陈莉莉称得上是学校的"英语双姝"。她后来调到梁平中学任教，成为梁中的英语名师，还获得"全国劳模"、"全国首届中青年十杰教师"等荣誉称号。

张亚平，另一位英语代课教师，英语水平从小得到曾在外交部工作过的父母的真传。她到学校代课不久，赶上了全国恢复高考，如愿以偿地考上外语学院。1978年3月7日，为了欢送她，全校仅有的19名教师第一次集体到县照相馆，留下了唯一一记下那段历史的"全家福"。

三

"全家福"中，我算老幺。要给自己画一个素描，其实很难。好在初77级学生刘月生，40周年后为她们同学会写了一篇回忆文章，其中有对我当初表现的点评。

新学年到了。学校来了一位新的代课老师，叫周克勤，教初三的课程，我们偶尔会在操场上相遇擦肩。数月以后，周克勤要给我们当班主任上语文课的消息，在班上不胫而走，同学们议论纷纷，好不热闹。

果不其然，这一天周克勤手拿白粉笔和教案，带着一股清新的暖风，步入了我们的教室，一番自我介绍，热情洋溢，充满活力，所有的同学立马像打了鸡血似的，精神为之一振。他授课时条理清晰，逻辑性强，言简意赅。他的课内容广泛，引经据典，诗词歌赋，成语方言，古往今来，滔滔不绝而又无累赘之言，突出教学重点。尤其在剖析每篇文章的结构、段落与字词句时非常到位，让我们一目了然。他有时会步入课桌中间的过道，与学生近距离接触，师生之间的那道鸿沟便被一个个踏实的脚印填平了。偶尔发现某位男同学趴在课桌上睡着了，便捏捏人家的鼻子，同学们便会哄堂大笑起来，氛围顿时轻松活泼。许多同学如我一般如梦方醒：上课原来是如此饶有兴趣的一件事情！

或许是他与我们年纪相差无几的原因，同学们十分喜欢周老师。在讲台上他是严肃认真的老师，讲台下他兄长一样关爱学生，和我们像朋友一样无话不谈。同学们喜欢去他办公室吹牛，喜欢他的家访，甚至有同学爱上了他的黑板字，模仿他的笔迹惟妙惟肖。

班里每月要办大字报专栏，这是我负责的事。周老师亲自教我如何排版、选稿、刊头设计。我喜欢画梅花，每次完工以后，内心总有一点小小的得意，也时常得到周老师的表扬。唯有一次，周老师看过我画的梅花开在树干上，扔了一句话给我，"像老树疙瘩"，顿时我像泄了气的皮球，整个人都不行了。周老师这句话让我刻骨铭心。直到数月之前，我和老公一起去重庆美术馆参观美术作品，指着一幅梅花图随口而出："和我学生时代画得差不多，也像老树疙瘩。"

在文化生活贫瘠的学生时代，每逢重大节日，学校都要搞文艺活动，丰富大家的业余生活。这是我们最开心的时候，更是周老师展示文艺才华的时候。从选曲目，到舞蹈动作的编排设计，从服装的选取搭配，到如何画舞台妆，他都一一亲自指导。学生时代丰富多彩的课外活动，给我们播下健康的业余爱好的种子。

我感谢月生，感谢学生们对我公正的评价。

其实，我当初走上农中讲台的时候还不到 18 岁。我班上的学生大多是 1960 年出生的，也有几位 20 世纪 50 年代末的学生，其中一位竟与我同庚，据说是因故留了级。

学生们常说我是一个严厉的人。其实，我的严厉是装出来的。我年纪轻轻，又想要学生信服我，只好装出少年老成的样子。当然，我为人喜欢较真，见到学生不好的行为，哪怕是其他班级的，我也要上前去批评几句，不少学生背地里称我为爱管闲事的"周眼镜"。

我初到学校教书时，缺乏经验，在讲台上或词不达意，或明显有误，但碍于面子，总是不愿也不敢在学生面前自我否定。明明自己讲错了，或者写错了某个词语，连学生都提出质疑，我不但不及时纠正，反而耍小聪明，故弄玄虚地声称这是有意为之，其用意就是为了检验大家的判断能力，并煞有介事地表扬那些指出失误的学生。

这种小把戏，是当时不少教师惯用的伎俩，往往学生们还信以为真。因为，在他们的心中，老师永远是对的。

偶尔也出现这种情况，匆匆走上讲台，却发现拿错了书本或教案。这时只好灵机一动，一堂教学课改为朗读课，让学生打开手中的课本，翻到要讲的内容，反反复复地朗读起来。男生读了女生读，女生读了再合读，就像是大合唱一样，直到下课铃声响起，还美其名曰："书读百遍，其义自见。"

作为语文老师，花费时间最多的是批改作文。为了节省时间，一般有两种办法，一种是改一篇范文，然后拿到班上去念，让同学们对照自己的作文修改；另一种更简洁，粗阅一遍后，把大差不差的作文分成三堆，分别按ABC打分了事。但这种方式我用得少，我尽量对每个学生的作文都点评一番，毕竟他们写一篇作文要花费不少的工夫，尤其是语文功底差的学生。

四

学校取名"农中"，就是说学生是以劳动为主。我到农中之前，学校有60多亩地的农场，种的小麦和桑树，师生们每周都要去参加好几次劳动。栽桑养蚕，是当时学校创收、改善条件的重要途径。

1976年底，教育的春天来了，学校也更名为"城关中学"，但劳动仍然是学生的主修课。学校在大河坝东山上开辟了一处新的农场，小地名叫"赖儿坡"，海拔800米以上。师生们轮流上山，每个月至少要去山上劳动一个星期。

那是一片荒山，师生们自己扛着劳动工具，开山放炮，烧荒除草，硬是一锄一锄地挖出了一块块梯田。山上的土质比较贫瘠，师生们也自己动手改造。城里的学生拿出家里煮饭后的灰肥，农村的学生拿出家里猪圈下的粪水，大家背的背，挑的挑，一拨接一拨的，缓缓行进在山间小道上。哪怕有的学生年少体弱，一趟运不了多少，但也要坚持到底。

从学校去一趟赖儿坡，至少要走两个小时。一路上，正是班上那些五大三粗又比较调皮的男生们大显身手的时候。他们平时学习成绩不大好，但是有劳力肯干活，特别愿意在女同学面前显摆。最辛苦的劳动，应该是值班守山。收获季节，学校轮流安排师生上山看守劳动成果，吃在山上，住在山上，真可谓风餐露宿，艰难得很。

除劳动外，学校还经常组织体育锻炼活动，这是学生们最开心的时刻。学校体育场地有限，一般就是打打篮球、赛赛乒乓球，每年也要去北门县体育场搞一次全校运动会，偶尔也组织学生去郊外春游、秋游……

宝剑锋从磨砺出，梅花香自苦寒来。正是这一批教师，一个个人微言轻，貌不惊人，凭着响当当的"半壶水"，在自己的那块小天地中晃来荡去，甚至有人戏称我们是"瞎子牵瞎子"。但我们一众人却自信人生，优哉游哉，和睦相处。大家心中只有一个念头：不蒸包子争口气；只有一个奢望：代课争取转正，民办争取公办。为此，我们辛苦努力地培养了一批又一批有能力有作为的学生。1978年恢复中考，学校两个初中班113人毕业，升学率高达 90% 以上，居全县第一。

好一批朝夕相处的农中人，好一段魂牵梦萦的农中情。

写于 2017 年初冬

城关中学团支部合影（1977 年）

城关中学教师合影（1978 年）

情涌吊岩坪

1977 年，邓小平同志恢复职务后，毅然提出恢复高考的设想，并力排众议，于年底正式启动了中断十年的中国高考制度。

消息传出，无论是老三届的高初中毕业生，还是"文革"期间的高中毕业生，都欢欣鼓舞，踌躇满志。但真正到了考试的时候，进入考场的人并不是很多。原因大致有二：一是"文革"期间严格政审的遗风还没有肃清，一些人的家庭还没有平反，担心过不了政审关；二是刚刚恢复高考，不知水深水浅，不敢轻易试水。而我不属于这两类人，我报名了。

第一次高考的时间，是由各省市区自定，四川省的考试时间是 12 月上中旬。虽然才入初冬，但这一年梁平的冬天似乎特别冷。相传清朝时期的科举考试，考生们头戴朝廷临时颁发的红顶帽，每人手中提着一个小红灯笼去考场点卯。而我们家乡这批考生，一个个手中提的是烤火的烘笼，走进设在梁平师范附小的考场。我报考的是文科，考试科目有政治、语文、数学、史地。当时的录取，不像现在这样由考生自查成绩，而是像古时科举考试那样张贴红榜。

放红榜的那天，梁平县城可谓万人空巷，全城老百姓宛若过节一般，奔走相告聚集在县法院大门前。那时的梁平县城很小，县法院坐落在大众街，是一个四合大院，显得十分威严。门外左右有两壁白色的大墙壁，长期是张贴大字报、海报和布告的地方，也是县城老百姓知晓国事、县事、家事的地方。法院的对面，是县城最集中的一排商铺，国营旅馆、餐饮店、药店、理发店、裁缝店、眼镜钥匙修理店，最大的商铺是县糖酒公司的糖果烟酒门市，商品不少，但即使你有钱也买不了，什么都得凭票购买。

城里人、乡下人，一群群地先后赶到县城这片最热闹的场地。站在大红榜前，关心着自己或家人高考的结果，或惊喜得跳了起来，或叹息着缓缓离去。红榜是从右至左的书写格式，众人的目光自然也是从右到左一字不落地查看着上线考生的名单。中榜名单排列的顺序怪怪的，反正不是按姓氏笔画，也不一定是成绩高低。我是在中偏左的地方找到了自己的名字，自然也是一番惊喜。我们都不知道自己考分究竟是多少，直到不久，我收到重庆师范学院的录取通知书时，已经进入家家团圆的喜庆春节。

春节后，我满心欢喜地做好入学准备，谁知教育部门和镇上通知我，因教师资源紧张暂缓入学，真实原因可能是我事前没有报经批准。我对学校、对教育很有感情，又不愿意辞职一走了之，我的第一次高考梦就这样夭折了。

既然走不了，我就暗下决心，安安心心做一名称职的人民教师。时值我带的高 79 级进入第二学期，为了学生的前途，我们兢兢业业地备课授课、批改作业、教育学生，一心沉浸在班主任和语文教员的角色中。直到六月底的一天，这份平静才被打破。

这一天，谢小宝老师半开玩笑半当真地对我说："你要还我五毛钱哟。"我感到莫名诧异，因为印象中从没借过他的钱。他如实告诉我，秋季高考帮我报了名，交了费。全国高考一年内录取两次，1978 年算是唯一的。我感谢小宝老师为我提供了又一次高考的机会，但离高考时间太近了。

第二次高考，文科类考政治、语文、数学、历史、地理、外语。时间仓促，来不及全面复习，我只好来个"田忌赛马"战术，主攻长项——语文、政治，放弃"短板"——数学、外语（俄语）。那段时间，经常熬更守夜，直到走进考场。

7 月 20 日，是全国统一考试的时间。几场考试下来，自己都感觉考得并不理想。由于数学、外语短板丢分太多，我知道没戏了，对结果如何毫不上心。暑假期间，上级教育部门调我到梁平中学任校团委书记，估计领导们也没料到不久后我会离开梁平，否则不会调动我。我高高兴兴地与城关中学的师生们告别，又高高兴兴地来到梁平中学报到。

这是我第二次回母校任教。记得 1974 年 9 月底，时任梁平中学副校长的傅大华老师找到高中刚毕业的我，询问我是否愿意回学校，代即将临产的杨丽云老师上两三个月的初一年级的语文课。既然母校这么看重我，我没有半点犹豫就欣然应允了。细想起来，真是初生牛犊不怕虎。从此，我走上了神圣的讲台。

这一次回母校，本想为教育事业奋斗终身。谁知三个月后，我被万县高师班中文科录取了。拿着这一份经过教育部门政审同意后的大专录取通知书，联想第一次高考的结果，我真有一点哭笑不得。虽然是高师班，名分不好，但毕竟也叫考上大学了嘛。思来想去，我还是决定上学去。后来证明，这人生的关键一步走对了。因为我们学业是三年制，自然成为共和国恢复高考制度后毕业的第一批进入党政机关的大学生，前景广阔而敞亮。

1978年11月5日，是一个星期天，阴沉了好几天的天空终于放晴。任忠明、徐定全两位好友找了一辆货车，送我和邹建平前往万县市吊岩坪，赴万县高师班报到。邹建平是我的高中班同学，他被化学科录取，我俩再次成为同学。

万县市，是梁平县所属万县地区行政公署所在地。当时的万县地区辖9县1市，800多万人口，西起忠县，东至巫山，北到城口，是长江三峡地区的核心地段，也是后来库区移民的主战场。

人们通常所称的"万县"，是指万县市、万县这两个区域。万县在万县市周边，它将万县市紧紧围住，是万县市的母县。14年后，我有幸成为这里的最后一任代县长。1992年底，还未等我转正，万县地区撤地设市，万县、万县市撤销，分为龙宝、天城、五桥三个新区。1997年重庆变为直辖市后，三个区又合并成今日的万州区。

万县，是当时9县1市老百姓心中向往的大城市，也是长江黄金水道上的商贾重镇。每到晚上，东下西上的客轮都要在此驻留，上岸购物观光的游人络绎不绝。尤其是一马路、二马路一带，灯火通明，琳琅满目的商铺、香气扑鼻的小吃，常常通宵经营，直到天亮轮船起锚，游客散尽。

我第一次到万县，还是9岁那年，"文革"刚刚开始。由于眼睛逐渐模糊近视，着急的父亲迅速带我到万县市检查。那时检查手段是放大瞳孔，几天后再验光，确诊近视后再配眼镜。

配镜期间，我独自在市内闲逛，那一栋栋高楼大厦、一排排商铺门面，看得我眼花缭乱。一群游行队伍从我身边走过，我便好奇地跟了上去，经过大礼堂，下一坡大台阶，过一座石桥，到了环城路。那里有电影院，有学校，还有许多工厂。中途，独自转身返回，不知怎么突然迷了路。我一下子慌了神，硬着头皮瞎转，直到终于看见那一坡大台阶，惶恐不安的心才平静下来。这是我第一次到万县的印象：城市太大了。

第二年的夏天，父亲又带我去复查眼睛，我们住在胜利路的建设旅馆。当时的交通极不方便，经济又不宽裕，出门常常是找便车。复查完后，父亲带我到码头、到车站四处打听，从上午到下午，终于找到一辆拉木料的货车。

下午 5 点左右，我随货车返回梁平。但殊不知，车子经过万县沙河子时，驾驶员突然对我讲："今天车子不走了。"我一下子蒙了，只得下车迅速地沿路返回。沙河子与万县市内相距十来里路，等我赶回建设旅馆天色已完全黑了下来。幸好父亲还在旅馆留宿，他见到我很惊讶，我见到他更委屈。假若父亲找到便车离开了，我这个身无半文的小孩又该怎么办？这场虚惊，算是让我对万县加深了印象。

这是我第三次到万县。这次连户口、供粮证全都迁移过来，正式成了万县市人。

万县高师班办在西山公园郊后的吊岩坪上。当时的办学条件十分简陋，宿舍就是学校唯一的大礼堂，我们 78 级男生 200 多人同居一室。一人打呼噜说梦话，众人洗耳恭听，真不是滋味。学生意见大，安全隐患多，学校只得四处想法，或租附近工厂职工的富余宿舍，或借邻居学校的闲置教室、保管室，将我们化整为零，安置其间。直到一年后，我们才有了 8 人一间的学生寝室。

和我同住的寝室同学以万县本地人为主，也有来自内江、乐山的。上铺程晓明，来自万县市电池厂的青年干事，普通话讲得很标准，是学校广播室的男主播。我们毕业两三年后，适逢国家机构改革，大力起用"四化"干部，他被选拔到团万县地委任职，我俩再次相聚共事。

到学校报完到，放下行李，前往西山公园旁的万县中医学校。我的小妹初中毕业报考中专，一个月前被录取到这里。她年纪太小，很不习惯，看见我们来了抱头痛哭，还嚷着要跟我回梁平。后来听说我也来万县读书了，她才破涕为笑。在这里，我看见了高中班同学来夜芳、小学同学盛文建，他们都是中医校 77 级的。我把妹妹正式拜托给来夜芳照顾，才放心离开。

万县高师班规模很小，三个年级总共才 7 个班。77 级 2 年制中文、数学专业 2 个班，77 级 3 年制中文、数学专业 2 个班，我们 78 级中文、数学、化学专业 3 个班。化学班的应届生比较多，不像我们中文班老三届一串串，全校最小的 16 岁的学生就在化学班上。

中文 78 级是一个大班，刚好 108 人，同学们戏称为"梁山好汉"。班上年纪最大的万品常，开县人，入校时就满了 35 岁，差点因年龄原因来不了。最小的林晓东不到 17 岁，也是开县人。77、78 那两届学生，两代人同窗的现象司空见惯。还有达县同学王先发，进校时已经是 5 个娃儿的父亲了。

班上来自家乡梁平的考生有 6 人，陈福明、田俊、张增全、石海涛、毕守伦和我。开学 1 个月后，我们按这个排序，特意到西山钟楼照相馆照了一张合照。其实他们有的并不是梁平人，而是梁平知青。我们这几位，彼此照顾，关系甚好。

进校不久，学校被国务院批准为万县师范专科学校，78 级中文科更名为 78 级中文系。为了便于管理，我班又划分为 2 个班。以年龄为界，进校时满 29 岁的编入大班，29 岁以下的编入小班。鉴于小班干部少，本该进大班的余朝曦、陈福明被划到了小班，并且人数正好合适，各 54 人。大班班长李春富，小班班长余朝曦，只可惜，毕业后他们两位都相继去世了。

　　1979年新春开学，学校按专科学校建制，及时组建了共青团、学生会。经过选举，我成为万县师专第一届团委书记，大班的吴显荣同学当选第一任学生会主席。校团委专职副书记是学校负责政工的魏美华老师，委员分别来自各系各年级的代表。团委下设三个系的学生团总支部，一个教师支部。中文系团总支书记蒋文伦，数学系团总支书记王威，化学系团总支书记左小琴。

　　第一届团代会闭幕后，校团委班子留下了一张至今保存完好的集体照。他们是，77级2年制中文系张利人、77级2年制数学系朱兴术、77级中文系弋胜美、77级数学系邱红峰、78级中文系周克勤、78级数学系李查、78级化学系张伟、教工支部体育老师刘立明、团委专职老师魏美华。

　　1981年7月，三年大学生活结束，我收拾好行装准备踏上返乡之路。之前，梁平中学党支部书记杨光、校长熊福盛已经联系我回母校去，安排我继续出任学校团委书记，并负责两个班的语文课。

　　那段时间，大多数同学已经陆续离校返乡分配工作，只有我们少数人留在学校。数天后通知却来了，要我们到万县地区人事局报到。人事局派遣我到共青团万县地委工作，团地委办公室在绿树成荫的地委大院内，同时进地委大院的还有同窗王隆艳，他被分配到地委宣传部工作。

　　吊岩坪三年，短暂而又美好。我们见证了党的十一届三中全会召开、中美正式建交等重大事件，经历了邓小平提出"坚持四项基本原则"的历史时刻。在不断地学、思、悟中，我更加坚定了永远跟党走的信念与决心。1980年12月15日这一天，我终于如愿加入中国共产党，从此以后，共产党员这个响亮的名字与我如影随形，永伴终身。

吊岩坪，我放飞的青春梦，我人生的转折点！

写于1998年仲春

万县师专第一届团委

中文系同窗好友（1979年）

第二辑

青春放歌

难了却的共青团之缘

——《青春放歌》序言

一位阔别多年的高中同学，见到我第一句话就问："你还在搞团的工作？"见我点头后，又说："你与共青团真有缘分啊！"的确，倘若世上真有什么"缘分"的话，我算是与共青团结下了不解之缘。

1972年，念初中三年级的我，荣幸地成为梁平中学建团后首批发展的共青团员；升入高中，团龄仅半年的我一下成为团支部书记；高中毕业置身于教育战线，一边讲解遣词造句，一边组织团队活动；全国恢复高考，我考进万县师专，连续两届担任校团委书记，成为同学们戏称的常坐办公室的"编外教师"。1981年7月，当我准备回家乡中学重操旧业时，一张派遣书将我分到共青团万县地委，一干就是十余年。

在同龄人中，人们都说我幸运。26岁任团地委副书记，29岁任团地委书记，还有"共青团五四奖章"、"四川省'全团带队'十佳团干部"、"万县地区优秀政工干部"等各种荣誉接踵而至。其实，只有我知道，成功的背后，有多少人在默默地铺路搭桥。

记得到团地委机关报到那天，团地委书记秦太芝、副书记林顺禄率领机关工作人员欢迎我的到来，其情其景至今难忘。那年寒冬，负责青农工作的张宙学同志带我去巫溪县搞调研。抵达县城后我们兵分两路，宙学将就近的地方留给了我，他自己却冒着鹅毛大雪赶往远处的高山乡。晚上，我们回到驻地才听说他因高原反应而晕倒，多亏区乡团干相助，好不容易才下了山。我内疚地对他表示歉意："辛苦你了！"他却轻松地一笑："吃苦，是团干部的家常便饭。"

1989年春，团地委办公室主任徐丽霞同志调往地区外事办公室工作。我正着急她一手负责的《万县地区共青团志》谁来接手，她却主动请缨："我到外办后利用休息时间将它写完。"我感谢她的义务服务，她也淡淡一笑："多做点贡献，这是团干部的秉性。"

唐小琴，是我们机关一位体弱娇小的女同志。由于团地委人手紧张，她集文书、保管、财会、打字等工作于一身，而她从无半点怨言。每当我拿着赶急的材料找到她，不等解释原因，她总是说："搞不完我就加班。"每次工作总结会上，她总要说一句话："尽心尽力干好分内的事，这是团干部义不容辞的职责。"

多么平凡而又朴实的语言。同事们这一番滚烫的心声，至今令我难以忘却。这就是我身边的团干部，这就是我成功背后的力量。我深深地感悟到：离开党和人民的支持，我们势必寸步难行。共青团工作如此，共青团干部更是如此。

我们这批 20 世纪 80 年代的团干部，在艰辛困苦中津津乐道地拼搏，是因为我们有强烈的事业心和责任感。各级党委让我们年纪轻轻就走上领导岗位，不是让我们来"当官"，而是让我们来干事的。团干团干，就是团结青年一起干。青年工作千头万绪，百事待举，困难重重，但我坚信一条：事在人为。为此，团干部一需战胜畏难情绪，知难勇进；二需消除自卑观念，振奋精神；三需克服临时思想，脚踏实地。应当明白：有理想才有前途，有作为才有地位，有本事才有贡献。为此，团的工作一要注重层次性，切忌"眉毛胡子一把抓"；二要注重地方性，切忌"依葫芦画瓢"；三要注重时效性，切忌"种他人地荒自己田"；四要注意连续性，切忌"打一枪换一个地方"；五要注重目标性，切忌"走到哪里黑就在哪里歇"；六要注重立体性，切忌"顶起碓窝唱独角戏"。这几年万县地区共青团工作之所以受到团省委的肯定，无不与全区团干部的精神状态和工作思路息息相关。

如今，我在共青团这座火红的熔炉里一干就是十余年。从"冲出夔门天地宽"的思路，到"团旗永远跟党走"的信念；从"中学生团校"的创办，到"脱贫致富状元能手"的竞赛；从"唯旗是夺"，到"创先争优"。每一步，每一段，无不流下青春的汗水，无不洋溢奋斗的风采！

春去秋来，弹指一挥间。相对团的成长史而言，十余年并不算长；相对人的青春年华而言，十余年又不算短。我欣喜，欣喜自己没有在共青团岗位上虚度青春年华；我遗憾，遗憾自己没有在青年朋友们中留下几多微笑。

　　我常想，倘若人生时钟能倒转十年、二十年，我一定再次选择共青团这一崇高而又艰辛的职业。

　　青春万岁！

　　发表于 1992 年 2 月 22 日《四川青年报》，获共青团征文一等奖

团万县地委机关干部合影（摄于 1989 年）

出席共青团全国学校工作会留影（1987 年 6 月）

万县地区出席共青团十二大代表合影（1988 年 5 月）

自古英雄出少年

1988 年 10 月 1 日，四川省梁平中学举行校庆庆典。

庆典中，一座汉白玉雕像揭幕了。主人公是一位少年，他叫何运刚，梁平中学初一年级学生。

从四面八方赶回母校的人群中，有白发苍苍的老者，也有系着红领巾的少年。人们久久地凝视着雕像，思绪深深地沉浸在对这位年仅 13 岁的少年英雄的缅怀之中……

在梁平县的城郊，有一座军用机场。机场四周，良田沃土，山清水秀。那一条条绿毯，是生机勃勃的麦苗；那一片片黄锦，是喜气洋洋的菜花；那一簇簇火球，是迎风绽放的映山红。机场内，两条宽敞明亮的跑道展翅长伸，宛如两条银色的彩带飞向天际。

机场边有一条清澈的护城河，河底不时会出现几条小鱼，轻轻而又欢快地摇摆着那灵活的鱼尾。护城河内，一幢幢住宅简陋朴实，窗明几净。经过几十年春夏秋冬，这里早已形成几条大街，最西边为西大街，居住着城关镇群益大队的许多社员，他们大多以种菜为生。

1964 年 11 月的一个清晨，群益大队第 4 生产队何文发家传来阵阵婴儿的啼哭声。这个沐浴东方曙光降临人世的小家伙，就是何运刚。这个农家子弟，自幼就倔强，自己要想干的事，就是九条老牛也难拉回。

7 岁那年，他看见邻居小伙伴们一个个背着书包上学了，就缠着父亲要读书。得知父亲为钱犯愁，他忙说："爸，我去给生产队喂牛，挣工分交学费。"于是，年幼的运刚在跨进学校大门的同时，成为生产队的放牛娃。

第一次放牛回家，母亲看见牛肚子瘪瘪的，就对他说："三娃儿（何运刚的小名），牛是集体财产，一定要好好爱惜，要让它每天都吃得饱饱的才能长膘。"母亲的话，深深地印在小运刚的脑海里。他打听到，牛儿要吃带露水的夜草才容易长肥，于是晚上顾不上玩耍，经常牵着牛儿到机场附近的草地放养。有人见他这副痴迷的模样，取笑地问他是不是属牛的，"对，我就是属牛的！"他自豪地应答。

放牛娃总爱聚在一起放牧。一次，放牛娃们在一边嬉闹，牛群也在另一边顶撞，结果他饲养的这头牛败下阵来。眼见牛耳朵被撞伤，小运刚心疼极了，拉住对方又哭又闹，非叫他赔偿牛耳朵不可。直到父亲闻讯赶来劝阻，这场风波才平息了下来。

小运刚从小爱看书。上四年级的那年春节，父亲给了他 5 毛压岁钱，他接过手一阵风似的跑到新华书店买了两本连环画册。小伙伴们抢过来一看，一本是《雷锋的童年》，一本是《火红的少年刘文学》。有小伙伴不解地问："怎么买这两本？"他回答："我就爱看这样的书！"

语文老师在课堂上讲了英雄黄继光的故事后，小运刚便在当天的作文中写道："我长大了要当解放军，要像黄继光那样，敢用自己的身体去堵敌人的枪眼。"老师第二天点评作文时因势利导，说："有的同学立志要学黄继光，这种精神很好，但学英雄不是一句空话。面对敌人喷吐火舌的枪眼，到底敢不敢冲上去，这才是真正的考验。"

放学了，同学们一路上议论纷纷。一位同学说："当英雄好是好，可惜就是要牺牲。"小运刚听了，神情坚定地对大伙说："我要当英雄，我不怕牺牲！"

此后，不论哪儿放电影，只要听说是"打仗"的，再远的路，哪怕是饿着肚子他也要赶去看。《平原游击队》、《桥》等中外电影的情节，他能比较完整地复述出来。就在他牺牲的前夜，他还和小伙伴们专程跑到几里外的部队驻地观看了《海霞》和《激战无名川》两部影片。返家途中，他一路兴致勃勃地谈论观后感，流露出对影片主人公的崇敬之情。谁也没有想到，就在第二天，何运刚用自己的生命谱写了一曲新的"英雄赞歌"。

那是 1978 年 1 月 15 日，天气格外寒冷。那吹得人连头都抬不起的西北风，在空旷的机场上空不知疲倦地刮个不停，不时卷起飞舞的片片雪花。已是晚上 10 点多钟了，人们经过一天辛勤的劳作，相继钻进了暖和的被窝。

在护城河西端，群益大队的一处小屋子里却没有丝毫的寒意。几位负责看守附近瓦窑的小伙伴围着火炉，摆谈着刚刚离去回家的何运刚。

正在说话的少年小名叫"石头"："三娃这个人啦，硬是一个犟拐拐。跟你争个啥子，只要他有理，就一定要争个输赢。""这叫认准一条路，就要走到底！"旁边一位年龄明显大一点的胖娃应声道。

"大莽，你说这两年三娃到底做了多少好事？"石头侧过身突然询问一位伙伴。"哪个数得清？"大莽摇摇头。

是啊！小伙伴们在场有一个算一个，谁数不出三娃几件助人为乐的好事呢！

放学途中，看见工人叔叔拉车费力，三娃急忙招呼同伴上前搭把手推车；街坊的刘奶奶无儿无女，三娃经常上门去挑水劈柴，做这做那；谭奶奶一生多病，治湿疹要新鲜松苗，三娃上山去挖；治气痛病要小螃蟹，三娃下河去捉；学校组织支农送肥，碰到河沟涨水，三娃毫不犹豫地把班上的小同学一个个背过去；学校组织看电影，班上有的同学拿到站票不高兴，三娃就主动拿出自己的座票去调换……

大家你一言，我一语，完全忘记了这是寒气逼人的冬夜。

此时，一个黑影鬼头鬼脑地蹚过小河钻进了一座废弃的瓦窑里。大概是心慌神乱的缘故吧，他放下搭在肩膀上的鼓胀胀的衣服，大口大口地喘着粗气，稍歇一会儿，又悄悄地溜出瓦窑，回来时，手中多了三捆稻草。他把草铺在地上，做了几个"苍天保佑"之类的动作，就躺下了。

　　这个夜鬼万万没想到，他在稻草垛拽扯稻草的声音早已惊动了谈兴正浓的小伙伴们。他们提着马灯，拿着铁棒，悄悄地向这座废弃瓦窑搜索而来。

　　"你是哪里来的？为什么要偷草？"发现这个可疑人后，大莽放开喉咙学着大人腔调莽声莽气地问。

　　胖娃则用马灯向那人头上照去。只见他年龄不过二十出头，较高的个儿，瓜子似的长脸，老鹰眉下一对凶神恶煞的黑眼珠格外突出，一身黑不溜秋的打扮，泥乎乎。要不是嘴上出着长气，硬像人们传说中的夜游鬼呀！

　　"我，我……"这个盗贼支吾了半天，还没答出个子丑寅卯。

　　后来得知，此人名叫陈永祥，只因从小偷盗成性，被政府判刑5年，在梁平县相邻的垫江县东印劳改农场劳动改造。谁料到他收监7个月就潜逃出来，继续在梁平县、万县、忠县交界处流窜作案。就在此前，他在邻地作案被人发现，趁着风雪之夜才逃出了群众的追捕。岂料他，躲过了初一躲不过十五，挣脱了天罗却钻进了地网。

　　此时这贼的心情，可以说是"十五个吊桶打水——七上八下"。当他冷静下来，发现面前只是几个小孩时，鬼眼珠就开始打转了。他捡起甩在地上的衣服，伸进鼓胀胀的袖子里，掏出几根偷来的红苕递过去。遭到拒绝后，他又摸出几角钱，作为稻草的赔偿费用，企图大事化小，蒙混过关。

　　看见那盗贼一会儿哄，一会儿骗，机警的小伙伴们哪会上他的当！胖娃给石头递了个眼色，石头会意，悄悄地后退走了。要装莽大家都装莽，小伙伴们开始打起"蘑菇战"。

不说小伙伴们如何在瓦窑里和那盗贼斗智，却说这石头前脚出窑，后脚就朝何运刚家跑去。石头为何往何运刚家跑？原来，那盗贼偷走的稻草，正是生产队分给何运刚家喂牛的草。可这些草经常有被人拽扯的事发生，为此，何运刚曾吹胡子瞪眼睛地对小伙伴们说过："枯草（稻草）是耕牛的粮食，看我二天硬是安个'凳凳'来逮他几个强盗。"伙伴们笑他："你还没得三坨牛屎高，去捉什么强盗，不怕找死呀？"何运刚斩钉截铁地回答："怕啥子，我为集体而死，死了也光荣。"昔日的誓言永远铭记在小伙伴的心中。今天真的逮到了一个盗贼，石头们自然要去喊他。

"三娃，逮到偷草的了！"还没跑拢，石头就在何运刚家外扯起高音喇叭吼，接着不管三七二十一，"咚咚咚"使劲捶起门来。

"吱嘎"，门开了，一个少年匆匆走出了房屋。他就是何运刚，个头不高，脸颊有些瘦削，浓眉之下嵌着一双机智明亮的大眼，从那黑里透红的脸色中不难看出他是一个爱劳动、爱锻炼的人。的确，干起活来，他始终有使不完的大人般的力气；走起路来，他脚下生风"蹬蹬蹬"地好似赛跑。此时，他帮助父母做完家务正在灶旁烤火，听到有人偷草，火冒三丈，匆忙向妈妈、姐姐打了个招呼便急奔而出。

"走！这回非整治他不可！"他边说边拉着石头就跑。

"三娃，是个大人啰！"途中，石头没忘记提醒他。

"大人？管他大人细娃，只要是强盗，逮到就莫虚他。打不赢，咬都要咬他几口。"说完，他又鼓励石头，"你莫怕，我妈要去喊民兵的。"

"哦，那还虚他干吗？我们几个保证把他拖倒。"听说民兵要来，石头也提劲了。

再说那盗贼在瓦窑里开始六神不安起来。咂！未必这几个崽崽还跟我耍起名堂来了哇？突听一阵急促的脚步声由远及近，心想：糟了！我硬是被这几个小毛头哄倒了。好汉不吃眼前亏，好鸟不钻刺芭林，三十六计，逃为上策。于是，他使出浑身解数，推开面前的小朋友，冲出瓦窑，宛若脚板上抹油般地溜之大吉。

"不好，强盗跑了。"何运刚在前，石头在后，刚跑到瓦窑，突见一个黑影一闪就消失在伸手不见五指的夜幕中。他知道是怎么回事，一边喊："强盗跑了，捉强盗哇"，一边箭离弦似的向前追去——

小伙伴们紧跟着何运刚，在后面追着——

不一会儿，何运刚妈妈、姐姐带着群益大队的民兵赶到废弃瓦窑，发现空无一人，便纷纷到四处寻去——

一场追捕盗贼的战斗打响了。

风，越刮越凶；雪，越下越大。在这风雪交加的夜晚，不知多少人早已入梦露出了甜蜜的微笑。而年仅13岁的何运刚，此时此刻却迎着风雪奔向人生的辉煌。

夜幕沉沉，原野茫茫，追捕盗贼的队伍开始脱节了。何运刚追了很远一段路，连个鬼影都没发现。此时，一阵阵检修中的飞机轰鸣，迫使急躁中的少年沉思起来：

这家伙为什么要偷草，按常理偷几捆草不至于这样害怕，见人就跑他究竟是什么人？一连串的问题，使他下定决心一定要抓住这个家伙，查它一个水落石出。

静下心来的少年开始琢磨，这个家伙会跑到哪里去？冒险进城，有昼夜执勤的民兵；穿过机场，有站岗放哨的解放军；盲目瞎跑，到处是水田，泥泞的田坎又烂又滑……哑神肚里挂算盘，自有他的巧打算。经过分析，小运刚朝着一个方向疾驰而去。

花开两朵，各表一枝，该说这盗贼了。呼啸的狂风，淹没了他那气喘吁吁的声响；漆黑的夜幕，遮盖了那鬼怪似的幽灵。他喘着大气，像打慌了的兔儿不要命地向机场跑去。

"轰——"的一声长鸣，吓得他鸡痹子全身直爬，心一慌，脚一滑，摔倒在水田里，夜游鬼成了落水狗。当他明白这是飞机在检修时，又气又恼，嘴里骂个不停。但这一跟斗也把他摔怕了。他想，有声就有人，我这一去，不是"背鼓上门——自讨打"呀！你看他，屁股一转，又折回公路仓皇逃窜。

公路两旁，是一片片种满红花草的良田。他慌不择路地跑到红花草地里，支起耳朵，听听四周，除了风声还是风声。

盗贼又开始绷虚劲了：你这几个小鬼头想斗赢我？哼，搬梯子上天——没门。殊不知，皮球还没完全鼓起，突然像被针戳了似的一下子蔫了！怎么回事？这盗贼的腰杆被一双小手紧紧扣住了。

"快来呀！快来呀！强盗在这里！"何运刚清脆的童

音在空中与风声搏斗着。

罪犯慌忙侧身过去，捂住何运刚的嘴，威胁着："你再喊，整死你！"

何运刚哪吃这一套？"来哟！快来哟！强盗在这里！"一阵高过一阵的呼唤声，伴着呼啸之风，向整个梁平大坝远远地辐散开去。

盗贼看威胁不起作用，于是，用力挣脱何运刚的双手慌张地又溜了。

"初生牛犊不怕虎"，这话一点不假。尽管在刚才的较量中，何运刚明知自己无论如何不是这个盗贼的对手，但是他心里明白，黄鼠狼不除是鸡的祸害，坏人不除是害人的根。回去叫人来不及了，必须追，充其量不过是死。我为革命而死，死了也光荣。想到这些，他力量倍增，蛮劲又来了。他拿出参加学校赛跑的速度，勇敢地第二次追了上去。

追至城关镇和燎原公社交界的地盘上，何运刚再次抓住了做贼心虚、慌不择路的罪犯。他那铁钳般的双手紧紧地抱住罪犯的脚，高声喊道："快来哟，强盗捉到了！快来哟，强盗在这里！"这声音在寂静的夜晚，本来格外洪亮，但不通人性的漫天风雪，却把这一声声求援的呼喊一一吞没。待四处寻找何运刚的人们听到他的声音时，已是十分微弱，难辨声音的方向。小伙伴失去了联系，救援的民兵与群众朝相反的方向急促而去……

就这样，何运刚孤身一人，顽强地同盗贼搏斗着。敌人的威胁，吓不倒我们的少年英雄；敌人的引诱，骗不了我们的少年英雄；敌人的毒打，动摇不了我们的少年英雄。他死死地抱住盗贼的脚，不顾敌人的拳打脚踢。头上起包，撑着；周身疼痛，忍着。全身力气都倾注在他那一双小小的手上。他用这双手，写过自己的理想；他用这双手，为人民做过许多好事；今天，他又用这双手，亲自捉住一个坏人，他又怎能轻易地松手呢？

殊死的搏斗，何运刚扯掉了敌人脚上的一只鞋子，扯掉了敌人背上用袖子装着红苕的衣服。在这块红花草田间，留下了十五平方米的搏斗的印迹。盗贼慌了，懂得再这样拖下去的危险。盗贼使出全身吃奶的力气，狠狠地朝何运刚头上一拳打去。何运刚晕倒了，罪犯第二次逃脱。

目睹这一幕幕情景，风雪也动情了。寒风，依然是一个劲地"呜——"，吹个不停，不过这次好像是在鼓励我们的少年英雄："不能倒，不能倒，快醒醒，快醒醒。"飞雪，照旧漫无止境地飘着，悄悄地却精准地洒落在何运刚的脸上，仿佛要用它的冰凉，将面前的少年英雄从昏迷中唤醒……

何运刚果真醒了。他疲惫地睁开眼睛，揩了揩刺骨的雪水，忍着剧烈的疼痛，试着站了几下，没有成功。他躺在雪地里，心中犹如大海的波涛翻滚：人家刘文学，敢同偷海（辣）椒的地主搏斗到生命的最后一刻，我难道就不能同偷枯（稻）草的罪犯战斗到生命的最后一秒？坚定的信念支撑着他，他艰难地站了起来，迎着风雪，捧着生命，第三次冲了上去。

"明知山有虎，偏向虎山行。"泥泞的红花草田里，留下何运刚一个又一个坚强的脚印。这哪是普普通通的脚印啊？这分明是我们的少年英雄闪闪发光的生命。这生命的脚印，一步，一步，一直延伸到70米外的地方。在燎原公社兴隆7队的油菜地里，他第三次捉住了拼命想逃脱的罪犯。

远处传来了伙伴的喊叫："三娃，三娃，你在哪里？快回去哟！"何运刚听到呼喊并没有动摇："快来哟！我已经把强盗捉住了……"这是伙伴们听到他的最后的呼喊声。

俗话说，狗急会跳墙。那穷途末路的盗贼回头一看，拦腰抱住他腰杆的还是那一个虎愣愣的、面无惧色的小孩，心顿时凉了半截。一个想方设法要逃脱，一个拼死拼活要逮住。那盗贼心中的怒火一下子冒到脑门子上了。他晓得，要甩掉这小孩是不可能的了，而小孩不停的呼喊必然给他带来灭顶之灾。于是这只恶狼侧过身子，气急败坏地捂着何运刚的嘴威胁道："你再喊，整死你。"可等他一松手，何运刚又使劲地喊叫起来。

盗贼仗着人高马大，捶打着何运刚。何运刚怀着对敌人的仇恨，也使劲地踢他、咬他。但毕竟只是才满13岁不久的孩子啊，精疲力竭的何运刚渐渐被二十出头的盗贼压倒在下面。这个穷凶极恶的亡命之徒，伸出了他那一双罪恶的魔爪，死死地把何运刚按倒在油菜田的背坎上，紧紧地捂住了何运刚的嘴巴、鼻子……

风，不知什么时候停止了吼叫。"三娃，你在哪里"的呼喊声清晰可辨。可这些寻找三娃的人们哪里知道，我们的少年英雄已倒在草地上再也不能应答了。

瑞雪，静静地飘洒在田野上。

红花，星星点点，在洁白的雪地里顽强地展示着自己的身躯⋯⋯

3 个小时后，人们找到了何运刚。

不到 1 个月，公安机关抓住了杀人凶手陈永祥。

1978 年 5 月 31 日，省、地、县文教局、团委在梁平县礼堂，隆重地召开"少年英雄何运刚烈士命名大会"。会上宣布，经中共四川省委批准，授予何运刚"少年英雄"的称号，追认何运刚为革命烈士。

少年英雄去了，虽然他去得那么年轻、那么匆忙，但正如那生命力旺盛的红花草一般，在他离开人世的一瞬间，遍地的红花都竞相开放了——

一封封激情荡漾的决心书飞向英雄的故乡。

一条条鲜艳夺目的红领巾，敬献给了英雄的父母。

梁平中学校园内何运刚烈士汉白玉雕像

一株株常青树，围簇在英雄的墓地旁……

20 世纪 70 年代——

20 世纪 80 年代——

20 世纪 90 年代——

伴随学英雄树新风的时代大潮，千万个何运刚正向我们走来……

何运刚事迹宣讲稿，创作于 1978 年，修改于 1988 年底，入选 1990 年四川人民出版社《热血铸青春》文集

何运刚宣讲团（前左一何运刚父亲）赴重庆宣讲留影（1978 年）

紫水坝的年轻人

大巴山的南麓，有一个地方叫紫水坝。这个公社远离县府——四川开县城，坡多，石多，还有一河易涨易落的山溪水，若不是与左邻右舍的崇山峻岭相比，无论如何得不到"坝"的美称。

但是，僻壤并非穷乡。近两年，紫水坝的变化比得上18岁的妹子脸，一天一个样。不说别的，仅是每年增收的粮食，就足够一个军的将士们吃上一年有余。

带来这些变化的究竟是何方神圣？我们深入此地，蛮有兴趣地寻觅着……

一群犟拐拐

山乡，有它绮丽的风光，也有它顽固的陋习。责任制的春风，早已吹遍山乡的田间地角；但科学技术的春雷，却很难惊醒山里人的旧脑筋。推广"双杂"（杂交水稻、杂交玉米），在山外早已不为稀奇事。可到这里，老百姓却视之为下赌注，谁也不敢出头，谁也不愿冒险。农技员送良种上门，连公社那些吃皇粮的家属们也拒之门外："我的先人，请你莫来整我！"也难怪，靠天吃饭，依样画葫芦，这是山里人一代又一代沿袭下来的老规矩。

初生牛犊不畏虎，年轻人从来不信邪。紫水坝1.3万人口，近一半的年轻人。他们有一股子犟劲，动辄就是"我肯信（我不信）"，人家说搞不得的事，偏要去搞，认准了的路，十条壮牛也强拉不回，于是，老人们赐了他们一个不太文雅的绰号——犟拐拐。

去年初，县农技员到这里推广杂交水稻吃了闭门羹。高潮大队团支部书记王琼看在眼里，急在心中。她大胆提出在队干部田里搞承包试点，并带头种下杂交水稻，而田挨田的会计家却悄悄种下常规稻。春去秋来，她的水稻亩产1100斤，会计的水稻仍在700斤左右徘徊。不比不知道，一比吓一跳。团支部及时召开座谈会，青年们情绪高涨，尤其是会计家的两名青年更是心悦诚服。今年开春，全大队的青年户都主动种上杂交水稻，秋收过秤，亩产平均在千斤以上，会计家的亩产达到了1600斤。

一树之果有酸有甜，十个手指有长有短。八一大队青年小陈拒绝种杂交玉米，团支部就帮他家种了一小块杂交种做试验。小陈的妻子见后破口大骂："狗拿耗子管得宽，我家的地，谁要你们种？"团员们一不发火，二不动怒，一阵嘻嘻哈哈便完成了任务。此后，每当小陈为常规苗松土，团员们就同时到试验地去松土；小陈给地里施肥，他们也给试验地施肥。同样的劳作，秋收后一比，试验地里的杂交玉米产量大大领先。事实说服了小陈，今年还未到订种的时候，他就提前找到团支书预约杂交种子了。

良种需良法，秧好一半粮。听说要搞温室两段育秧，有人大惊小怪："烧那么大的火，谷种蒸都蒸熟了，还育啥子秧哦？"有人冷嘲热讽："自从盘古开天地，没见过谷子蒸来吃。"顶着压力，紫水大队团支部首先建起温室。怕吃亏的社员不愿把种谷交来，团员们就挨家逐户地动员，磨尽嘴皮好不容易才凑起第一批种谷。横竖不接受温室育苗的黄队长，天天跑到温室侦察育秧情况。耳闻不如眼见，第二批育种时，黄队长成了第一个挑种进温室的人。

犟拐拐踏出致富路。紫水公社双杂种植面积逐年上升，已超过总面积的 80% 以上；粮食产量由 1980 年的476 万公斤上升到 658 万公斤，增长近 40%。公社党委领导欣喜地说："过去社员找我们，是要救济钱粮；现在社员找我们，是要化肥良种。"

这真是，小河沟划船直往直来，山里人翻梢（改变现状）有犟拐拐。

一群科技迷

"科学"，这对紫水坝上岁数的人来讲，纯属陌生而又神秘的字眼。但近几年的生活变迁使他们领悟到一条真理：农民要翻梢，一靠政策，二靠科学。政策对头，调动了千军万马，但它毕竟是有限的；唯有科学才是无止境的。说话容易做事难，上岁数的脑袋哪有小青年灵光？于是，老人们自然地将这一重任托付给了后生们。公社党委书记张大顺说话更中肯："振兴紫水必须抓科学，抓科学必须先抓人，抓人必须先抓年轻人。"

有志青年是不会让长辈们失望的。60多名年轻的"土秀才"、"田专家"之类能工巧匠很快组成了科普协会，28岁的团委书记当选为理事会秘书长。他们建立起各种农科队伍，经常开展活动，学习推广各种农科技术知识。全社11个大队有8个大队团支部书记担任了农技员，大多数支委、团小组长都是公社农技校的学员。他们身体力行，为山乡农科技术的普及奠定了基础。

今年，八一大队团支部决定在自家责任田里开展水稻高产竞赛。动员会一开，支委们闻风而动，互相学习，互相比试，最终团支书陈利胜摘得了桂冠——不足1亩的稻田收稻谷1600斤。收割时，团支部召开现场评比会，一边总结，一边传授技术，团员们受益不浅。为了学以致用，紫水坝的年轻人还采取联产实习指导的方法，承包了328户重点户、专业户。他们帮"两户"拟生产计划，订增产措施，出致富点子，传农科技术，促进了山区经济的日益发展。

共青团员陈可军，一人负责了全大队三口育秧温室的技术指导。这是一项过细的工作，容不得半点马虎，尤其是温度，45小时内必须始终保持在35—40摄氏度之间。今年育秧时，一口新温室的工作人员粗心大意，导致温差太大，烂了一块笆折（育种1.5斤），幸亏小陈赶来及时处理，才减轻了种谷损失。为了避免事故的再次发生，小陈夜以继日，一丝不苟地注视着每一粒种子的发芽，用心血和汗水培育出500多公斤谷种秧苗。一个月下来，他整整掉了12斤肉。

后生们的作为，引出多少新鲜事。老汉拜儿为师，队长找学生请教，夫妻同堂听讲……科学技术逐渐取代了"三纲"、"五常"。不少老年人感慨地说："过去种田凭气力，老把式稳到赢；如今种田信科学，小青年最得行。"

这真是，姜是老的辣，笋是嫩的鲜。搞科学种田，老汉不如青年。

一群知识狂

紫水坝的石头多又多，紫水坝的旧俗起坨坨。什么"男儿不学艺，挑担箩筐要饭去"、"女娃儿要出嫁，何必花钱学文化"之类，根深蒂固。到了20世纪80年代，这些似乎天经地义的一孔之见，开始在"科学热"中融化。谚语翻新，异口同声："男儿不懂科学，等于是个'跛脚'"、"女娃无文化，再好也难嫁"。青年们相个媳妇，说个婆家，文化技术水平反而成了必不可少的条件。

作为青年人的娘家，公社团委积极配合有关部门，主动为青年自学铺路搭桥。青年们缺文化，他们便组织扫盲，帮助251名男女青年摘掉了文盲帽子，接着又办起11所文化补习班，由文化较高的团支书或团员担任教师，吸收了350多名青少年参加补习。青年们少技术，他们就筹办农业技术学校，从络绎不绝的应考者中择优录取了 70 名青年学生。农校根据山区发展的需要，开设了农业基础知识、作物栽培管理、杂交水稻玉米、蚕桑技术以及鸡鸭鱼兔饲养技术等课程，培养了一大批农技骨干。他们还组建起宣传队、文化站，办起电影院、摄影室，丰富了农村文化生活。农村生活"三部曲"——干活、吃饭、睡觉，从此阔别舞台，农村生活翻开新篇章。

科学技术是生产力。紫水大队团支部把学文化和学技术结合起来，每个星期一，定时举办农技讲座或讨论会，不光吸引了近百名青年，就连一些老庄稼汉也流连忘返。全大队水稻 1981 年总产刚过 15 万公斤，而今已达 30 多万公斤，翻了一番。五一大队团支部把长年不断的"三会一课"赋予了新的内容，团课与农技课结合，吸引了青年，活跃了组织，推动了生产。

组织的关怀，温暖了青年之心，也增添了青年们自学的劲头，每位青年的家中至少有 4—5 本农科书。他们白天劳动，晚上读书，不少人还参加了四川青年自修大学的学习。山区经济并不宽裕，夜晚看书耗油量大，难免不引起当家人的心疼。他们就准备好手电筒，等一家老小上床熄灭油灯后，便悄悄打开手电筒夜读起来。

知识，是生命的源泉，是奋斗的动力。近两年来，紫水坝的年轻人奋发向上，大有作为，没有一个团员违法乱纪，没有一个姑娘外流他乡。人们说："科学文化知识是块磁铁，把年轻人牢牢粘住了。"

这真是，大娃娶亲幺妹嫁，不图钱财图文化。

一群好心人

春节一过，文木美的心病就犯了。她今年四十出头，丈夫去世丢下4个小娃儿，里里外外全靠她独自支撑。眼看就到育秧时节，她是爪手骑马——难抓缰，想请人帮忙又开不了口，"包产到了户，各有各的活路"。怎不叫她为难？

这一天，她拖着心病来到田头，忽见一伙年轻人正在她的责任田里育秧。好大的胆子！聪明人也有糊涂时，更何况寡妇天生心眼多，一股无名之火涌上心头。直到田里劳作的团员青年们纷纷招呼她："文大嫂，我们帮你育秧来了。"她才恍然大悟，感激的泪花从双眼夺眶而出。

田里的秧苗是杂交种，如何管理，文木美是田坎上栽芋头——外行。帮人帮到底，热心的团员们早已打定主意。秧苗进入七叶期，出现浮尘子虫害，有人及时兑了"杀虫霜"药水赶来灭虫。翌日，又有人前来帮她按要求施足肥料。而她断定小青年施肥太少，硬是悄悄下田撒了几斤尿素。好心没讨好报，好泥巴难打好灶。一夜之间，田里的秧苗全部坐蔸泛黄，急得她如热锅上的蚂蚁——团团转。燃眉之际，团支部迅速组织了20多名青年赶来放水，薅秧，还不断为她讲解科学施肥的管理技术。几天后，秧苗终于返青，她彻底信服了这群年轻人。

移苗期到了，36名团员青年浩浩荡荡地开进她家责任田，三下五除二，半天时间就全部栽上了碧绿一片的秧苗。

六月的一晚，大雨滂沱。团员青年们首先想到她家的水稻，一个个打着手电，冒着风雨，不约而同地跑来开沟放水，直到隐患消除后才各自奔向自家的责任田。

秋收了，团员青年们扛来两架拌桶，割、拽、运、晒，一整套收割活路全包下来。辛勤的汗水浇灌出丰收的果实，文木美一家 1.3 亩稻田收获干谷子 770 公斤，比去年整整多收 300 公斤。

粮食容易称出斤两，团员青年们付出的心血却难以计量！一季农活干完，这批不邀自来的帮工，从没有在主人家吃一顿饭，抽一支烟，就连劳动工具也是他们自带的。这并非文家吝啬，每次备饭，青年们都借故告辞。中秋之夜，文木美扎扎实实办了酒菜，走东串西，挨家请客，结果仍然是一个青年也不肯光临。

有人说，农村实行责任制，喜了千家万户，愁了鳏寡孤独。其实，紫水坝 300 余家像文木美这样的劳弱户，家家都有着落。公社成立了帮户助耕领导小组，各大队团支部选有能干的青年担任助耕专业队长，一大批年轻人参加了帮户助耕活动。他们帮劳力、传技术，把党的温暖、把社会主义的阳光送到了"四属"、"五保"以及劳弱户的心上。劳弱户同样迈上了致富路。

这真是，寡妇门前是非多，今日遇到好心人。

一群创业者

紫水坝的青年，最鄙弃的是坐享其成、碌碌无为之徒。他们有建家立业的大志，有改天换地的雄心，哪里有困难哪里就有他们。

粮食是老百姓的命根。过去，紫水坝的粮食产量老是徘徊不前，团员青年们就积极带头种植"双杂"，全公社人均粮食增到480公斤。

要想富，多栽树。紫水坝的1170亩责任山管理不到位，37名共青团员自告奋勇，担任起得罪人的护林员。走马上任，他们就约法三章，终于实行了封山育林专人管理，杜绝了乱砍滥伐的歪风，林木成活率迅速上升。

紫水坝的蚕桑业不够兴旺，青年们带头栽桑养蚕，28名团员担任蚕桑技术员。从良桑的嫁接、治虫，到施肥、打枝，凡属技术活全由他们承担。紫水大队团支部还组建良桑嫁接小组，13名团员奋战一个月，为大队嫁接了400多公斤枝条，种下6万多株桑树。在他们的带动下，全公社共种植桑树247万余株，人均180株。

紫水坝的交通极不方便，想去县城，必须走几十里山路后才有客车。党委一声动员，全社11个团支部积极成立青年突击队上阵。他们自己设计、自己施工，经过艰辛的劳动，终于修通了一条长达14公里的山村公路。千年古乡第一次响起客车的鸣笛声。

紫水坝的能源较为紧张，青年们自找门路办沼气。八一大队团支部将办沼气作为一项硬任务分给了每一个青年。不久，全队245家兴建沼气池215口。笔架大队团支部还专门建立了助工队，谁家办沼气，他们就全体上阵义务投工，很快在全队实现沼气化。

去年7月，紫水坝遭到罕见的洪灾，沿河两岸损失

开县紫水乡新貌

惨重。面对灾情，青年们把生死置之度外，齐心协力抢险，谱写出一曲曲动人的颂歌。有的大队团支部组织抢险队，从几十里外赶来支援。他们像出勤的战士，来时向党、团委报到请战，去时向党、团委汇报辞行。有的还挑来蔬菜、粮食慰问灾民。为了防止洪水再次泛滥，今年开春，公社组织了2500多名年轻人，日夜奋战，突击一月有余，筑起了两道宽2米、高5米、总长806米的拦河坝。有位好事的石匠，还特意在紫水河的马鞍桥头立下一块凿有七绝诗一首的纪念碑，以此赞颂"弹指天上飞新虹"的创业者。

创业是艰辛的，但也是光荣的、幸福的。紫水坝的年轻人，凭着自己的双手、祖宗的素质和人类的知识，

万县地区青年民兵"帮户助耕"经验交流会（1983 年）

在古老的山乡，走出一条 20 世纪 80 年代农村青年应当走的新路！

紫水坝的儿女，紫水坝的希望。

采访于 1983 年 10 月，1984 年 4 月四川人民广播电台分集连播

他有一颗火热的心

——记云阳县养鹿乡宝寨大队团支书张立胜

1984 年 2 月，一条新闻轰动了云阳县养鹿乡宝寨山村：团支部书记张立胜要去北京领奖啦！

闻讯的年轻人，从四面八方拥进张立胜那本来就够狭窄的房间，欢声笑语一直延续到雄鸡奏起进行曲，他们才簇拥着自己的带头人起程。30 里弯弯小道，不知不觉被甩在身后，张立胜回首告别一张张熟悉的笑脸，回想三年前走马上任的情景，心中荡起一阵阵暖洋洋的激流……

那是 1981 年春暖花开的季节，大队改选团支部，28 名团员有 26 票选举张立胜为支委；7 名支委分工，有 5 人推他当支书。就这样，他毫无思想准备地上任了。

团支部虽然改选了，可是年轻人的心还是散的。有的三五成群闯荡江湖，有的不务正业日喝夜赌，有的甚至公开讲"什么团员不团员，只要腰包鼓肚儿圆"。难怪人们说：张二娃上任不是时候。

挑起了担子总得向前走啊！张立胜经过几天的准备，

发出通知召开团员大会，等了大半天，只来了几个人，其中有的还是他死拖硬拽才来的。这些人打趣一阵，连凳子还没坐热就散了伙。一位好友回头劝他："立胜，何必自找苦吃，要搞好这差事，大门里种南瓜——难（南）上难！"好严重的瘫痪症！读过高中当过兵的张立胜决心要治好这个顽疾。

怎样治瘫？小张为此几夜没合眼。一天，他见当赤脚医生的父亲给人看病，令他茅塞顿开，问诊摸脉，对症下药，不是行医的诀窍吗？于是，他自费买来香烟糖果，招待那些常来聊天的年轻人；每当支委会开到深夜时，他总要端出一碗碗热乎乎的面条；团员家里有了红白喜事，他总是第一个上门致意。农村居住分散，开会最伤脑筋的是等人，他就看谁家有旧图书，自掏腰包低价买来200多本，提供给等人的团员青年阅读。人心都是热的，团员青年很快聚集到团旗下。

有些家长旧脑筋，总爱把子女拴在家中，还说什么"开会管啥用，刨地才出粮食"、"大姑娘往外跑不害臊"之类讥讽话。小张心想，到哪座山唱哪支歌，一把钥匙开一把锁。农村有敬老的好传统，他就经常上门为老人服务，争取他们支持自己的工作；农村还有家族观念，他就拜访亲戚本家，请求他们替自己打圆场；农村干部是有权威的，他就培养他们的子女入团，鼓励他们的子女发挥带头作用。这三招好比三副灵丹妙药，舒筋活血，提神醒脑，宝寨大队团的工作开始活跃起来。

1982年初，公社推广杂交水稻。有了上年试种失败的教训，一些社员打破脑壳也不愿种。小张心里十分着急，他在会上对团员讲："我们团员都来种，政府不会整我们。退一万步讲，即使折点本也可长些见识。"经他一鼓动，青年们很快行动起来。这一次，由于高山种植管理技术未掌握好，有的人又失败了。

"吃一堑长一智。"去年以来，小张带领团支部订了《农民科学十二讲》、《四川农民》、《四川科技通讯》等报刊，组织年轻人学习农业科技知识。有的青年自学吃力，他每隔半个月组织一次小集中，由团支部举办"化肥的运用"、"水稻病虫害防治"、"怎样养蚕"等专题讲座。青年们一边学习一边实践，成立了农科队和农作物病虫害防治小组。大队缺乏喷雾器，小张把平时积攒的38元全部捐出，团员们也你一元我两元地筹集，买回两台喷雾器，义务为群众防治170多亩水稻和广柑树的病虫害。功夫不负有心人，去年宝寨大队水稻亩产平均在500公斤以上，其中团支委姜祖平家亩产达到732公斤。

宝寨大队有不少的五保老人和劳弱户。小张复员回村不久，把部队发的新棉裤送给了五保老人佘文秀，后来又为她送去蚊帐。事后有朋友开玩笑说："一根柱子顶不起草棚，十根竹子能盖竹楼。"此话引起他的深刻反省："我怎么就忘了集体的力量呢？"

他找到团支委们商量，先后发动18名青年，对全大队3户五保户、1户军属、1户劳弱户实行定点服务。社员白德绪家中只剩老少母女俩，农忙时看着乡邻们忙碌栽秧干着急，小张带领青年们及时赶来，犁了田又栽秧，直到天黑才完成任务。76岁的熊大爷患有严重的风湿瘫痪症，青年们为他寻医找药、换衣洗澡。张立胜还同父亲签订"君子协议"：五保户看病，免收药费。

去年8月，高山的几个生产队遭到冰雹袭击，到手的粮食毁于一旦，社员们心疼得泣不成声。张立胜立即通知低山的团员上山救灾，团支部副书记晏英带着人马赶来。此时，张立胜自己却犯难了，去还是不去？自家也是重灾户，同样需要劳力啊！他急中生智，带信叫两个姐姐从婆家赶回来帮忙，自己投入到团支部的救灾队伍中。在烂泥田里整整干了三天，团员们一颗颗地洗出好几百公斤谷子，连那些背后称他们是"老憨"的人也佩服得竖起大拇指。

云阳县养鹿镇新貌

　　小张自幼就失去母亲，但"母亲"并不会抛弃自己的儿女。当他工作遇到困难时，党支部为他出谋划策，给他撑腰壮胆；当他信心不足时，乡团委书记找他促膝谈心，给他打气加油；就连县委书记也亲自上山关心他们团支部的工作。去年底，接到县委组织部批准他为中共预备党员的通知时，小张流出了幸福的热泪。

　　今天，他作为基层团支部代表出席"全国农村学科学用科学青年标兵奖"表彰大会，思绪飞得很远：天安门、中南海，但更多的还是惦念着家乡的那些凡事——五保户的房顶该整修、村中的小道要铺石、宣讲队的演唱材料、山村青年发展商品生产的规划……

　　是啊，20世纪80年代的青年有得是事干！

　　写于1984年5月，发表于《四川青年》1984年第7期

山村儿女的"画"

——记巫溪县尖山乡大包村团支部

1984年9月，一辆辆印有"80—52……"字样的中巴车，载着地方上的党政领导，专程向巫溪县尖山乡大包村奔来；10月，一大批青年干部又风尘仆仆云集于此，拉开了万县地区团县（市）委书记扩大会议的序幕。

一个方圆不过4平方公里、人口才300来户的小山村，居然一下子门庭若市，何故？山不在高，有仙则名。这里有一批妙手回春的儿女，他们不是画家，却创作出一幅幅赏心悦目的青春画卷。

一

生活中很少有原色。天蓝、土黄、雪白，到他们手中成了翠绿……

顾名思义，大包村地处海拔900—1200米的大山包上。这里原是一片茂密的森林，只因主人们奉袭"靠山吃山"的成规，将它吃萧条了。尤其到"大办钢铁"的年代，一片片青冈、白杨、松杉化为灰烬，即使幸存的300余亩林地，也是支离破碎、残根败枝。后来有过"封山育林"，但当成"尾巴"被割去的也不计其数。山村，给儿女们留下的是贫瘠、穷困和沮丧……

党的十一届三中全会，送走了"越穷越光荣"的历史；责任制的春风，吹拂着山村儿女并未麻木的心田。他们盘算：种庄稼，难保产；当临工，不划算；跑生意，缺本钱。赤橙黄绿青蓝紫，他们选准了绿色。植树造林，走自己的路。

提灯的人总要走在最前面，团支部书记朱康学第一个用自留地育出树苗3000多株。1980年元月，他首次上成都，接受了"四川省青年护林标兵"荣誉称号。然而，具有自知之明的小朱感到内疚，他知道这顶桂冠的分量，更知道自己的差距。回村第一件事，他就带领青年在房前屋后、塘边路旁植树6000余株，打响了全村植树的第一仗。

晚上，小诸葛们又凑到一堆，话题是种油茶，"干得！这是发展经济、绿化家乡、创活动经费一举三得的美差。"于是，他们在党支部的支持下，逢荒山便开垦，遇瘠地便耕耘，半月工夫，605亩光头山种上了油菜籽。旗开得胜，仅此一项收入经费1050元。

胜利的喜悦，坚定了他们的信心——向荒山进军，咬定青山，点翠大地。去年秋后，又是一年垦荒的季节。团员青年们早出晚归，年仅16岁的唐小妹手中打起一串串血泡，妈妈心疼地责备："你淋雨受冻地去挖啥名堂，家中不少那几个钱。"钱，对创业者来讲并非命根，他们

8 天之内垦荒 200 亩，靠的是精神。开春了，他们又按"挖 3 留 2（尺）、内低外高、深 8 寸"的要求，打窝植树，营造速生杉木林 157 亩，其中 68 亩被县林业局定为"青年样板林"。

今年初，县林业工程师到尖山转一圈后找到朱康学，开门见山地问："我们需树苗，你敢不敢把向家梁那片荒坡承包下来办个种子苗圃？"

"你交任务吧！"小朱干脆利落。

"年前挖地，年后立马下种。"

"放心，我们敢立军令状！"

说话轻巧，但他忘记了当天是旧历的腊月二十六，谁不想待在家中与亲人一起舒舒服服地过个大年？他干脆把心掏给部下："我们是团员，团员就应当为党分忧。目前全县急需树苗子，我们必须育苗。"

血，总是热的。天不亮，20 多名伙伴相约上了山。硬邦邦的冻土，在把把银锄下变松；冷飕飕的寒风，在阵阵欢歌中退却；白皑皑的积雪，在串串热汗里消融。27 亩苗圃的开垦，终于赶在除夕前。送走春节，他们开始了第二期工程：整地、打窝、筑坎、铲沟，一下播种450 斤树种。他们找来薄膜松枝，给种子铺上被盖；他们支起一间避风棚，为苗圃站岗放哨。阳春三月，十种九不收的向家梁竟然神奇般地变成绿色的海洋。这是全县，不，是整个万县地区第一个采取"国家扶持、大户承包、土地入股、收益分成"办法建立起来的青年种子苗圃。

7 月，县林业局鉴定，树苗全部达到特级标准。内行推测，能出苗 135 万株，价值 6000 余元，可供造林 6750

亩。而按主人自己的预料："出苗 200 多万株，是坛子里捉乌龟——十拿九稳的。"其实，他们的心更大。9 月，他们以同样办法垦荒 101 亩，着手建立全省第一个"青年檫木无性系种植园"。

吃林——护林——造林，大包儿女终于走出一条自己的路。他们喜爱绿色，不仅仅因为它是青春的象征。从朱康学带头育苗那天算起，他们共开荒造林 765 亩，四旁植树 79000 株，育苗 30 亩，全村有林面积已恢复到 3640 亩，森林覆盖率达 50% 以上，小林园、小茶园、小竹园比比皆是。

大包，正在成为巫溪县境的一片绿洲。

二

连美术大师也忌"红配绿"，他们偏爱绿中红。这也是山村的风流……

大包村的第 26 张"先进集体"奖状，是万县地区五讲四美三热爱委员会颁发的，村主任将它端端正正地挂在"青年之家"的墙上。那一排排奖状、锦旗，大红、朱红、粉红与窗外那片蓝色的天空、绿色的大地和谐共处，相映成趣。这是山村儿女锐意兴革、励精图治的生活写照。

1982 年底，出席四川省第七次团代会的女代表回到了大包村。党支书上门带来祝贺与希望："你们团支部二上成都，是大队的骄傲。乡亲们巴不得你们有出息，也巴不得你们多做些事。"党组织有号召，团组织有行动，突击队有了新的目标。村中有一片良田，因山洪带来的泥沙淤积成了一座小山湖，每年白白损失上万公斤的粮食。团支部下决心制服这个"涨水坑"！

这是一项艰难的工程。明知山有虎，偏向虎山行，百十来位"杨子荣"主动请战。第一仗，修公路畅通运输线；第二仗，挖天坑疏浚淤积泥；第三仗，凿水沟防患于未然。工地上，车水马龙，热气腾腾，虽有"大干苦干"之嫌，可干"四化"不能不讲拼搏，不能不要合作！这不，连党支书也亲自为他们烧水煮饭当火头军哩。顽石挡道，这是大家最伤脑筋的事。刚从学校回来的向启扬偏偏不信邪，自愿争当爆破手。这对于一个 16 岁的小个头，需要多么大的毅力和勇气！他胜利了，治水成功了。半个月来，他们修通三里长的机耕道，挖淤泥 500多立方米，开边沟 200 米，50 多亩良田重泛绿茵。

有人说，20 世纪"50 年代人帮人，80 年代各人顾各人"，而在大包青年身上却仍然保持着淳朴、高尚的美德。大包村有 14 户军属、五保户和劳弱户，团支部组成4 个帮户组，采取"四帮"、"五包"的办法，对劳弱户帮种、帮收、帮管、帮治（虫），对五保户包生产、包洗衣、包挑水、包捡柴、包整修房屋。

春旱降临，孤寡老人张家友吃水更困难，团支部就定一员大将专门给他挑水。张家自留地无人种，朱康学自带肥料赶来救急，而尾随于后的妻子田仕妮却不声不响地将老人的脏东西收拢洗了几大盆。

春播季节到了，拖着 4 个小孩的寡妇许珍翠焦虑劳力，燃眉之际赶来 14 名共青团员，一天之内把近 10 亩的坡地全部种上了庄稼。

夜雨来袭，护林老汉潘继敏的房子又漏雨了，朱康学带上一批青年冒险翻检房顶。忙活半天，他们未抽一支烟，未沾一滴水。这是第几次雪中送炭，81 岁的潘老汉记不清了，他只知一个劲地唠叨："你们对我十分情，来世我一定好好报答。"

> 我们的青春是一团火，
> 我们的生命是一支歌。
> 哪里有困难在哪里燃烧，
> 哪里有召唤在哪里弹拨。

歌声是山村儿女们的心声。难怪万县地区五讲四美三热爱办公室负责人讲，大包村成为文明集体，应给团支部记大功。

三

国画用墨，粉画兑水，他们作画全凭一颗颗炽热的心……

"绿色的播种队"，这是来宾们对大包村团支部的赞誉，其实，他们更是致富的开拓者。山里人的倔劲在他们身上更浓，认准一个理，九条老牛也拉不回。

振兴山区经济，就得靠年轻人先行。于是，团支书成了全县闻名的"育苗大王"，事迹上了《万县日报》头版头条；19 岁的副支书向启扬也当上不大不小的养鸡专业户；支委孟凡东竟然租借粮站的空地，大胆地喂养了200只小鸡，还好，有了收益；还有"半边天"支委周道坤，干脆承包一口大鱼塘放鱼4000尾。龙尾跟着龙头摆，24岁的青年姚常员，今年养兔115只，仅这一项副业就可收入1400元。

小青年大胆开拓，活跃了山村经济。如今，全村养猪、养兔、养鸡、植树、种菜、种药材的乡亲越来越多，仅茶叶一项每年可收入两万余元。村上办起酒坊、油坊、面坊、菜场、砖瓦厂，粮食总产由去年的72万公斤上升到今年的89万公斤，人均拥有698公斤；经济收入由去年的32万元增加到今年的39万元，人均增收311元。

物质生活的富有，刺激了村民们精神生活的需求，以团支部为主体的大包文化活动中心应运而生。党支部村委会腾出公房做活动室，特制了30把木靠椅，还开支购置图书、棋牌、球类、乐器、服装等活动用品。一阵紧锣密鼓之后，大包文化中心开业了。

——这里有400多册图书，由团支委负责定期借阅。碰到开大会或过组织生活，图书箱准会提前进场，来得早的人也不愁坐冷板凳了。春节开放三天，阅读者多达1200人次。昔日只用来垫枕头的书，一下子成为良师益友。村民周陆安读了《农作物栽培》，依样画葫芦，粮食大丰收。别人来讨经验，他神秘地告诉对方："经验在书中。"

——这里有24英寸的彩色电视机，从此结束了"山中一日新，山外十年旧"的历史。每到晚上，男女老少欢聚在电视机前看看新闻、听听音乐，农民不出门，也知天下事，够神气的啊。

——这里有青年业余宣传队。他们的节目题材丰富、形式多样，颇受乡亲们欢迎。四川车灯《包产责任制就是好》表演后，观众赞不绝口。村中有个媳妇平常很刁钻，观看表演唱《四个媳妇四朵花》后，羞愧得低下了头。从此她一改旧习，对公婆尽心尽力照顾周到。

一场场演出，一场场掌声，成功中凝聚着小青年的多少心血！队长向启堂是编剧、导演加主角。他听说有点文艺细胞的孟凡彬毕业回乡，可他父亲不让其参加活动的消息，便主动上门劝说，直到第 11 次拜访，孟大伯终于点头，小伯乐才引出千里驹。16 岁的张范美天生一副好嗓子，可惜普通话太生，练；音乐感不强，练；连走亲戚家也在练。功夫不负有心人，如今，小张已成为远近闻名的山村报幕员。

> 有劲你就尽情地使，
> 有汗你就尽情地流。
> 要问我们在想什么，
> 献身革命最风流。

唱吧，山村儿女们！让歌声带着骄傲、带着希望，飞越尖山，飞向祖国的未来⋯⋯

写于 1984 年 12 月，四川人民广播电台连播

巫溪县尖山风光

团员青年植树造林

友谊地久天长

——一个青年陪同的日记

谨以此文献给一九八五年国际青年年。

五月十六日（雨转阴）

离出发时间还差几分钟，我和翻译张健上了专供斯里兰卡朋友使用的"32"号车。瞧我们这身打扮：碎花衬衫，斜纹领带，外套熨得笔挺的西装，还花了六毛钱特意到锦江理发厅把形象光辉了一下。锦江宾馆的晚餐是够水平的，但谁也顾不得细细品尝，三下五除二，打发完肚子就奔向停车场。

"滴——"车队驶进双流机场，早有300多名欢迎群众在此恭候。雨后的晚风送来一阵阵凉意，青年男女唱的唱，跳的跳，只有我们这几个陪同各自默默念着"How do you do？I am very glad to meet you（您好，很高兴见到您）"，熟悉着自己的欢迎词。

19时许，一架波音大型客机徐徐停靠在欢迎队伍的面前。舷梯靠拢，机舱门打开，随机记者、工作人员箭一般冲下来。稍许，客人们一个接一个地走出机舱。手持摄像机、照相机的记者们打上风（表演充分，出尽风头），忙得不亦乐乎，可苦了我们这些地面主人。因为事前北京有电，每个随团人员手拿一面印有车号的旗帜作为接头标志，他们只顾抢镜头，竟忘了我们的接头暗号！我们急得像热锅上的蚂蚁乱了阵脚。咋办？土法上马，辨认客人胸前佩戴的身份证。于是我们一拥而上，也不管客人是男是女，目不转睛地盯着每一位的胸前，这下真"碰头"了。孟加拉国、新西兰、南斯拉夫、泰国……哟！我的客人是最后下飞机的代表团。

他，团长莫海顿，斯里兰卡全国青年徒工理事会主席，一个黑不溜秋的中年人，个头不高但很魁梧，头戴一顶大约在北京买的太阳帽，在翻译的介绍下，笑盈盈地向我伸出双手。他的笑挺好看，特别是那一排洁白的牙齿格外引人注目。不知是激动还是紧张，刚才还念得滚瓜烂熟的几句英语早忘到九霄云外。也罢，铁路警察各管一段，外语还是让翻译去讲好了。

一上车，他们就很有礼貌地往后排走，把前面的最佳座位留给了我们。经团长介绍，我结识了他们。坐在最后一排的是年仅 20 岁的全国羽毛球冠军、30 岁的省发展局官员以及 25 岁的警官；他们前面坐着大学讲师、剧作家和两位年轻女士。也许是初交之故，他们很少说话，女士们望着窗外、男士们偶尔私语几句，只有团长高兴地告诉我："成都比北京好，四川人民很好客。"

五月十七日（晴）

　　早上 7 点 40 分，满载世界青年使者的车队长龙向都江堰出发了。有了昨晚的接触，同车 10 余位异国青年有了一见如故之感，气氛也活跃友好多了。一路上，他们对我的介绍非常感兴趣，不时发出赞叹和询问。看见一望无际的平原，他们问成都平原有多宽；看见碧波荡漾的溪水，他们问都江堰灌溉面积有多大。途中，团长突然指着随行的翻译、记者问我："你们都是大学生？"也巧，几个烂秀才刚好滚到一堆。他们听后一个个直摇头。别误会，"点头不算摇头算"，这是他们的习惯。我趁机反问他们，团长两手一摊，朝我点头道："我们中间只有三位大学生。国家穷，教育差，我们要向中国学习。"

　　我欢迎他们唱歌，团长似乎急不可耐，一把抢过我手中的麦克风。嗬！哥伦布发现新大陆，我为黑人团长洪亮清脆的歌喉而惊讶！他一唱，把伙伴的歌瘾逗发了，他们有节奏地敲打着座椅，尽情地唱起当地的颂歌、恋歌。为了助兴，我也扯起公鸭嗓吼了一首四川民歌《康定情歌》，临行前软磨硬泡才上得车的报社记者小王也唱起校园歌曲。异国歌声此起彼伏，一首接一首，余音绕梁，余味无穷。

　　到了都江堰，带他们上铁索桥扭秧歌去。踏上铁索桥，脚下是汹涌的激流，连我也不由自主地摇晃起来，更别说初来乍到的客人。他们相互搀扶，抓着两边的铁索小心翼翼地前进。走着走着，胆子大了，有的小伙子故意扭着腰肢，惹得姑娘们嘻嘻哈哈笑成一团。团长煞有介事地评价："这是最美的迪斯科。"

我的朋友端起相机，大家兴奋地聚在一起。照吧，把我们亲密无间的友谊留在镜头里，留在珍贵而永久的存念中。记者小王不失时机地将话筒递到团长面前："请您谈谈对都江堰的观感。"他感慨地说："李冰伟大，中国人民伟大！在两千年前没有钢筋水泥的情况下，靠本地资源和人民的智慧修建了如此宏伟而缜密的工程。太伟大了！"

五月十八日（多云）

今天安排各国青年使者到基层参观。斯里兰卡朋友参观点是成都量具刃具厂。

到了工厂，参观完几处生产车间后，斯里兰卡朋友们和主人们举行了联欢会。联欢会在厂招待所的五楼舞厅举行，唱歌、跳舞、击鼓传花做游戏。最精彩的要数剧作家维杰·瓦丹尼的哑剧表演。他今年28岁，已在本国创作并演出了十几部剧。他模仿一段西方女子早上起床、梳妆、出门、约会的情景，把一个交际花的形象表现得惟妙惟肖。好一个斯里兰卡的"王景愚"（中国的哑剧大王）！

工厂的午餐，使外宾们感到惬意十足。

先是大家动手包饺子。还是女士们手巧，几分钟就学会了中国的包饺子手法，而其他几位男士尽管脸上沁出了汗珠，依然是望"饺"兴叹。入席后，客人们望着桌上的筷子，就好像老虎望着肥墩墩的刺猬干着急。我笑了，忙请主人将西餐用具送上来。只有剧作家和运动员不服输，学着我们的样子使用筷子。突然，运动员从凳子上跳起来，剧作家也狂欢起来。有能耐！菜食夹起了，连汤圆也夹起来了，难怪他们有所作为！

一道道菜上了桌，我为自己信口开河的水平吃惊："这叫白鹤展翅，祝福各位鹏程万里；这叫丹凤朝阳，表示吉祥如意；这是拼盘，团结的象征；这是汤圆，亲人团聚之食。"

大家毫无拘束地笑着吃着，有几个客人干脆用手抓着菜食往嘴里送。后来我才知道，他们在国内吃饭根本不用餐具。直到离开工厂去动物园熊猫馆、蜀绣厂、竹编厂的路上，他们仍然念念不忘这顿丰盛的午餐。他们说："这是来中国最快乐的一天，也是吃得最满意的一顿饭。"

五月十九日（小雨）

凌晨，天空飘起毛毛细雨，清扫着几天来飞扬的尘埃，调节着几天来干燥的空气。连老天也以它独特的方式为来自世界各国的青年使者们饯行了。

我们乘坐的"32"号专车随车流驰向双流机场。一路上，团长仍然在不停地唱歌；剧作家仍然在不停地发问；两位女士仍然是好奇地注视着窗外；坐在最后一排的运动员、警官、发展局官员和他们前面的大学讲师，仍然喜爱沉思，偶尔发出一两声私语和欢笑。然而此时此刻，他们的眼神、脸色，无不流露出依依惜别之情。

　　候机室内，我正式向朋友们告别。他们不让我和小张离开，平常不爱说话的运动员拿出了相机。我第一次，也是最后一次不用翻译就明白了他们的用意，连忙招呼身边的一位工作人员接过相机，为我们最后"咔嚓"了一张，把这告别合影连同我们的友谊一起带回斯里兰卡吧。此情此景，我这个一向难动感情的铁汉子也情不自禁地涌出一股股离别的愁绪，我用哽咽的声音连连说："欢迎你们再来四川！欢迎你们下次到我的家乡三峡去！"

1985 年发表于《青年世界》第 8 期

四川接待人员合影（1985 年）

国际青年年邮票（1985 年）

劳生，你走得太匆忙

——追忆"四川省青年学雷锋标兵"龚劳生

那是一个难忘的日子。

1991年11月28日，我刚从基层回到机关。团万县市委的同志带信："龚劳生同志不幸在上海病逝，次日在江东机械厂举行追悼会。"噩耗传来，连我在内的团地委同志们一片震惊。安排好悼念事宜后，我不由自主地沉浸在对龚劳生同志深情的追忆之中……

一

我惋惜：劳生，你走得太匆忙。

劳生，你或许还不知道，我与你的结识，全靠你那张"先进事迹登记表"为媒。那是1990年4月的事。

年初，团万县地委决定"五四"期间命名一批青年标兵。你的事迹《呈报表》经团万县市委的推荐送到我们面前，上面清楚地记载着你的简历。

　　龚劳生，男，34岁，四川江东机械厂五车间车工组组长。他爱岗敬业、技术精湛，4次参加地、市青工技术操作竞赛和涪、达、万三市青工技术比武，每次都名列前茅。1985年以来，有10项小制作获厂技术革新奖；多次提出技改意见，仅去年，经他与车间工艺员一道，对原轴承座加工工艺进行修改后提高工效5倍。1985年以来，他义务加班累计时间超过1年；1981年至1989年，他超额完成任务，相当于累计多干7年的工作，成为走在时间前面的人。1978年以来，连续6次被评为厂先进生产者，5次被评为厂标兵，3次被万县市委授予"优秀共产党员"称号。1989年10月荣获"万县市劳动模范"称号，今年荣获全国"五一劳动奖章"。

　　（劳生，殊不知这段简历一年半后竟成为哀悼你的祭文）

　　耳听为虚，眼见为实。我们及时派出志刚同志，拉上《万县日报》青年记者小傅，冲你厂奔去，一是为了采访，二是为了证实。

　　不久，《万县日报》五四专版上刊用了他俩采写的通讯《是工厂培养了我》。文中写道：

　　今年34岁的龚劳生，给人的印象是朴实、憨厚、不善言辞。在他30多年的历程中也确实没有什么惊天动地的壮举。他只是一个在本职岗位上辛勤劳作的青年工人。当记者采访他时，他窘得连连说："我，我没有什么可说……可写的……"

1972年，刚满16岁的龚劳生来到江东机械厂，被安排到车工二组当车工。车工，这可是看起来不重其实不轻的活，单是那一上班就在车床旁硬挺挺地站8个小时的滋味儿，就够人受的。其他人不愿意去，他却去了。行行出状元，他想工作无好坏之分，关键是看能不能干出名堂来。一上岗，他便如饥似渴地钻研技术，虚心向师傅们请教，很快便掌握了基本技能，令不少老工人啧啧称赞。不久，车间推荐他到建华厂与江东厂联合举办的"七二一"工人大学学习。两年半以后，他以优异的成绩完成学习后回到厂里，在车工技术上已经是身手不凡了。他数次参加各种青工技术大比武，次次都捧回了奖杯。

龚劳生有了本事，并不把它作为骄傲的资本、向领导讨价还价的本钱。他认为，自己的本事是厂里培养的，要以拼命干工作来回报。当时厂里还没有实行计时计件制，他加班加点地工作，没要任何报酬……

当改革的春风吹到江东机械厂的时候，厂里决定在车工组实行计时计件责任制。吃惯了"大锅饭"的工人一时哗然，都把眼睛盯在组长龚劳生的身上。小龚首先表明支持厂里的决定，然后向职工讲解改革的意义。他表示，如果完不成任务，愿意独担风险。责任制顺利实施了，他除了完成自己的任务外，还时常帮助其他工人。当年这个组就有40%的工人提前一个季度跨入1989年，被厂评为先进生产班组……

好一个安心本职岗位、一心默默奉献的青年工人！正因如此，团地委决定授予你"万县地区青年生产标兵"称号。

二

我惋惜：劳生，你走得太匆忙。

劳生，你还记得我们初次见面的情景吗？1990年5月3日，你应邀出席团地委召开的"纪念五四暨表彰大会"。会上，我们向你隆重地颁发了"青年生产标兵"荣誉证书。会后，我把你介绍给中共万县地委副书记、万县行署专员唐章锦、地委副书记陈光国等领导同志。他们向你祝贺，并开玩笑地赞许你名字取得好，"劳生"，劳动的一生，"生产标兵"当之无愧。

其实，我们谁不知晓，你不仅是生产标兵，更是在小改小革上颇有名气。

热压机是你们厂的主导产品，其关键部件油缸的加工难度大，废品率一直很高，而每报废一个就要损失500多元。你连续几个晚上待在厂里，对着油缸冥思苦想，终于改制成一种加工工具，使废品率降低到规定的范围内。

1989年，你们五车间接到望江厂外协件轴承座的加工任务。如果按原工艺方法加工，每班最多只能加工20来件。你拿到图纸后，主动提出改进意见，提高了工效5倍，同时由你亲自试制100件样品交付对方检验一次成功。

劳生，你可曾知道？我写这篇文章时，你们厂派专人送来反映你生前最后时刻忘我工作的"补充材料"。上面这样写道：

去年8月，工厂与外商签订了一份合同，要求按标准生产一批模具架并于10月17日前交货。这种产品精确度要求高，加工难度大，厂里成立了攻关小组，设计了多种方案均未成功。最后还是采用龚劳生设计的方案，并决定以他为主，成立"三结合"攻关组。在试制的12天里，他们从早到晚常常干到凌晨2点多钟才休息，终于试制成功，产品完全达到设计要求，从而保证了大批量生产任务的完成，为厂里创产值15万元。

9月下旬，厂里又交给五车间一项新产品加工任务——设计制作50型液压带锯、液压剪的加工任务。为了达到技术要求，龚劳生他们用了25天的时间，设计制作了一套3块浮镗工装和内孔挤压工装。这样一来，生产一台液压带锯可降低成本8.5万元。这两项新产品的开发，使我厂生产出现了新的转机……

（劳生，谁知道此后你竟永远离开了你那些朝夕相处、亲密无间的车床伙伴）

劳生，你的革新项目岂止这些！

车工怕车杆，钳工怕钻眼。团市委的同志告诉我，为了减少车削细长的难度，你设计制作出一副简单适用的"跟刀架"，并在万县市青工"五小智慧杯"成果展览中展出，深受同行们的好评。

以厂为家，与厂共存。你的亲属告诉我，为了给企业节约资金，你带头提出"废旧车刀改制"的合理化建议。1988年你没有领过一把新车刀，只用了30把回收来的废刀，仅此一项当年就为工厂节资195元。

三

我惋惜：劳生，你走得太匆忙。

劳生，我不会记错，我们第二次也是最后一次见面，是1991年3月5日，毛泽东题词"向雷锋同志学习"28周年之时。

那天，团地委在万县卫校举行隆重的"学雷锋先进集体、先进个人授奖大会"。你支撑着病恹恹的身体出席了大会，并从地委副书记张洪国同志手中接过中共四川省委宣传部、中共四川省委青少年教育办公室、四川省精神文明办公室、共青团四川省委联合颁发的"四川省青年学雷锋标兵"荣誉证书。全场青年为你长时间地热烈鼓掌。

你知道，学雷锋贵在立足本职、贵在岗位奉献。你明白，一枝独放不是春，万紫千红春满园。于是，你把你小组的 14 位工人团结得像一个人一样。你技术超群，C620、C630、CA6140 和 T68 镗床等多种型号机床的操作，对你而言简直是不在话下。于是，你主动帮助技术较差的同志，哪里工作忙，困难大，哪里就有你的身影。你是车工组的核心，你是车工们的力量。

劳生，也就在卫校的会上，我注意到了你羸弱的身体和蜡黄的脸色。大会后的座谈你告假了，你说要赶回工厂去完成一批手头的活路。临上车时，我叮嘱你要注意身体，你却说："书记，放心，没事。"

缅怀英烈清明时

（谁知这竟成了你同我、同团地委一班人的永别）

后来我才知道，你几次住院都不守规矩，私自奔回工厂与工友们一道突击任务。

后来我才知道，你病情好转回厂休息期间，主动承担生产研制任务，加班加点，废寝忘食。

后来我才知道，你被工厂强迫送到上海治疗，但终因病情拖得太久而失去了后半生的机会。

后来我才知道，你临终的最后一句话，是请你的妻子回厂后，"一定要把党费交完"。

劳生，我见面不多的好同志，万县地区青年的骄傲，你走得太匆忙、太匆忙……

发表于 1992 年 1 月 28 日《四川青年报》

第三辑

天城情结

天城，一座新区诞生

——《天城情结》序言

　　万县市天城区的前身，是四川省万县。

　　1992年5月初，中共万县地委组织部部长牟之益代表地委书记章增荣找我谈话，地委决定下派一批青年干部到县上工作，我去万县任县委副书记，另有几位分别去梁平、忠县、奉节。

　　我知道，去万县，是组织上对我的照顾——离家近。万县县城沙河子，距地委行署所在地万县市只有5公里路程，随时可以往返。为此，牟部长特别提醒我，尽量不要当"走读干部"，要扎下根让当地干部群众认可你、接受你。于是我牢记组织上的要求，在沙河子住了下来，除了周末，平常距离再近也不回家。领导干部的生活不能搞特殊，我独自住在简陋的县委大院招待所，每天只有一瓶热水，平常洗澡只能等到夜深人静接一桶凉水在走道上冲一冲。机关食堂中午吃饭热闹，一到晚餐时就冷冷清清，只剩我们少有的几人来消灭中午的残羹剩饭，很少有炒一两盘新鲜菜的时候。办公室的秘书们过意不去，经常邀约我去街边小吃"打平伙"，由此也开启了我的民意调查、路边办公的新征程。数月下来，沙河子街上的居民大部分都认识我了，漫步街头，随时要与招呼的人流点头示意。

三个月后，县人大常委会任命我为副县长、代县长。遗憾的是，没有等我正式成为县长，1700多年的万县历史戛然而止，我成为万县县志上最后一名代县长，大家戏称我是名副其实的"末代县长"。

1992年12月30日，经国务院批准，四川省人民政府行文批复：撤销万县地区、万县市、万县，设立万县市（地级），辖原万县地区的开县、忠县、梁平、云阳、奉节、巫山、巫溪、城口8个县。新设立3个市辖区：龙宝区、天城区、五桥区。

一个新的县级区——万县市天城区诞生了！

这片1000平方公里的土地，位于四川盆地东部，据三峡库区腹心，东连云阳县，西接梁平县，北依开县、开江县，南临龙宝区，并与五桥区隔江相望，因县城背后有一座天生城而得名。

新天城区辖31个乡、3个镇、1个街道办事处。后调整为18个乡镇（街道办事处），其中钟鼓楼、沙河2个街道，天城、分水、李河、高梁、熊家、小周、高升、三正、培文、余家、后山、弹子12个镇，铁峰、铁炉、孙家、董家4个乡。区人民政府驻沙河镇（后改为沙河街道办事处）。

天城区总人口为54万，新县城为周家坝。

1997年，重庆设立直辖市。同年12月20日，国务院批复，撤销万县市及其所辖的龙宝区、天城区、五桥区，设立重庆市万县移民开发区和重庆市万县区（1998年5月改为万州区）。天城区改为天城管理委员会，由万县区管辖。

2000年6月25日，经中央和国务院批准，天城管委会更名为天城移民开发区。

2005年4月10日，万州区宣布撤销天城移民开发区。

天城区是一部辉煌的历史，因为她为万县市经济社会的发展做出过重大贡献；天城区又是一部悲壮的历史，因为她在中国的区县建制中仅仅存在了5年，加上后来的延伸，也不过才短短的12年。比起她的前身——万县，整整少了1764年。

我是幸运者！我有幸成为天城区第一任区委书记。三年后接任我的是吴锡鹏同志，他是天城区的首任区长。此后还有三任书记：陈春松、李世奎、温俊华。

我在天城履职三年。三年间，区委、区政府在新组建的中共万县市委、万县市人民政府的领导下，带领全区人民团结奋斗，开拓进取，发扬"天城事当天办"的天城精神，紧紧围绕让天城"热"起来、"快"起来、"富"起来、"亮"起来的目标，苦干、实干加巧干，坚持唯旗是夺、唯才是举、唯令是行，硬是把一个基础脆弱的新区搞得风生水起，在经济社会发展的征途上走在万县市所辖区县的前列。

那是一段令天城人热血沸腾的岁月；那是一部令天

城人难以忘怀的历史。

天城已逝，天城永驻。

写于 2014 年 4 月

要助威更要下水

——关于党群工作直接服务乡镇企业的思考

区委党建工作会明确提出，党建工作必须围绕经济建设这个中心来进行。为此，党建工作要尽快"转接轨"，需要宣传思想工作摇旗呐喊，需要组织工作调兵遣将，需要纪检政法工作保驾护航，需要统战群团工作建功立业。

全区党群工作"转接轨"行动究竟如何？最近通过到各乡镇专题调查，引发出一系列思考……

乡镇企业，是农村经济的"台柱"，
到了摒弃"分庭抗礼"的时候

农村经济发展的"三句话"方针，固然千真万确，但一个地方、一个乡镇的粮食生产、多种经营、乡镇企业三套马车不应当也不可能并驾齐驱、平分秋色。

撤地建市后，新的天城区工农结构由原万县的3∶7变为3∶1，农村经济的分量骤然下降。这就要求各乡镇迅

速调整产业结构，大力发展企业，跻身以城市经济为主的城乡经济一体化新格局之中。

事实上，天城区已经迈出可喜的一步。截至4月底，全区乡镇企业总产值完成全年计划的26.2%，比上年同期增长75.6%，总收入比上年同期增长68.4%，乡镇工业产值比上年同期增长84%。今年以来，乡镇企业继续保持发展的好态势，主要指标增长速度逐月加快，这在全区乡镇企业发展史上前所未有。

尽管如此，我区乡镇企业发展仍处于后进状态，比全省平均水平还低30个百分点。差距在哪？差在认识不足、经验不足、资金不足上，其中关键在于干部队伍的认识还未完全到位，思想还未彻底解放。不少乡镇干部传统的农业观念根深蒂固，一讲农业就津津乐道，一问企业则沉默寡言；一些乡镇领导班子决策工作遣将布阵时，仍是粮食生产在先，多种经营居次，乡镇企业押后，其精力、重心始终舍不得离开田坎；还有少数乡镇畏难情绪重、依赖思想重，对发展乡镇企业心中无数、措施不力、见子打子，走到哪黑就在哪歇。

必须明白，发展乡镇企业，是农村经济工作的主要任务。纵观现实，农村经济之所以长期落后，乡镇财政之所以年年吃紧，皆因农村生产力水平不高，农副产品价格偏低，乡镇税源有减无增。唯有大力发展乡镇企业，才能从根本上解决上述问题。

必须明白，把农村剩余劳动力转移到企业去，是农民脱贫致富奔小康的主要途径。奔小康难点不在粮食收成而在现金收入上。试想，仅仅以种庄稼为生的农户，何年才能达到 800 美元的人均收入水平？倘若 4 口之家有 1 人务工，就等于人均增收 500 元，就等于多产粮食 3000 公斤，就等于多养肥猪 10 头。我们绝不能轻视乡镇企业在富区裕民中的作用。

还须明白，天城区农村经济的"台柱子"，只能是乡镇企业。乡镇企业发展快慢，制约着我区以城市经济为主的城乡经济一体化格局的形成，决定着我区农村城市化进程的速度。乡镇党委政府务必切实加强对乡镇企业的领导，倾注一半以上的精力，安排一半以上的人员，主攻乡镇企业这一难关。要搞好规划，确定重点，选准项目，形成优势，让东起小周（镇）、西至余家（镇）的公路沿线，真正成为"风景这边独好"的乡镇企业工业走廊；让全区 18 个乡镇你追我赶，真正形成"十八罗汉闹天城"的乡镇企业发展壮观图景。

参与经济，是党群工作的"正业"，到了摒弃"旁敲侧击"的时候

乡镇企业的发展，不只是党委书记、乡镇长的事，也不只是乡企办公室的主业，必须依赖乡镇一切力量的参与。

当前，不少乡镇抓企业势单力薄，其症结在于党建、经济"两张皮"难以融合。党政领导不能理直气壮地大胆安排党群干部去抓企业，担心飞来"不重视党群工作"的指责；党群干部不敢名正言顺地主动请缨到企业服务，害怕招来"种他人的田，荒自己的地"的非议。更有一

些党群分管书记、工作人员，片面理解"围绕经济抓党建"的要求，以为抓好自身业务就是服务经济。在他们心目中，服务就是配合，就是拉边绳。

其实，党群部门早就有句通用的工作格言：围绕党的中心，抓好自身业务。什么是党的中心？不是计划生育、财税征收等某个阶段需要突击的工作，也不是驻村包户的形式。党的中心就是发展经济，党的农村工作就是发展乡镇企业。乡镇党群部门围绕党的中心开展工作，就要围绕乡镇企业的发展做文章。什么又是党群部门的自身业务？自身建设，如宣传部门的通讯报道、阵地建设，组织部门的党员发展、干部培养，共青团的推优入党，民兵的整组集训等，固然是业务之一；思想教育，如全党中国特色社会主义的理论教育，职工的"四自"教育等，固然是业务之一；然而，动员组织并亲自率领党员干部及其所联系的广大群众尽快脱贫致富奔小康，争当经济建设的带头人，才是党群部门的主要业务，才是党群工作的立足点和归宿。思想教育目的在此，组织建设目的同样在此。

今年以来，全区党群部门已经清醒地认识到"服务经济、参与经济是党群工作的重要内容"的硬道理，区委宣传部到飞川酿造企业公司、组织部到银湖鞋业公司、纪委到沙河镇、人武部到铁峰乡、工会到钟鼓楼街道、团委到小周镇、妇联到分水镇、科协到培文镇分别开展长期定点帮企帮乡工作，并落实了相应的目标责任制和奖惩考核办法。党群部门还结合各自特点，在全区党员干部和群众中广泛开展"振兴天城"的劳动竞赛，有力助推了全区脱贫致富奔小康的前进步伐。

显而易见，在发展乡镇企业的攻坚战中，党群工作必须由过去的"敲边鼓"变为打主力。应将过去提倡的乡镇党群干部"三分之二的时间搞中心，三分之一的时间抓业务"，更正为"用三分之二的时间去抓经济、抓乡镇企业的发展，用三分之一的时间来抓思想教育、抓自身建设"。唯有如此，才能真正实现乡镇工作重心的转移，才能形成全区乡镇企业"千军上阵、万马奔腾"的发展局面。

亲自"下水"，是党群干部重塑形象的"良药"，到了摒弃"坐而论道"的时候

目前，党群干部的形象为什么在不少群众心目中失去了当年的风采？为数众多的党群干部为什么常常自己瞧不起自己的职业？经济领域的人士为什么总爱对党群干部品头论足？答案只有一个：不是党的中心抛弃了我们，而是我们远离了党的中心。

长期以来，我们党群干部习惯做深入扎实、和风细雨的思想工作，擅长搞热热闹闹、丰富多彩的教育活动，读的是政工书，干的是群众事，对市场经济、企业管理一知半解，有的甚至是地道的"门外汉"。愈是经济知识匮乏、管理经验不多，就愈加不敢涉足市场经济的领地，就愈加远离经济建设的主战场。长此以往，势必导致党委对经济工作的领导名存实亡，势必导致一大批德才兼备的党群干部在优胜劣汰的市场经济竞争中无意落马。

这绝非危言耸听。出路只有一条：逼上梁山，推下大海，党群干部必须带头"下水"。

要"下水"，就得学知识。社会主义市场经济，是一门崭新的学问，要读懂它非下苦功不可。党群干部必须加强对马克思主义经济理论的学习，加强对经济知识的学习，加强对科学文化的学习，努力提高经济建设的管理水平。乡镇可以安排一定时间让干部脱产学习、函授学习或自学。学习中要处理好学习与工作的关系，处理好学习理论与参与实践的关系，侧重于在干中学，在实践中不断丰富完善自己的知识，争取尽快成为经济工作的内行。

要"下水"，就得快行动。小平同志曾语重心长地提出，希望不要丧失机遇，对于中国来说，大发展的机遇并不多。我区乡镇企业发展已经失掉两次良机，如今机不可失、时不我待，我们不能再犹豫，不能再等了。党群干部必须与其他干部一道，牢固树立起机遇就是速度、就是效益、就是水平、就是实力的意识。要有时代的紧迫感，抓住机遇；要有历史的责任感，珍惜机遇；要有科学的态度，用好机遇。在调查中，我们欣喜地看到不少乡镇党群部门不等不靠、主动出击，出现天城民兵采石场、高梁妇女丝毯厂、李河党办有线电视站、高升青年面粉加工厂、钟鼓楼妇联神女皮鞋厂等一大批党群实体。

要"下水"，就得加压力。在给乡镇党政一把手和乡企办主任下"军令状"的同时，区委要求乡镇团委、妇联、人武部要发挥各自的组织优势，带头兴办企业或者参与企业的管理。这样做，既发展了乡镇企业，又锻炼了党群干部，还为各自部门解决了经费不足的现实困难。以党支部为核心的村级几大组织，也要积极兴办实体，带头发展集体经济，团支部、民兵连要将"创百元、千元支部（连队）活动"继续深入持久地开展下去。

齐心协力，是党群组织重振雄风的"妙方"，到了摒弃"各自为阵"的时候

调查中，我们听到干部群众对党群的普遍工作反映是：口号多、活动多；重部署，轻落实；重形式，轻效果。

为什么党群工作常常费力不讨好？追根溯源，在于政出多门，各自为政。领导班子各把一口，职能部门各守一摊，各吹各的号，各唱各的调。同样是农民脱贫致富竞赛，组织部搞"奔小康"，宣传部搞"三带三户"，共青团搞"青年科技星火带头人"，妇联搞"双学双赛"，人武部搞"庭院经济"建设；同样是村级组织建设工作，组织部名曰"达标升级"，共青团名曰"达标创优夺旗"，民兵称之为"五个一"达标；同样是村级阵地建设，党内要求建"党员之家"，共青团要求建"青年之家"，还有"妇女之家"、"民兵之家"、"科技之家"、"文化活动室"……名目之多，连乡镇分管书记都记不全；要求之高，逼使基层弄虚作假，搞形式主义花架子，甚至劳民伤财，增加农民负担。

党群工作不讲形式不行。因为我们主要做的是群众

工作，要使群众喜闻乐见、入耳入脑，就必须运用恰当的形式来达到教育的目的；党群组织不搞活动也不行。人的生命在于运动，党群工作的生命就在于活动。但是形式不能成主义，活动不能太繁杂，群众负担不能再增加，这就要求党群工作必须形成合力，减少层次，齐抓共管。

首先要统一名目繁多的教育活动。今年要在全区范围内集中开展"爱我三峡，兴我天城"为主题的区情教育系列活动，由宣传部门牵头，党群部门的教育活动全部纳入其中进行。活动包括开幕式、"天城区首届青年歌手大奖赛"、"天城之歌"歌曲征集、"首届中小学生艺术节"、"爱我三峡、兴我天城"演讲赛、"开放中的天城"广播报刊宣传专栏、组建区情教育报告团深入乡村培训村党支书、摄制区情教育专题片等系列活动。要求乡镇"七一"、"国庆"的庆祝活动均要贯穿"爱我三峡、兴我天城"的主题。乡村两级再不提此外的教育口号，再不搞其他名目的教育活动，让"爱我三峡、兴我天城"的口号通过党群部门的工作深入到千家万户，使广大干部群众增强紧迫感和责任感，树立节俭创业的艰苦奋斗精神，焕发出说天城话、干天城事、做天城人、为新天城建设奋斗的巨大热情。

其次要统一五花八门的达标竞赛。在众多的达标竞赛口号中，全区村级组织应当统一开展"达标升级奔小康"活动。村党支部、村委会、团支部、妇代会、民兵连，哪个组织没有自身建设达标升级的任务？哪个组织没有发动各自群众脱贫致富奔小康的责任？尽管具体要求不同，标准有异，但口号无疑均是适用的。在"达标升级奔小康"口号下，党群部门可以提出各自的要求，可以培育总结各自的典型，达到"同炒一盘菜、各敬各的神"之目的。"达标升级奔小康"活动应由组织部门牵头，由党建办公室负总责，统一部署、统一检查、统一考评、统一表彰。只有这样，中央早已提出的"以党支部为核心的村级组织建设"任务才能真正落实，村级组织的整体实力才会加强，才有可能出现更多的文明村、先进村。

服务为本，是党群部门的第一要务，到了摒弃"移花接木"的时候

有一幅漫画《参与》，画的是空中一只风筝，本来只挂着一根线，但由于风筝飞上了天，党建办接了一根线，共青团、妇联、民兵连也相应接了一根线，结果一只风筝有七八根线牵着。这是漫画，也是党群工作一种不良作风的真实写照。

我们有的党群部门，平常不注重培养典型、扶持典型，专等"秋后算账"。只要听说哪家致了富，共青团要为儿子授"突击手"称号，妇联要为母亲颁发"红旗手"证书，组织宣传干部要急忙去询问家中是否有党员，以便表彰奖励。同属一事，多头多奖的情况屡见不鲜。群众对此反映强烈，党群部门也有意无意将自己置于"有我不多，无我不少"的尴尬境地。

诚然，党群工作必须善于抓典型。以点带面，借典

型引路，是我党长期以来总结出来的工作方法。但抓典型贵在服务，使典型深深感到组织的温暖，使典型念念不忘组织的扶持。这样培养出来的典型，才有说服力，才有感召力，才是提高党群部门地位的"活广告"。今年以来，区委组织部提出保持和新创天城、沙河7个市级标兵村党支部，创建桑树、桐槽等5个小康样板村，创建天城镇为亿元产值的党建工作先进镇，创建1个千万元产值的明星乡镇企业；区团委提出培养10名农村青年科技带头人、10名乡镇企业优秀青年厂长（经理），帮助40个村团支部兴办共青团实体；科协拟在培文镇兴建10亩西瓜园地和一个优质果园……这些足以证明，我区党群部门培养典型、扶持典型、服务典型有了良好的开端。各级党群部门均要改变工作作风，努力克服形式主义和做表面文章，求真务实抓落实，尤其要直接联系、帮助、扶持一批乡镇重点企业、重点村社、重点人户，用党群干部的心血与汗水去浇灌绚丽多姿的党群之花。

海阔凭鱼跃，天高任鸟飞。乡镇企业的大发展，为党群部门、党群干部提供了施展才华的广阔舞台。全区党群干部要进一步解放思想、破除禁锢，面对市场经济的大潮无所畏惧、勇于冲浪，以自身实实在在的行动和业绩向社会昭示：发展农村经济，尤其是发展乡镇企业，离不开党群部门的参与，离不开党群组织的作用，离不开党群干部的工作！

写于 1993 年 5 月

开放天城在路上

——关于利用"开放城市"机遇加速发展的思考

经国务院批准，三峡库区定为三峡经济开放区，万县市为沿江开放城市，享受沿海开放城市的优惠政策。天城区作为万县市的组成部分，地处库区腹心，如何借此良机，加速开放开发，已成为全区广大干部认真思考并付诸行动的一个重大课题。

诚然，要建设好一个经济实力强盛的开放城市，需要几代人的艰苦努力。但是，千里之行，始于足下。

冷冷清清算不上开放城市。宣传工作要多管齐下，加大力度，让天城区"热"起来

建区一年多来，天城区在宣传方面做了大量工作。"爱我三峡，兴我天城"系列教育、万人篝火火炬接力、建区周年焰火晚会等活动，对天城区提高对外知名度、增强内部凝聚力起到了积极作用。但是，如果站在"开放城市"这一崭新的大背景之下来反思，就会感到宣传

调子太低、色彩太淡。因此，加重宣传分量，加大宣传力度，真正让世界了解天城，让天城走向世界，已成为当务之急。

对外宣传，必须立足于提高天城的知名度和影响力。形式应力求多样，内容要突出特色，校正目前那种以农业为主、以会议为主的宣传误区，走出就地宣传、宣传就地的狭隘圈子。加强与外地天城籍包括在天城工作过的学者、专家、实业家、社会名流的联系，并通过他们向更多的人宣传天城，为家乡建设牵线搭桥。

对内宣传，要着眼于增强全区人民建设天城的紧迫感和凝聚力。教育各级干部群众进一步增强"抓住机遇，加快发展"的紧迫感和"振兴天城，匹夫有责"的历史责任感，组织和引导广大干部群众就如何建设好新天城展开深入扎实的学习大讨论，及时形成共识：振兴天城，必须紧紧抓住千载难逢而又稍纵即逝的机遇；振兴天城，开放是大前提，发展是硬道理；振兴天城，需要上下一心、众志成城。

修修补补干不好开放城市。发展经济要敢于负债，敢下重锤，让天城区"富"起来

非大手笔写不出大文章。开放的城市需要开放的思路，仅仅满足于修修补补、小打小闹，必然干不成也干不好开放城市。

建设开放城市，经济发展战略和奋斗目标要高起点。天城区首次党代会、人代会提出了"紧紧抓住三峡工程

契机，敞开城门，扩大开放，加速构建以城市经济为主的城乡一体化发展格局"的战略。在工作思路上，奋力实施"六六六"工程，即：农业狠抓粮食、畜牧、蚕桑、蔬菜、水果和水产六大骨干品种；工业抓紧构建建材、机电、轻纺、化学、皮革和冶金工业六大体系；第三产业突出搞好交通运输、邮电通信、旅游服务、经贸物流、房地产开发和文化娱乐六个重点。要敢于自加压力、自求发展、跳跃式前进。尤其是乡镇企业，要真正实现超常规的发展。

建设开放城市，基础设施建设要整体推进。这是改善投资环境、塑造开放城市良好形象的关键举措，一定要敢于负债、敢于下重锤。基础设施建设应以新城区为轴心，以重点集镇为支撑，逐级展开，分步实施，全面加快道路、供水、供电、邮电通信、文化卫生设施建设步伐。道路建设要增量、提档、联网。通力确保万州大桥上马，加快周家坝客运站建设，尽快修建天（城）—高（梁）路，抓好天（城）—熊（家）路改造整治，如期完成新城区5.25公里水泥路面铺设，打通断头路，修通联结路。

建设开放城市，招商引资要有亮相之作。一是利用优惠政策吸引外来投资。对外来投资者，在其税收、土地等方面政策一律执行市里规定的最大优惠额度；在子女入学、就医、待业、家属农转非等各个方面必须给予优先安排。二是发挥群体优势聚积资金。每个党政群机关都要发挥各自优势，承担起招商引资任务，并纳入年度岗位目标作为硬指标严格考核。三是通过转让拍卖招商引资。借企业产权制度改革，做好"卖"字这篇文章，大胆地出让部分优势资源开发经营权，如城镇开发用地、开采价值高的矿产资源、风景旅游点；大胆地出让部分已建成的优势基础设施的经营权，如港口、码头、道路、桥梁；大胆推出一批优势企业、优势项目公开拍卖。

建设开放城市，重点项目建设要有大突破。一年多来，全区完成新建、技改、移民等项目总投资 1.25 亿元；已建起数量可观、覆盖面广的项目库，涉及 102 个项目，分别通过了审批程序。下一步必须咬紧牙关，在确保项目早日开工、加快建设进度方面破釜沉舟、背水一战。一是对投资上亿元、能左右全区经济格局的重大项目如三峡造船厂、金属镁厂等要抓紧前期工作，做好开工前的准备。二是对投资在 1000 万元至 3000 万元的已开工项目如南浦化工厂铵梯炸药技改、三峡水泥厂等要加快进度，早日发挥投资效益。三是对投资数额大、已有合作或独资意向的大型骨干项目，要不遗余力做好衔接工作，力争早日签约开工。

慢慢腾腾等不来开放城市。运行机制要高效灵活，富有生机，让天城的节奏"快"起来

拖拖拉拉、犹犹豫豫、慢慢腾腾，是长期制约内地经济发展的一大顽症。应当痛下决心，彻底根除，努力改造和培育与开放城市相适应的开放的观念、灵活的机制以及果敢的作风。

慢慢腾腾与现行机构紧密相连，必须进一步巩固机

构改革成果，使政府机构逐步由事务管理型转变为调控服务型。实践证明，不改革机构，难以提高效益，天城难以真正成为开放的市区；不改革机构，难以裁减冗员，更多的人难以真正走出"衙门"，投身经济建设主战场。因此，要加快机构改革步伐，本着精简、效能原则，认真解决职能交叉重复、人浮于事的问题，根除以事务管理为主要特征的弊端。减少甚至撤销一些经济主管部门，强化经济监督和服务部门，切实履行调控服务职责，真正实现"机关围绕企业转，企业围绕市场干，一切围绕经济办"的运行格局。

慢慢腾腾与传统的思维定式紧密相连，必须进一步帮助各级干部更新观念、解放思想，认真做到"天城事，当天办"。一是以"三个有利于"标准统一各级干部、各个部门的思想。打破唯书唯上的教条主义习惯势力，树立一切从实际出发、创造性工作的观念，根除不急不缓、慢慢悠悠的办事作风，增强时间、效率、效益观念。二是区级机关、领导干部要真心实意地为发展经济"搭台唱戏"。基层和企业需要办理的手续，有关部门从简从快，涉及收费的以最低幅度收取。三是建立监督与激励并重的机制。认真督办查办区委区政府重大举措的贯彻执行情况，确保政令畅通；将"天城事，当天办"作为干部升降、公务员考评和部门年终考核的重要依据；实行外来投资立项审批、选址定点、土地征用、工程招标、工商税务登记、银行开户等"一条龙"服务。

慢慢腾腾与现行干部人事制度和干部素质紧密相关，必须加速培养适应对外开放的干部队伍，坚决执行"能上能下"的用人制度。建设开放城市，人才是关键。人才从何而来？培养、发现、引进三管齐下。通过党校调训、专题讲座、选送深造、函授自学等各种形式，组织各级干部系统地学习社会主义市场经济知识，包括基本理论、经济法规、经贸知识、管理常识，掌握必要的科学文化技术知识和办公自动化操作技术；提倡学习使用普通话和交际外语，懂得必要的礼仪。坚持干部多岗锻炼，包括横向交流、下派、上派、外派锻炼。更要不拘一格选拔人才，不惜重金引进人才。

破破烂烂更不是开放城市。精神文明建设要齐抓共管，虚事实办，让天城区"亮"起来

不可否认，在我们生活的这个城区，任意张贴、悬挂而又极不规范的广告、标语、字牌比比皆是；街道两旁的杂耍、叫卖以及明目张胆的算命看相活动似已司空见惯，垃圾堆、臭水沟、"赤膊上阵"者、"泼妇骂街"者、"六害"行为并不鲜见……这些绝不是城市的开放。开放的城市是优美、文明、功能齐全的生存和发展空间，全区人民，尤其是沙河、钟鼓楼街道市民应当为之努力。

开放的天城须有优美的环境。美化城市环境要实行内容上的全面建设和手段上的综合治理，落实环卫人员的内部责任制和门前"三包"责任制，彻底解决"脏、乱、差"问题。搞好城区的平面、主体、庭院绿化，尽早落实天子城、天子湖、救兵城、李子城的绿化规划，下功夫治理废水、废气、废渣和噪声。

开放的天城须有优良的秩序。完备的规章制度和严格的管理办法是创造优良秩序的根本。对社会丑恶现象要严厉打击，杜绝恶性爆炸和火灾事故的发生，严格城市交通管理，完善交通标志、隔离设施，整治不规范的摊点，做到农贸归市、坐商回店、摊点划区、广告上栏。

开放的天城须有优质的服务。商业餐饮和公众服务人员要进一步强化职业道德意识、提高服务技能、推广文明用语、开展优质服务。坚决打击假冒伪劣商品和不法商贩，树立行业新风尚。

开放的天城须有优秀的市民。城镇居民要自觉认识到建设开放城市是全区人民的共同义务，塑造开放城市的良好形象需要全区人民共同努力。大力开展创建国家卫生城市和省级文明城市活动，每个市民都应做到举止文明、思想活跃、见义勇为、安居乐业。

历史对我们是宽容的。三峡经济开放区和开放城市的批准建立，无疑是对包括天城区在内的库区人民一次丰厚的补偿和有力的鞭策。我们务必抓住机遇乘势而上，力争为天城区更快更好地发展奠定坚实的基础，以无愧于伟大时代的新贡献奋力谱写开放城市建设的前奏曲。

发表于《万州》杂志 1995 年第 1 期

天城区新城——周家坝

万县天生城（又称天子城）

区县经济纵横谈

走出资金困扰的死胡同

天城区建区以来，工交生产形势看好。但是，依然潜伏着亏损企业难扭亏、创效企业难腾飞的严峻现实。问及原因，法人代表几乎众口一词：资金困扰。

前途未卜的棉毯厂，倘若溶喷无纺布工程的流动资金到位，下半年至少可增加产值及其销售收入300万元。

濒临破产的玻璃厂，倘若注入一笔技改资金与已协议引进的资金配套，马上可以起死回生。

大起大落的三峡绸厂，因急需现金回笼购原材料而压价销售产品，仅此一项要损失近百万元的利润。

首品亏损滋味的玛钢厂，因等米下锅导致生产断断续续，刚技改竣工的生产能力可创1000万元产值的机器设备一大半在车间闲置……

在银行信贷十分艰难的时下，企业还有其他办法走出资金困扰的死胡同吗？笔者以为，企业再不能死守一棵树吊死，生财之道就在企业的脚下。

出路之一：**改革生财**。三峡绸厂去年1—4月亏损59万元，今年同期盈利54万元。对此，厂长回答很干脆："这是改革的成果。"他们从去年五月开始，大刀阔斧地进行"六自主"改革试点，精简科室及其人员，公平招聘中层干部；职工收入拉开档次，车间科室实行二次分配；用工实行动态管理，车间点将优化组合，上岗试岗待岗者有别；厂级领导、政工部门与经济效益挂钩，实行严格的经济责任制。企业一动真格，职工的生产积极性倍增，产量、质量直线上升，修旧利废、节约开支蔚然成风，企业面貌焕然一新。

区政府已批转区劳动局意见，将招工权、用工权、辞退开除违纪职工权、内部机构设置权、内部工资奖金分配权下放给企业一步到位，这无疑给企业转换经营机制注入了新的活力。企业一定要用好这"五权"，以改革生财。

出路之二：**管理生财**。企业的头等大事是生产，无生产就无企业。但在抓生产的同时，切忌忽视和淡化管理，特别是车间班组、工种工序的管理，因为产品质量的提高和劳动生产率的提高完全依赖于此。

注重内部管理的蓄电池厂，1—4月产值增长54.2%，销售收入增长70.7%，利润增长56.5%，产品现钱现货仍供不应求，全年利税计划稳操胜券；插旗山煤矿面对同行业普遍政策性亏损的现状，精心经营，不遗余力，再次保持不亏损的纪录；川东轮船公司吸取当年几个"蛀虫"钻管理漏洞的教训，既对外扩展业务，又对内强化管理，终于效益大增，名声大噪。"管理出效益"，言简意赅，这是真理。

出路之三：**营销生财**。"酒香不怕巷子深"，此话不假，但这只不过是计划经济模式下的经营之道。在社会主义市场经济的大潮席卷全国之时，市场竞争是全面的竞争，在产品结构、质量、价格、服务和营销手段上，无论哪一环节功夫不到家，都可能导致企业失败。质量是企业的生命，早已形成公论；销售不活可以葬送企业，并非危言耸听。1—4月，全区84家独立核算企业流动资金占用呈畸形，货大批大批地出，款一点一点地进，大量流动资金被占压，生产效益难抵利息支出。难怪不少厂长无奈地讲："一年到头帮银行干了。"企业要渡过当前资金难关，必须集中力量催收欠款，及时组织资金回笼。对经销人员既给动力又施压力，只要算得过账，只要对企业有利，就要给收回欠款的有功之臣重奖，促进资金的良性循环。

还须明白，"好货更需巧吆喝"，方为现代经营之道。企业要有点"王婆卖瓜，自卖自夸"的精神，努力搞好宣传营销，扩大产品影响，提高企业知名度。一个"枕中健脑液"，凭借活跃的销售方式，赢来了一批批客户，换来了一声声赞誉，"东方制药厂"由此闻名遐迩。我们的企业，为什么不能与之比翼齐飞？

出路之四：**政工生财**。企业政工，由于自身的不适应，在一些企业早已成为"被遗忘的角落"。而磷肥厂党政工团一班人，对此却有独特的见解和共识。

磷肥厂自1976年建厂以来，磷肥产量由1.5万吨增至 4 万吨，硫酸产量由 0.5 万吨增至 3 万吨。为了企业的生存，厂党政工团抱成一团，各自发挥着重要的职能作用。党群政工干部围绕生产效益目标开展宣传教育，组织劳动竞赛，活跃企业文化，在企业上下真正形成一股"厂兴我荣，厂衰我耻"的氛围。厂长、支书们讲，只要把职工凝聚在一起，企业活力的源泉就会经久不衰。他们相信，只要职工与企业心心相印，再困难的企业也孕育着希望的曙光。

"面包会有的，牛奶会有的。"只要用心用情，企业总会走出资金困扰的死胡同的。

发表于《万州》杂志 1993 年第 5 期

建立发展农村股份合作制企业

农村股份合作制的建立和发展，犹如一股不可阻挡的洪流，已逐渐成为农村社会主义公有制经济的重要组成部分。它的意义和作用，至少表现在以下几个方面：一是有利于明确企业产权关系，能够极大地调动投资者和经营者的积极性；二是有利于集聚社会闲散资金，解决发展乡镇企业资金紧缺的问题；三是有利于优化生产要素的组合，发展生产力；四是有利于克服企业经营行为的短期化，防止以权谋私；五是有利于集体资产的维护。

如何更好地建立和发展农村股份合作制企业，笔者以为，必须坚持和把握好几个重要原则。

一是坚持"入股自愿"的原则。股份合作制企业应是真正自愿的利益共同体。在推行股份合作制时，无论是现在和今后，切不可搞行政命令，强制摊派股份。

二是坚持"利益共享、风险共担"的原则。企业内部股东必须遵循"风险共担、利益共享、盈利按股分红、亏损按股负担、一般情况下不退股"的基本原则，真正做到股权平等、同股同利。

三是坚持"实事求是、灵活多样"的原则。不能生搬硬套国外股份制企业模式，也不能效仿国内大中型企业的做法，要充分体现入股形式的多样性、分配方式的灵活性。

四是坚持"先易后难"的原则。比如，集资企业可以将农民的集资变成股份；亏损企业可采取兼并的方式，按实物、技术、劳力入股；新建企业可以一步到位搞成股份合作企业；原区办企业可以改成股份合作制企业；农委所辖林、果、茶场（园），可以按土地、劳力、资金划股明确股份合作性质。

五是坚持"先发展后规范"的原则。除了必需的章程及企业内部制度建设外，不要有过多的条条框框，不要横加评说是非曲直，先搞起来再说，对了坚持，错了纠正，不断探索，不断完善。总之，发展股份合作制企业，不要追求统一，也不要一开始就求规范。

写于 1994 年春

清除思想障碍　加快经济发展

李鹏同志视察万县市，提出"一年一个样，十年大变样"的工作要求与殷切希望。要实现这一目标，当务之急，必须尽快消除三大思想障碍。

第一，长期的传统习惯，使我们故步自封、唯书唯上。要实现"一年一个样，十年大变样"，就必须真正做到解放思想、实事求是。在我们这个文明古国，思想禁锢、传统积习根深蒂固，主观主义、教条主义备受青睐。可以说，千难万难，实事求是最难。天城建区两年来，区委把解放干部思想作为头等大事来抓，带来了经济实力的日益增长、移民新区的龙腾虎跃、新建项目的层出不穷、中外客商的纷至沓来。没有各级干部的思想解放，就没有天城经济的快速发展，就没有天城稳定的社会环境。这就是实事求是。须知，今天进行的改革和建设是没有现成道路和固定模式的，任何时候都须坚持解放思想、实事求是的思想路线。没有条件，头脑发热，盲目蛮干，不是实事求是；具备条件，能上不上，该快不快，也不是实事求是。

第二，长期的谨小慎微，使我们闭关自守、小打小闹。要实现"一年一个样，十年大变样"，就必须真正做到大胆改革、勇于开放。尽管改革开放已经十多年了，但就万县市而言，计划经济的色彩仍较浓厚，关起门来搞建设依然是我们的习惯。就改革而言，国有企业的产权制度改革、乡镇企业股份合作制的推行、农村集体经济的发展等，严格说来还未完全破题。就开放而言，也有两种偏见：一是认为搞开放是花架子，你来我往，纸上谈兵，劳民伤财，败坏风气。殊不知，世上哪有一拍即合的好事，经济交往就靠你来我往，那种认为开放导致腐败的看法更是片面。二是怕吃亏，怕自己的钱被他人赚了。试想，不想赚钱的客商在哪里找？拒绝别人赚钱就等于拒绝自己发展。越是贫困的地方，越不敢开放；越是贫困的地方，越是需要开放。我们必须利用一切积极因素，加速改革开放进程，打好"三峡牌"，唱好"地方戏"，把一切力量凝聚到发展上，把一切措施凝聚到改革上，把一切优势凝聚到开放上，使"人人都是投资环境，个个都是信誉形象"的口号成为实实在在的行动。

第三，长期的小富即安，使我们慢慢吞吞、甘居中游。要实现"一年一个样，十年大变样"，就必须真正做到抓住机遇、加快发展。邓小平同志反复强调，"社会主义的本质，是解放生产力，发展生产力"。而一个地方生产力的发展，很大程度取决于这个地方干部群众的机遇意识强不强、发展观念牢不牢。目前，国家宏观调控取得预期成效，改革开放新高潮来临。更重要的是，万县市被国务院批准为沿江开放城市。可我们有的同志对此麻木不仁、无动于衷，仍然我行我素、求稳怕乱，这无疑将坐失发展良机。坐失良机，就是失职。当前我市经济生活中固然存在诸多矛盾，但发展速度不快、经济总量不足仍是主要矛盾。只有通过增大经济总量，才有可能促进经济结构的优化，才有可能提高经济发展的整体素质。这道理，那道理，发展才是硬道理。

90 年代是 20 世纪留给我们的最后一个机遇期。咄咄逼人的形势，要逼出万州人民的忧患意识、开放意识和发展意识；要逼出万州人民进行"第二次创业"的使命感、责任感和事业心。唯有如此，**万县市**才可能真正实现"一年一个样，十年大变样"。

发表于 1995 年 2 月 21 日《三峡经济报》

尊重群众　取信于民

河北省武邑县审坡镇"逼"奔小康的事，是一个农村基层工作方法问题。在现阶段的农村，既要建立农村市场经济体制，又要率领农民奔小康，由于农民自身素质与市场经济要求有较大差距，无疑增大了基层党委政府的工作难度。审坡镇用计划手段去干预市场经济，结果事与愿违，农民奔小康不成，反而逼出个良田萋萋，民心所背。

笔者认为，在计划经济向市场经济转轨的过程中，仅靠农民的自觉性不行，不要一定的行政手段也不行，关键是要把政府行为与农民利益结合起来，加大对农业和农民的服务力度，引导和帮助农民奔小康。

作为三峡库区腹心地带的万县市天城区与武邑县一样，工作的大头在农村。占总人口 85% 的农民如何奔小康，是区委区政府正在研究的重大课题。破题之突破口，选在农业产业化和乡镇企业上，着重在服务和引导上大做文章。

天城区前身万县，也曾发生政府强迫农民兴起"苎麻风"、"药材风"、"长毛兔风"的事件，但由于市场变化而挫伤农民积极性，使不少农民形成"政府喊搞的，一定不能搞"的错觉偏见。1993年撤县建区后，区委、区政府把宏观决策与农民心愿有机结合起来，确立了粮食、畜禽、蚕桑、水果、渔业、蔬菜六大农业项目，选派行政领导和技术管理人员组成各项目工作指挥部，并抽调百名机关干部、百名科技人员到乡镇帮助工作，以乡镇为龙头，建立了20个融生产、加工、销售于一体的农业产业化公司，负责种肥供应、技术指导、信息传递、产品收购，让公司与农户结成利益共同体，使行政行为转化为经济行为。

天城区始终坚持发展农村经济应充分考虑农民的思想认识程度和经济承受能力，农民不愿干和一时没能认识的事，不强行上马，而是通过宣传政策，强化服务，树立典型，带动一片。如蚕桑，1993年建区时不足1万担茧，1994年区上拿出资金奖励乡镇和重点农户，并分别树立了10面旗帜引路，最终把政府意愿渗透到农民的经营意识中去，当年收茧两万担。1995年开始，天城区又加大奖励和服务力度，为实现"十、百、千、万"（即建成年产3000担以上蚕茧基地镇乡10个，年产400担以上蚕茧基地村100个，年养蚕10张以上的专业户1000个，年养蚕5张以上的重点户10000个）工程计划奠定了基础。

乡镇企业作为更新农民观念、增加农民收入的重要途径，天城区把它摆上了国民经济的支撑地位，抓住机遇，大力发展，实现了两年翻两番的超常发展目标，此一项农民人均从中获得纯收入近 300 元，从而使全区农民 1994 年人均纯收入达 933 元。昔日的全国贫困县（区）正向小康迈进。

事物的发展是矛盾斗争的过程。审坡阵痛是我国农村由计划经济走向市场经济的必然现象。它告诉我们，在推进脱贫致富奔小康的进程中，党委政府要尊重群众、引导群众、支持群众、取信于民。

《中国农民》杂志 1995 年第 2 期特邀文章

移民迁建应强化八种意识

万县市天城区，位于三峡库区腹心，是移民安置的重点区（县）。李鹏同志视察天城移民开发区后，区委区政府提出"移民工作是全区的中心工作"，要求全区上下努力强化八种意识。

一是忧患意识。按照三峡工程的建设进度，到 2003 年首批机组发电时，全区旧城区及沿江场镇均要被淹，114 家工矿企业和数百个机关事业单位要动迁，12 万移民要安居乐业。可以说，在短暂的几年内，既要完成浩繁的移民迁建任务，又要缩小由于遗留问题导致的与发达地区在经济、社会发展上的差距，没有强烈的忧患意识是不行的。我们应当以饱满的政治热情、崇高的事业心和责任感，上为党和国家分忧，下为子孙后代造福，自加压力，只争朝夕，主动工作，为三峡工程做出积极的贡献。

二是发展意识。大规模的移民迁建，在库区历史上前无古例，今无借鉴，运行中必将遇到这样那样的困难和挫折，只有靠自身的发展才是唯一的出路。撤县建区两年来，天城区经济高速发展，社会长足进步，对内凝聚力增强，在外知名度俱增，关键在于全区上下始终坚持了"发展才是硬道理"的指导思想。只要我们进一步强化发展意识，一心一意谋发展，齐心协力抓发展，移民这一道关系着整个三峡工程成败的世界级难题是可以解答的。

三是竞争意识。随着三峡工程开工帷幕的拉开，随着库区城市被国务院列为沿江开放城市，海内外客商纷至沓来，投资兴业者络绎不绝，整个库区建设升温了，库区人民鼓足了劲竞相求发展。但粑粑只有那么大一块，看谁有本事去多切。我们应以良好的竞技状态，投入到抢时间、比速度、争效益的库区建设竞技场，奋力工作，早搬早主动，早搬早发展，以移民迁建工作带动人民群众脱贫致富奔小康。

四是举债意识。移民迁建的最大难点，在于资金短缺和移民补偿资金到位太慢。要保证库区水到人走，必须打好"时间差"，超前投入，举债建设。我们应在千方百计争取移民资金大支持早到位的同时，多在"贷、借、引、靠、联"五字上下功夫。要以良好的信誉，向全国各地专业银行和融资机构贷款建设；要以宽松的环境，向海内外房地产商借款，让其带资承包移民迁建工程；要以优惠的政策，全方位的招商引资，让客商发财，使库区发展；要以主动的姿态，积极向上争取"小灶"，依靠上级主管部门的特殊扶持；要以互惠的原则，加强与全国各地对口支援单位的联谊，优势互补，共同发展。

五是整体意识。库区的迁建企业大多是小型企业，且有不少产品雷同。如果移民迁建仍萝卜还萝卜、西瓜归西瓜，各自为政，依样画葫芦，库区与发达地区的差距只会越拉越大，不但迁建企业没有生命力，而且还会造成更大的损失。因此，迁建企业一定要从长远出发，彻底打破原有的行业界限、区域界限，直至所有制界限，以壮大规模、提高效益为目标，坚持实行搬迁企业的重新组合，建成一批具有市场竞争能力的新型的股份制或股份合作制企业。

六是服务意识。优质、高效的服务能形成良好的投资环境，更能创造优异的经济效益。党政机关各部门要急移民迁建所急、想移民迁建所想，视关心移民迁建者为朋友。各地制定的投资优惠政策，要根据不同的产业和具体项目加以细化。在办理具体事务中，坚决简化有关程序和手续，尽量采取"一条龙"服务的方式，提高办事效率，切实做到"天城事，当天办"。

七是管理意识。移民迁建涉及面广、工作量大，仅靠移民部门是不行的。各级党委政府要切实加强移民迁建工作的领导，实行统一规划、统一管理、统一实施。凡有移民迁建任务的单位，都应组织迁建工作领导班子，有领导专门管，有专人具体抓。迁建单位与施工单位、项目建设的责任人与施工单位的责任人，在项目规划的落实及工程的进度和质量上都应签订具体的责任书。各个层次要互相监督、严格把关、考核斗硬。

　　八是廉洁意识。移民迁建是举世瞩目的重大工程，投入的资金物质既是巨大的，更是来之不易的。要本着对党负责、对国家负责、对三峡工程负责、对子孙后代负责，同时也对自己负责的态度，严格招投标手续，严格财务管理，严肃财经纪律，坚决杜绝公职人员在移民迁建中以权谋私、徇私枉法、不给好处不办事、给了好处乱办事的行为。坚决杜绝施工单位和个人在移民迁建中偷工减料、层层盘剥、损公肥己、中饱私囊的行为。一旦出现这类问题，尤应严肃处理、坚决打击。

发表于 1995 年 4 月 8 日《中部开发报》

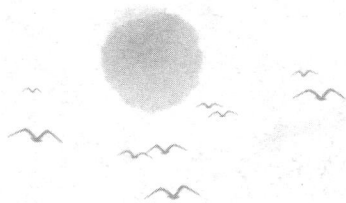

第四辑

绿色畅想

走进重庆直辖

——《绿色畅想》序言

　　1997年4月末，城口县的田野上凉风习习，乍暖还寒。

　　一个月前，八届全国人大五次会议审议了国务院关于提请审议设立重庆直辖市的议案，决定：（一）批准设立重庆直辖市，撤销原重庆市。（二）重庆直辖市管辖原重庆市、万县市、涪陵市和黔江地区所辖行政区域。（三）重庆直辖市设立后，由国务院依据宪法和有关法律的规定，对其管辖的行政区域的建置和划分作相应的调整。

　　作为"川东门户"的万县，1992年底撤地设市后，所辖三区八县，其中城口是距市中心最远、人口最少的老区贫困县。如今重庆直辖市即将成立，城口也会随之从万县市划出归重庆直管，万县市干部们难以名状的城口情结更加浓郁，谁都想脱钩前再来城口看看。

　　江河沿岸，早已春光明媚、万紫千红。而平均海拔超过千米的城口，依然寒意袭人，崇山峻岭之巅没有完全消融的积雪依稀可见。我与主管农业的副市长王越一道，带领万县市农口部门的主官们风尘仆仆来到城口，穿行在北部山区一片生机的田野上。

城口只有旱地没有水田，主要粮食是三大坨——玉米、红苕、洋芋。农业的两大新技术，肥球育苗、地膜覆盖，彻底解决了高山农民吃饭问题。眼前的地膜，一片连着一片，甚是喜人。它孕育的是种苗，更是农户们一年的希望。这是城口春季一道亮丽的风景线。

真没有想到，城口此行，竟成为我在万县市工作深入区县基层的最后一站。

从城口返回的5月下旬，我随万县市市委常委们前往重庆出席中共重庆市第一次党代会。报到时，其他同志都在代表团领取到会议材料和住房卡，唯有我没在代表团名单之列（后来发现何事忠也不在此列）。负责报到的工作人员讲，最近市委调整了一大批市级部门干部，你去市直属代表团看看。果不其然，在直属2团名单中我找到了自己的名字，上面"职务"一栏注明"重庆市林业局党组书记"。这着实让我感到太意外了。而事忠老兄身为分管组织的副书记，他的去向可能早就知晓，故而没有我这么意外与突然。

后来我才逐步了解到，重庆直辖干部调整太多，根本来不及一一谈话。而我们三地市（万县、涪陵、黔江）上来出任部门一把手的干部，除了何事忠、刘庆渝、洪天云等到党群部门，其余几乎都安排在政府大农口部门，如魏长述去民政局、秦文武去供销社、刘代荣去水利局，就连后来调任的水利局局长朱宪生、农垦局局长王永树等人，也概莫能外。

据说当时三地市领导干部调整有一个内部规定，除党政一把手外，年龄超过 50 岁以上的原则上不动。直辖前的万县市市委 13 位常委，副书记张洪国、组织部部长何本明、宣传部部长徐心怡、政法委书记郭运发、军分区政委龚家明、常务副市长杨永顺留在了万县市，其余陆续调往主城任职。当年调任的有书记陈光国、市长魏益章、副书记何事忠、李晓枫我们 5 人，次年调任的有市委秘书长李健、纪委书记王万培，后来还有副市长周金华、王越、政府秘书长陈和平等。

5 月 27 日，直辖后的中共重庆市第一次代表大会在市委大礼堂隆重开幕。来自原四川省五个地区（之前，永川地区 8 个县与重庆合并）的 700 多名代表，肩负着重大的历史使命，审议通过《中共重庆市委关于制定重庆市国民经济和社会发展"九五"计划和 2010 年远景目标纲要的建议》，选举产生中共重庆市第一届委员会和中共重庆市纪律检查委员会。

6 月 1 日，第一次党代会闭幕。大会通过《中国共产党重庆市第一次代表大会关于大会报告的决议》，批准张德邻同志所作的《负重自强，加快发展，为建设繁荣、富、裕文、明进步的新重庆而奋斗》的报告。大会对中共重庆市第七届委员会代管万县市、涪陵市和黔江地区期间的工作表示满意。

《决议》指出，从现在起到 2010 年，是重庆发展极为关键的时期。会议期间，组织部一位副部长带我到位于上清寺人民路 240 号的市林业局报到。简陋拥挤的办公条件，给我留下不佳的印象，为我此后下决心修建林业办公楼埋下伏笔。

党代会闭幕几天后，6月7日，政协重庆市第一届委员会第一次会议召开；6月8日，重庆市第一届人民代表大会召开；6月18日，重庆直辖市正式挂牌。全市各界3500多名代表心情激动地参加了直辖市挂牌揭幕大会。上午10时，五块象征党和人民神圣权力的牌子：中共重庆市委员会、重庆市人大常委会、重庆市人民政府、重庆市政治协商会议、中共重庆市纪律检查委员会，伴着雷鸣般的掌声，随着红绸的滑落脱幕而出。

从这一天开始，重庆市的干部职级水涨船高。我的档案身份也由"四川省重庆市林业局党组书记、局长"

重庆直辖10周年，市林业局机关同志合影

（副厅级）更正为"重庆市林业局党组书记、局长"（正厅级）。

我们都是重庆直辖的受益者。

写于 2000 年春

青山见证

1998 年，百年未遇洪灾肆虐中国，尤其长江流域，抗洪抢险成为主旋律。

洪灾之后，痛定思痛。9 月 11 日，朱镕基总理到重庆专题研究灾后重建和根治水患问题。

第二天，重庆市人民政府对外公布《关于保护天然林资源的通告》，决定即日起，"对全市所有天然林实行全面保护，停止一切采伐活动。对我市天然林保护重点地区的江津、万盛、南川、武隆、彭水、石柱、城口、巫山、巫溪、万州、奉节、云阳、黔江、酉阳等 14 个区县（市），确定为天然林禁伐区。关闭天然林区的木材市场。今年初下达的天然林采伐限额指标一律冻结；凡是已经批准而尚未采伐或者正在实施采伐天然林的，一律停止"。

11 月 8 日，经市政府同意，市林业局发布《关于开展封山育林的通告》。

2000 年 12 月，国家计委、国家林业局等四部委发文，同意天然林保护工程在重庆市 39 个区县和 1 个市本级单位（缙云山管理处）全面实施，面积 3582 万亩，总投资 13.1 亿元。市政府随后下发《重庆市天然林保护工程管护办法》，层层落实管护责任制，全市各级签订工程责任书 7158 份，管护合同 16444 份，落实管护人员 24124 人，使 3582 万亩天然林资源得到了较好的常年管护。

重庆是一个大山区。一座座青山的绿化保护，得益于"天然林保护"与"封山育林"两大工程的强力推进。而全市广袤山区植被的全面恢复，则归功于"退耕还林（草）"工程的全面实施。

2000 年 3 月 14 日，国家林业局、国家计委、财政部印发《关于开展 2000 年长江上游、黄河上中游地区退耕还林（草）试点示范工作的通知》，批准重庆市万州、黔江、武隆、开县、云阳、城口 6 个区县试点，退耕任务 275 万亩。

4 月 19 日，重庆市人民政府发出《关于切实搞好退耕还林（草）试点示范工作的通知》；20 日，成立重庆市退耕还林（草）工作领导小组；24 日，市政府召开试点示范动员会议，6 个区县的试点示范正式启动。

一年半的试点，得到国家相关部门的充分肯定，同意重庆全面启动。2001 年 12 月 24 日，市政府印发《关于切实做好退耕还林还草工程实施工作的通知》。12 月 29 日，市政府召开全面启动退耕还林还草工程会议。自此，国家退耕还林还草工程在全市各区县农村全面铺开。

2002 年 3 月 20 日，时任市委书记贺国强、市长包叙

定、人大常委会主任王云龙等领导同志，率领市级机关
1300 多名干部、武警官兵参加近郊农村退耕还林义务植
树，带头推进退耕还林还草工程。

退耕还林还草工程，是全市覆盖面最大、投资最多、
农民参与度最高的一项生态经济工程。全市共 39 个区
县、920 个乡镇、254 万农户、980 万人参与了此项工程
建设。至 2006 年底，国家累计投入资金 119 亿元，完成
工程建设任务 1487 万亩，其中退耕地造林 661 万亩，宜
林荒山荒地造林 756 万亩，封山育林 70 万亩。退耕还林
工程的实施，带动一大批林业特色基地应运而生，如江
津区的 50 万亩花椒基地、城口县的 30 万亩干果基地、
铜梁县的 20 万亩笋竹基地，以及库区的柑橘基地、武陵
山区的茶叶基地等。

2007 年，重庆直辖十周年。市林业局对十年的林业
生态建设做了一个总结，概括为"三个历史性突破"。

一是造林绿化工作取得历史性的突破。全市累计完
成营造林 2398 万亩，完成义务植树 6.5 亿株，年均造林
速度为直辖前的 3 倍，森林增长速度是全国平均水平的
4 倍。森林面积由直辖前的 2593 万亩增加到 3950 万亩，
增长 52%；森林蓄积量由 7446 万立方米增加到 1.2 亿立
方米，增长 60%；森林覆盖率由 20.98% 提高到 32%，增
加 11 个百分点。

二是森林资源保护工作取得历史性的突破。重庆全
面实施天然林保护工程，努力抓好森林资源管护，抓好
林木采伐管理和林地管理，年采伐限额由 380 万立方米
调减到 84 万立方米，调减量达 75% 以上。各类自然保护

全市退耕还林会议

区由 8 个增加到 50 个，建立重庆市植物园、重庆三峡珍稀植物园等 4 个植物园，使一些濒危物种种群得到较好保护。与直辖前相比，森林火灾年受害率减少 30%。

三是林业产业开发工作取得历史性的突破。重庆市基本形成森林旅游、森林食品、木竹加工、花卉苗木四大林业产业。建成国家级森林公园 22 个，市级森林公园 42 个。重点发展笋竹、竹荪、干果、木本粮油、野生食用菌和山野菜等森林食品产业，建成森林食品基地 500 万亩。全市从事林板、林纸加工的企业 16 家，制浆 10 万吨，林板 12 万立方米，木门 400 万樘。建成 1 个省（市）级林种木苗示范基地，15 个中心苗圃，6 个现代化苗圃，年产合格苗 12 亿株。建成林业特色乡镇 30 个，培育林业龙头企业 40 家，林业产值达到 125 亿元，是直辖前的五倍。

林业，为重庆的经济社会发展增绿添彩！

写于 2008 年初调离市林业局前

火场的考验

　　扑救山火，是林业人的家常便饭。而北碚那场大火的扑救经历，着实令我终生难忘。

　　2006年盛夏，巴渝大地遭遇40余天的连晴高温，主城的南山、歌乐山、缙云山，周边的四面山、金佛山、西山，凡是带山的地方，都有火警报告，让市森林防火指挥部（市林业局）的同仁们坐卧难安。按制度规定，山火燃烧3个小时以上，市局就要派人前去指导督战，燃烧半天以上副局长就得去督战。那段日子，市林业局干部无论男女几乎都上了火线。山火此起彼伏，肆虐着全市，全力扑救山火，一度成为各区县的首要任务。

　　8月30日10时35分，渝北区木耳镇垭口村一位62岁的农民在耕地烧杂草引发山火，很快蔓延到山梁这边的北碚区境内。城门失火，殃及池鱼。渝北区境内的山火几小时后就顺利扑灭，而北碚区却付出4天3夜的扑火代价。

　　火场地处北碚区有名的金刀峡山脉，山高坡陡，沟深林密，道路不通。林区一直处于 4—5 级极高等级森林火险，大片燃烧易爆的竹林、易燃的松杉树木、干黄枯死的林下植被，无不是一处处"火药库"。尽管扑火队伍多次组织强打硬攻，但由于火焰高而猛，火势大而强，扑火人员根本无法靠近火头，山火冲过重重防线四处扩散。为了保证扑火人员和林区农户的生命财产安全，只得采用砍隔离带的办法阻止火势蔓延，先后砍设大小隔离带 10 条计 7 公里。看见一片片树木被人为地砍倒，我们真是心疼不已。

现场扑救人员人山人海，事后统计超过万人，连四川南充的武警也赶来驰援。上过山的领导更是空前，武警总部派来副参谋长，武警森林指挥部派来参谋长加上重庆武警、警备区、驻渝 13 军，前后 10 位将军上过火场。市委书记汪洋亲赴火场部署扑火工作，市委常委、副市长陈光国一直蹲守现场，北碚的区委书记黄波、区长吴康明等四大班子成员，市林业、公安、消防、商业等部门负责人悉数到场，仅地厅级以上干部就有 50 余人。

遗憾的是，由于缺少面对恶劣条件下的多火头森林火灾扑救经验、统筹成千上万人的后勤保障和军地力量协调难度极大、临场指挥缺乏果敢等原因，丧失了好几次扑救的机遇，大火持续燃烧到 9 月 2 日。

这天早上传来两个决定，扑火局势才得到根本改变。一是国家森林防火指挥部决定，副总指挥长、国家林业局副局长雷加富率工作组于当天下午抵达。这让我们坐不住了。尽管此前国务院领导已做重要指示，中央电视台天天跟踪报道，但工作组亲临现场指挥，性质就完全不一样了。市委、市政府看到了这一点，于是有了第二个决定。汪洋书记指示，由我接任现场指挥长。按有关规定，森林防火实行属地行政首长负责制，区长是指挥长。临阵换将，本是兵家大忌，但我知道其中缘由，更知道自己的责任。

中午，最后一次指挥部会议召开。我主张尽快调集力量扑火，因为从风向、火势上观察正是扑火的好时机。武警总部首长与我有一段对话："你能保证我们的战士安全吗？"

"我只能保证，我不出问题战士们就不会出问题。"

"你需要我调多少兵力，300人行吗？"

"谢谢，我用重庆的人就够了。"

再不能耗下去，这是当时的想法。话音刚落，重庆驻军首长积极响应。我们商定，重庆警备区周茂武副司令员率驻渝部队官兵由山上往下突击，我与市武警总队钟少勇参谋长带领重庆武警官兵由山下往上运动。

下午3点，两路人马同时发起强攻。两个多小时后，山上山下的明火基本扑灭，我要求武警官兵继续攀上山顶与驻渝部队官兵会合，彻底消除我们视野看不见的死角。钟参谋长不干了，理由是他们的任务已经完成。

我们老林业人都知道，森林火是"野火"，不像居民楼里的"家火"一目了然，由于山势凹凸不平，扑火队伍不碰面，就有可能留下死角前功尽弃。我急了，第一次冲着军人发火："我以指挥长的名义命令你们上山，若要违抗以军法论处。"至于军法是什么，我也不清楚。

火场一线指挥员

　　看见我发火动真格，钟参谋长连忙解释："官兵们的确太累了。如果再上山，扑火物资只有靠地方协助了。"

　　值守现场的北碚区委副书记陈杰当即表态："后勤工作我们负责。"说完他就带领当地干部群众，有的扛灭火弹，有的背矿泉水，有的拿铁扫帚，紧随武警官兵往山上扑去。

　　19 点 30 分，山上终于传出两军会合扑灭最后火团的欢呼声。我们成功了！

　　此时，夜幕徐徐降临，给官兵们留下宝贵的鸣金收兵下山的时光。

　　此时，国家林业局雷加富副局长一行正好赶到山下，随后参加了慰问官兵的活动。

此时，我们终于松了一口大气，也为重庆争回了一丝脸面。

一场秋雨，终于让久旱的巴渝大地露出了湿润，林业人紧绷一月有余的心弦这才松弛下来。

写于 2007 年春

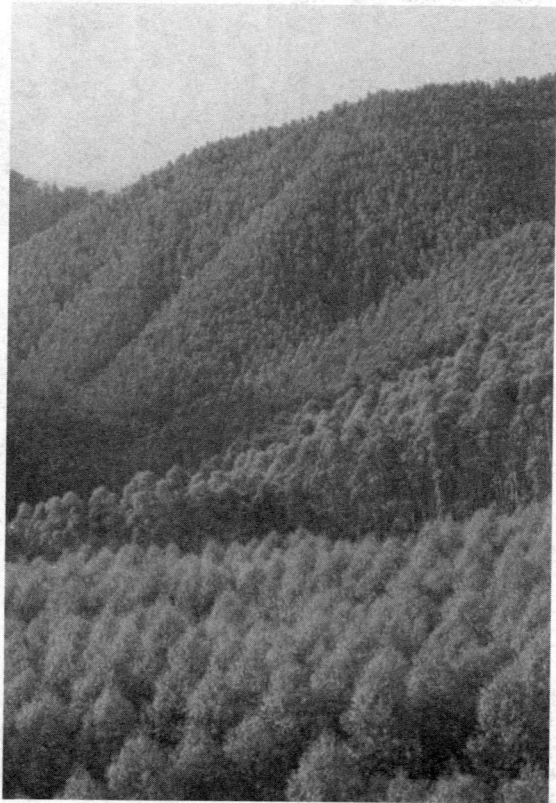

青山为证

林业的跨越之路

进入 21 世纪，中国的林业何去何从？国家林业局提出，争取用 50 年的时间实现按常规需 120 年才能完成的森林覆盖率 26% 的目标，即实现林业的跨越式发展。这一战略思路提出，在林业系统乃至国内外引起强烈反响。

"九层之台，起于累土；千里之行，始于足下。"要真正实现林业的跨越式发展，该做的工作千头万绪，跨越之路在于基础。基础不牢，地动山摇。

用更严厉的手段强化三大管理

由于"十年树木"的周期特点，导致林业生产经营的粗放，使林业成为典型的管理松散的行业之一。要实现林业的跨越式发展，加强管理是基本前提。

一是强化森林资源管理工作。过去我们常讲，林业是"三分造，七分管"，即使如此，人们仍然议论年年植树不见树，身为林业工作者无不为之汗颜。如今党和国

177

家用巨资换森林，以粮食换森林，在这种情况下，提出"一分造，九分管"实不为过。我们必须用更严厉的手段，切实保护好现有森林资源。要建立高效精干的管护队伍，实行管护人员、任务、责任、奖惩"四到位"；加强和改进采伐限额管理，做到卡死一片（生态林），管严一片（公益林），放活一片（商品林）；切实加大林地管护力度，禁止毁林开垦和乱占林地；认真抓好森林防火和森林病虫害防治工作，坚决遏制松材线虫病、松毛虫、柏木叶蜂、杨树天牛等危险性病虫害的蔓延扩大；进一步加强野生动植物保护和自然保护区建设，重点抓好大熊猫、朱鹮、老虎等濒危物种的拯救项目；坚决查处各类破坏森林资源的案件，依法严厉惩处乱砍滥伐林木、乱捕滥猎野生动物等违法犯罪行为，做到发现早、行动快、查处及时、打击有力。

二是强化林木种苗管理工作。种苗是林业建设的物质基础，林木种苗实行凭证生产、凭证经营，是确保种苗质量、提高林业工程建设成效的关键措施，必须下大力气抓好种苗工作。林业主管部门应当切实履行职责，对本辖区内从事林木种苗生产、经营和使用种苗的单位和个人加强管理，认真做好林木种苗"两证"的发放监管工作，严肃查处非法生产、经营林木种苗以及以劣充优、以次充好、掺杂使假等坑害林农的人和事；依法强化林木品种选育、审定和质量监督，从源头上把好关；抓好良种基地、采种基地的建设和各种种质资源的保护工作，力争实现林木种苗的"管理规范化、用苗自给化、供苗基地化、育苗壮苗化"的目标。

三是强化重点工程资金管理工作。实施经过系统整合的六大林业重点工程，国家的投资将上千亿元。如何管好、用好这笔资金，是一个严肃而又重大的政治问题，稍不留意就会给党和国家造成损失，就会对党和人民的事业犯罪，这根"高压线"绝不能碰。要把加强资金管理与加强工程管理结合起来，做到按规划设计、按设计施工、按项目投资、按效益考核。切实加强对工程资金的监督检查，采取有力的措施确保资金安全运行和足额到位。对各种违规违纪行为，必须从严处理；对借机敛财的不法之徒，必须严惩不贷。

以更务实的态度夯牢三大基石

林业战线点多面广难度大，林业的跨越式发展，离不开林业战线的各基层组织去实施；新世纪林业之大厦，离不开林家铺子的千军万马来筑造。夯基立柱，至关重要。

一是稳定基层林业站队伍。乡镇林业站是基层林业工作的管理者、组织者、实施者，是林业社会化服务和林业科技推广的重要载体。目前，全国乡镇机构改革在即，稳定林业站队伍是当务之急。据调查，乡镇机构改革中的林业站大致有四种结局：各乡镇如数保留林业站；森林资源多的或撤乡并镇的地方保留林业站；撤掉乡站建立片区林业站；按要求与农村其他基层服务组织合并。何去何从，很大程度上取决于林业站自身的地位与实力。因此，我们要积极努力地工作，按照"条块结合，双重领导"的原则，合理划分职责，主动争取地方党政的领导。要切实加强自身建设，把好林业员的入口，坚持对林业员进行轮训，努力提高林业员的整体素质。要积极从事林业科技推广和服务工作，大力兴办示范基地，广泛开展多种经营，努力增强林业站的自身活力。各级林业主管部门要加强对林业站的领导，给予足够的扶持和帮助，确保稳住队伍，留住人心。

二是深化国有林场改革。国有林场是代表国家经营管理国有森林资源的基层事业单位，几十年来既为国家建设提供了丰富的林产品，又为地方留下了一片绿荫。目前，砍树人下山，国有林场普遍处于困境，深化改革是唯一的出路。要帮助林场干部职工转变思想观念，彻底克服"等、靠、要"的思想，树立新的就业观和分配观，增强机遇意识、市场意识、发展意识和竞争意识。要积极探索所有制形式，通过国有民营、合资联营以及拍卖、租赁、承包、兼并等方式，在保护森林资源的前提下搞活国有林场。要按照国家天然林保护工程规定的职工管护标准，定人员、定岗位、定面积、定责任、定奖惩，加快富余人员向植树造林、种苗生产、旅游开发和其他多种经营方向分流。各级政府和林业主管部门要支持林场转产，按照"好林好树作保护，好山好水兴旅游，平整好地建基地，房前屋后搞多种经营"的模式，认真选好开发项目，积极兴办优势产业，力争使国有林场在新的历史条件下重整旗鼓、再铸辉煌。

三是发挥森林公安的作用。森林公安是林业系统难得拥有的一支带枪的队伍，更是打击破坏森林资源的犯罪分子的生力军。各级林业部门应当高度重视森林公安工作，充分发挥森林公安队伍的作用。要切实解决好森林公安的管理体制、编制性质和经费渠道等问题，不断充实壮大队伍；坚持政治建警、从严治警、依法治警的方针，在干警中广泛开展全心全意为人民服务的宗旨教育、实事求是的思想路线教育、严格公正文明执法的法制教育，纯洁干警队伍；积极组织森林公安干警参加专项治理斗争，认真履行法律赋予的职权，严厉打击各种破坏森林资源的违法犯罪活动。

下更大的决心落实三大保障

实现林业的跨越式发展，还须套用一句老话：即一靠政策，二靠科技，三靠法律。这是最基本的保障。

第一，完善林业政策。坚持国家、地方、集体、个人一起上，多渠道、多层次、多方位筹集林业资金的方向，按照"谁受益、谁补偿，谁破坏、谁恢复"的原则，尽快建立生态效益补偿机制，把生态效益推入市场，让建设者受益、享用者尽责；按照"谁投资，谁经营，谁受益"的原则，鼓励社会资金向林业建设投入。逐步建立起公益林以政府投入为主，吸引社会力量共同建设；商品林以市场调控为主、政府适当扶持的投入体系，从根本上解决林业发展的基本动力问题。要轻税薄费，使务林者得其利，使植树者受其益，形成有利于林业建设的良性机制。要稳定林地所有权，放活使用权，延长林地承包年限，完善和优化林木所有权和林地使用权的流转、承包、租赁、抵押、继承、转让、拍卖政策，使经营者吃上"定心丸"。

第二，提升科技水平。切实抓好六大重点工程的科技支撑体系建设，大力推广 3S 技术（全球定位系统、地理信息系统和遥感技术）、网络技术，加强工程实施监控和资源动态监测，推动林业管理的精确化、科学化。大力加强科技推广和实验示范工作，尤其在良种繁育、栽培管理、集约经营、森林防火、森林病虫害防治、林产品加工利用、产业开发等方面积极推广先进适用技术，建立新的成果转化机制和科技创新体系，形成科技与经济相结合的有效机制。加强林业科技队伍建设，积极培养和引进林业建设急需的人才，提高林业职工科技兴林和科技致富的本领，鼓励林业科技人员深入林业生产第一线开展科技承包和咨询服务工作。

第三，坚持依法治林。林业上的许多工作，无不表现为一种执法行为。要认真宣传贯彻党的十五届五中全会精神，宣传贯彻党和国家关于加强生态环境保护和建设的一系列方针、政策，围绕《森林法》、《野生动物保护法》、《防沙治沙法》等一系列法律法规的宣传，强化广大干部群众的法制观念，牢固树立依法行政的意识。要彻底改变林业行业的执法形象，变"被动挨打"为"主动出击"，积极执法，坚决执法，严格执法，真正树立起执法者的权威。利用法律手段和必要的行政手段，坚决维护森林生产者和经营者的合法权益，切实保护林业建设的重大成果。建立健全林政执法监督机制以及执法违法的追究制度和赔偿制度，努力提高林政执法水平。

　　青山绿水，蓝天白云。这是我们的追求，更是我们的使命。我们要以"三个代表"重要思想为指导，以对人民群众高度负责的态度，坚定信心，埋头苦干，不辱使命，不负众望，为中国林业的跨越式发展建功立业。

发表于《中国林业》2001 年 7 月刊

国家林业局党组集体接见"全国森林卫士"——奉节县林业局局长罗启辉（2005 年 2 月）

大树进城需谨慎

　　前不久，针对我市不少地方层层捐献大树、培植城市局部景观的普遍现象，一位市领导大声疾呼："大树进城要谨慎。"对此，社会人士众说纷纭。笔者认为，从加快城市绿化步伐、建设城市生态景观的初衷来讲，大树进城的出发点无疑是好的；但从加强生态环境保护，实现城乡绿化一体化的角度来看，大树进城应当严格控制，以免得不偿失。

　　首先，大树进城要服从生态环境保护和建设的大局。生态环境保护和建设，是一项覆盖城市和广大农村的艰巨工作。按照我市全面建设小康社会对林业发展的战略规划要求，到 2020 年全市森林覆盖率应达到 45%。要实现这一奋斗目标，就必须通过大力实施天然林保护、退耕还林等工程来推进全市森林资源的培育和保护，努力把重庆建设成为长江上游生态优美的经济中心。大树的培植和保护，正是提高森林资源质量、丰富自然景观、建设"生态重庆"的重要内容之一。大树进城，虽然能在短期迅速满足城市生态景观建设的需要，但其树源主要是农村。若不从生态环境保护和建设的大局考虑，任其无序发展，极易顾此失彼，导致大树原产地区的乱挖滥采，引起农村局部生态环境的破坏和失衡，形成这儿建设那儿破坏、拆东墙补西墙的尴尬局面，其做法无异于"杀鸡取卵"、"挖肉补疮"，其本质与砍伐森林的危害大同小异。如果说砍伐森林后还留下一个树桩，那么移走大树后留下的却是一个大坑。我们不能为保护城市的生态而破坏山区的生态，不能为改变城市的环境而破坏农村的环境。北京的沙尘暴给人们最深刻的启示是，在生态环境保护与建设上绝不能"各人自扫门前雪"。

其次，大树进城要尊重树木生长的自然规律。研究表明，大树适应了原产地的生态环境，并有着适地适树的生长规律。在移植中，大树枝干和主根及须根系被切断，其生命力和可塑性降低，适应能力较弱，现有的移植方法和技术条件移植大树很难成活。即使移植成活，其树型和树根及根系也难以恢复往日的风采，只会长成树桩或"小老头树"，这与实施大树进城要达到的枝繁叶茂、树大根深、快速绿化、美化环境的初衷大相径庭。有媒体报道，贵阳市近几年移植进城的大树数以万计，但遗憾的是，"进城的大树成了'绿色泡沫'——城市绿得快，树也死得快"，已经死亡70%以上，结果事与愿违，经济损失巨大，生态损失更大。前车之鉴，不可不记。

第三，大树进城要严格管理。鉴于近年来大树进城呈燎原之势，要绝对禁止大树进城既不适应新时期的形势，也不现实，而应当因势利导、合理移植、从严控制，杜绝乱挖滥采和无序移栽大树的行为。全国绿化委员会规定，树龄在 100 年以上的大树作古树管理，国家林业局正在会同有关部门研究大树移植的管理办法；市林业局也于去年 5 月按照市政府 110 次常务会议有关大树进城的决定，根据《森林法》、《重庆市绿化条例》相关规定，提出了全市大树移植制的管理办法，界定了允许移植大树的范围，以及采集大树的审批程序和权限等。在我市只允许对三峡库区淹没线以下的树木、工程建设占用林地范围和农民房前屋后容易成活的大树进行移植；允许移植的大树必须经乡镇人民政府审查，区县、市林业局主管部门依法审批。各地要通过贯彻执行大树移植

初秋的行道树

的管理规定，严把大树移植管理关口，规范大树移植的运作行为，坚决打击非法采集、运输、倒卖大树特别是古树名木的行为。

当前，春暖花开，又到了植树造林的大好季节。我们应当坚持科学严谨的态度，努力做好适地适树的造林绿化工作，一方面不要再盲目地大搞"大树进城"；另一方面要切实加强进城大树的培植与管护，让进城大树犹如在它们的第一故乡那样，真正给居民带来绿色，带来春天。

发表于《中国绿色时报》2003 年 4 月 29 日刊

初夏的广阳岛

森林与可持续发展

进入 21 世纪，经济的迅猛发展带来生态环境恶化的现实，客观地摆在世人面前。究竟选择怎样的发展道路，仁者见仁，智者见智。本文仅从生态环境保护和建设的层面入手，试论中国必须走可持续发展之路。

可持续发展——人类社会的理性选择

翻开人类的历史画册，其实就是一部人类与生态环境相依相存的发展史。

所谓生态环境，是指生物个体、种群或群落所在的具体地段的所有外部条件以及影响其生长发育的一切因素的总和。这些外部条件包括：地形地貌，如地理位置、地势高低、地形起伏、地貌状况，包括高山、高原、海洋、草原、盆地、河流等；气候因素，如光、热、大气、降水等；土壤因素，如土壤的质地、酸碱度、水分、营养元素及土壤微生物等；以及人为活动，如开垦、采伐、引种、栽培等。

当今世界，生态环境已对人类社会发展构成了严重威胁。水土流失、温室效应、土地沙化、物种灭绝……世界范围的生态恶化，使人们居住的星球难以支撑。西方列强利用霸权主义向全球转嫁环境污染、造成生态危机；贫穷国家追求发展"竭泽而渔"，导致资源匮乏；而发展中国家又普遍走的是"先开发后治理"的道路。改善生态环境，实现可持续发展，成为全球面临的共同课题。

1972 年，斯德哥尔摩第一次人类环境会议召开，提出环境与发展的相互关系问题；1980 年，世界自然保护同盟（IUCN）和世界野生动物基金会等组织，首次提出"可持续发展"这一口号；1989 年 5 月，第十五届联合国环境署理事会通过了《关于可持续发展的宣言》，第一次权威性地阐述了"可持续发展"的内核，即健康的经济发展应当建立在生态可持续能力、社会公正和人们参与以及自身发展决策的基础上，其目标是既要使人类的各种需要得到满足，又要保护资源和生态环境，并不对后代人的生存和发展构成威胁。

此后，1992 年联合国环境与发展大会，1994 年联合国人口与发展大会，相继敦促世界各国接受了"可持续发展"的原则。

中国作为国际社会的重要成员，认真履行环境与发展的义务和责任。特别是"九五"时期以来，加大了生态环境治理力度，并把"可持续发展"作为我国社会主义现代化建设的一项战略提上了议事日程。

资源环境就是生产力！这是中国政府坚定实施可持续发展战略的宣言，是对人类可持续发展战略思想的贡献。

可持续发展——没有比森林更重要的问题

生态恶化是影响人类可持续发展的首要问题，解决生态恶化问题，最重要的是要解决好森林问题。

人类不能离开森林，失去森林就失去了一切。

历史上曾经显赫一时的古巴比伦文明，诞生于林海茫茫的美索不达米亚平原。由于森林大量砍伐，草地过度放牧，生态环境日益恶化，伊拉克沙漠逐渐形成。到公元前4世纪末，古巴比伦文明陨落了。恩格斯对此有过警钟式的评论："美索不达米亚、希腊、小亚细亚以及它各地的居民，为了想得到耕地，把森林都砍光，但他们却梦想不到，这些地方竟因此而成为不毛之地。"

森林密布的尼罗河流域，孕育了古埃及文明。而森林的消失，使今天的埃及96%以上的国土被大沙漠所覆盖。600年的尼罗河文明，换来了近3000年的荒凉和贫穷。悲乎！

黄河流域是中华民族及其文明的摇篮，上起殷商，下至北宋，漫漫3000年的文明。那时的黄土高原，"草木繁茂，禽兽繁殖"，森林覆盖率达50%。那时的陕西，"闾阎相望，桑麻翳野，天下称富庶者无如陇右"，曾是13代封建王朝建都之地。然而，永无止境的战争，永无止境的垦荒，毁掉了森林，也毁掉了黄河文明。

森林兴则文明兴，森林败则文明败。这是不用再证明的真理！

森林作为陆地生态系统的主体，具有调节气候、涵养水源、保持水土、防风固沙、改良土壤、净化空气、美化环境等多种功能，在维护自然界生态平衡中起着决定性作用。

比如，"温室效应"问题。据科学测定，近100多年来，由于大气中CO_2增多导致地面大气温度已升高0.5—0.7℃。如果大气中CO_2再增加一倍，全球气温将升高1.5—4.5℃，由此将造成海平面上升0.3—1.0米，全球30%的人口将被迫迁移。而森林正好有贮碳功能，每1立方米的森林蓄积可吸收和固定350千克CO_2，陆地生态系统中90%的碳自然存贮于森林之中。

又如荒漠化的问题。研究表明，大范围的绿化工程，可以改变原始风沙结构，迫使沙尘在垂直高度（0—60厘米）上分布趋于均匀，林网内的沙尘减少80%，绿化区的降尘量比未开发的荒漠区降低40%，大气浑浊度降低35%。

丰富的森林资源，不仅可以满足人们的直接需求，如木材、人造板、木浆造纸、松香、松节油等，而且还是人类未来营养食品、天然药物、天然食品添加剂和养殖业饲料的重要基地。我们可以从红豆杉中分离抗癌化合物——紫杉醇；可以从银杏叶里提取促进脑血流的药物——银杏内酯和黄酮；可以从黄花蒿中分离抗疟疾药物——青蒿素；可以从香桂叶里提取天然香料——洋茉莉醛等。我们还可以利用树叶、树皮、树根、花、种子以及木材加工剩余物，进行直接或加工处理后作为饲料，其营养价值不低于饲料粮，如刺槐叶氨基酸中的赖氨酸含量达 2.89%，比玉米、高粱高出 12 倍。

毫无疑问，森林生态系统对人类的影响最直接、最深刻、最重大。然而近百年来，当地球上的森林已经消失一半之后，人们才开始震醒。这个代价实在是太惨重了！

值得欣慰的是，人类正在进入将森林作为可持续发展基础的崭新阶段。1984 年，罗马俱乐部的科学家们强烈呼吁："要拯救地球上的生态环境，首先要拯救地球上的森林。"1992 年联合国环境与发展大会，通过了《里约环境与发展宣言》等五个重要的国际性公约，"赋予林业以首要地位"。这是人类社会对环境与发展领域合作的全球共识，是世界各国最高级别的政治承诺。环发大会秘书长斯特朗指出："在本次世界最高级会议要解决的问题中，没有任何问题比林业更重要了。"

中国的森林曾笑傲全球。远古时期，先民们的衣食住行无不与森林有关。据《庄子》载："古者禽兽多而人少，于是民皆巢居以避之，昼拾橡栗，暮栖土木。"早在商朝就有了掌管山林政令的"山虞"，巡视平原林木的"林衡"；西汉的《氾胜之书》和东汉的《四民月令》已相继提出一整套的植树技术；东汉蔡伦利用构树皮等原料开世界木浆造纸之先河；而北魏的《齐民要素》提出了"林木轮伐法"，比德国至少早 800 年。唐宋时的应州木塔、汴京木拱桥、雕版活字印刷术，曾经闻名于世；明清出现的大小园林独具风格，北京的皇家园林、江南的私家园林，无不蜚声海内外。

中国的森林创造过辉煌，全球的森林创造过辉煌，但仅仅是落日的辉煌。保护森林，恢复植被，是生态环境建设的重中之重，更是可持续发展的当务之急。

可持续发展——在中国更具有特殊意义

2001 年 6 月，在全国林业科技大会上，党中央国务院领导同志再三强调："改善生态，保护环境，加快林业发展，已成为我国人民面向 21 世纪的一项紧迫而艰巨的任务，成为中华民族谋求生存发展的根本大计。"他讲，这段话是经过他深思熟虑的。

这是立足于民族生存的担忧，这种担忧来自我国生态环境的现实。因为我国自然生态环境相当脆弱，生态环境恶化的趋势还没有真正遏止住，改善生态环境刻不容缓。

一是水土流失日趋严重。在过去 50 年里，全国水土流失面积从 153 万平方公里增加到 367 万平方公里，因水土流失毁掉的耕地达 4000 多万亩。长江流域是我国粮食和经济作物的重要产区，总面积为 180 万平方公里，目前水土流失面积已由 20 世纪 50 年代的 36 万平方公里上升到 56.2 万平方公里，占全流域的 31.3%，土壤流失量由 10 亿吨增加到 22.4 亿吨。

二是荒漠化土地面积不断扩大。全国土地荒漠化面积已达 262 万平方公里，而且每年还以近 3000 平方公里的速度延伸。我国强沙尘暴的发生率，从 20 世纪 50 年代的 5 次、60 年代的 8 次、70 年代的 13 次、80 年代的 14 次，增加到 90 年代的 23 次。

三是水资源严重短缺且分布不均。我国人均淡水只有世界平均水平的 28.1%，而且分布极不均匀，长江流域及其以南地区降水量占全国的 80% 以上，而北方则长期干旱缺水，黄河近十年每年平均断流 102 天，最长时间达 226 天。全国至今有 400 多座城市缺水，5000 多万农村人口饮水困难，每年缺水量近 400 亿立方米。

四是耕地减少且质量降低。全国 50 年来累计减少耕地 6.5 亿亩，人均耕地仅有 1.51 亩，只占世界平均水平的 1/3。全国有 666 个县人均耕地低于联合国粮农组织确定的人均 0.8 亩的警戒线；有 463 个县人均耕地不足 0.5 亩。土地的质量也明显下降，"三化"严重，全国还有 25 度以上的坡耕地 9151 万亩，流进江河的泥沙 70% 来自这些坡耕地，这大多是毁林开荒的结果。

五是环境污染日益加剧。我国以城市为中心的环境污染十分严重，在 1999 年全球大气污染最严重的 10 个城市名单中，我国占有 8 个。工业"三废"对农业生态环境的污染，也由局部向整体蔓延。全国的农田因固体废弃物堆存而被占用毁损的已达 200 万亩以上，受大气污染的超过 8000 万亩，受农药污染的超过 1.4 亿亩。

日益恶化的生态环境，给我国经济和社会带来极大的危害，严重影响可持续发展。它加剧了贫困地区的贫穷，加剧了自然灾害的发生。从 1950 年到 1989 年，我国平均每年洪涝面积大约 8 万平方公里，干旱面积大约 20 万平方公里；而 20 世纪 90 年代以来，平均每年洪涝面积增至 16.6 万平方公里，干旱面积增至 25.3 万平方公里。黄河河道淤积越来越严重，断流时间越来越长；而在长江流域，土壤流失，崩塌、泥石流等灾害频繁发生，过去 500 年发生大洪水 53 次，而近 50 年每 3 年就出现一次大涝。

恶劣的生态环境还造成生物多样性的严重破坏。我国野生动物资源数量急剧下降，物种总数的 15%—20% 受到威胁，数千种动植物濒危，一批珍贵的野生动物在国土上绝迹。

更为严重的是，恶劣的生态环境有损党和国家的声誉。新中国成立和共产党执政已有半个世纪，在举世瞩目的成就面前，无论如何不应该有如此恶化的生态环境。任其下去，势必给我们伟大的党和社会主义祖国抹黑。

中国的生态环境到了非抓不可的时候了！

可持续发展——要求林业跨越式发展

生态恶化源于毁林，生态改善始于兴林。

林业是国民经济的组成部分，更是生态环境建设的主体。在可持续发展中，中国林业如何发展？若按我国前 50 年的常规速度，要实现党和国家提出的我国森林覆盖率达到 26% 的目标，至少需要 120 年。因此，国家林业局提出了"采取超常规发展的模式和措施，实现林业的跨越式发展"的战略思想。走跨越式发展之路——这是中国林业的必然选择。

要实现中国林业的跨越式发展，笔者以为，需要把握四个重点。

一要按中国的国情实施分类指导。我国地域辽阔，区域差异大，生态系统类型多样，分类指导十分重要。比如，在黄河上中游地区，重点是对陡坡地退耕还林还草，实行乔（木）灌（木）草结合，恢复和增加植被；同时大力营造沙棘水土保持林，减少粗沙流失危害。在长江中上游地区，重点是恢复和扩大林草植被，控制水土流失；保护天然林资源，停止天然林砍伐；有计划有步骤地对 25 度以上的坡耕地退耕还林还草。在"三北"风沙区，重点是以大中城市周围为重点，大力增加林草植被，严厉禁止毁林毁草，建立农田保护网，减轻风沙危害。

二要走大工程带动大发展的途径。国家林业局把我国新世纪林业建设，确定为六大重点工程。一是天然林保护工程，主要解决这些区域的天然林资源的休养生息和恢复发展问题；二是"三北"和长江中下游地区等重点防护林体系建设工程，主要解决"三北"地区的防沙治沙问题和其他区域各不相同的生态问题；三是退耕还林还草工程，主要解决西部地区的水土流失问题；四是环北京地区防沙治沙工程，主要解决首都周围地区的风沙危害问题；五是野生动植物保护及自然保护区建设工程，主要解决基因保存、生物多样性保护、自然保护、湿地保护等问题；六是重点地区以速生丰产用材林为主的林业产业基地建设工程，主要解决我国木材和林产品的供应问题。各地应抓住机遇谋求发展。

三要以构建森林生态系统为目标。要着力构建一个由"点"、"线"、"面"结合的森林生态系统网络。所谓"点"，主要指城市绿化。根据所在城市的社会经济条件和地域气候条件，进行城市绿化、城市园林与城市森林"三位一体"的建设，以实现花草林木构筑景观多样性、生态系统多样性和生物多样性。所谓"线"，主要指绿色通道绿化。围绕长江中下游地区、淮河珠江流域及大江大河两岸实施重点绿化；沿大陆海岸线建设绿色屏障；沿公路国道省道建设一道道"风景线"。所谓"面"，主要指西部地区绿化。西部地区是我国水土流

城口县黄安坝森林风光

失的重灾区，是长江、黄河两大河流泥沙的来源地，也是我国沙尘暴的主要尘源地。西部绿化至关重要，应当借当前西部大开发的机遇，加快绿化步伐。

四要用更严厉的手段强化管理。要下决心保护好现有森林资源，建立高效精干的管护队伍，实行管护人员、

任务、责任、奖惩"四到位";做到卡死一片（生态林），管严一片（公益林），放活一片（商品林）；加大林地管护力度，禁止毁林开垦和乱占林地；抓好森林防火和森林病虫害防治工作；加强野生动植物保护和自然保护区建设；坚决查处各类破坏森林资源的案件。国家投入林业工程的资金数额巨大，这根"高压线"绝不能碰。要坚持资金管理与工程管理相结合，按规划设计、按设计施工、按项目投资、按效益考核，采取有力措施确保资金安全运行和足额到位。

保护森林资源，改善生态环境，这是历史的责任。我们要以对人民对子孙高度负责的态度，坚定信心，埋头苦干，努力实现经济社会的可持续发展。

发表于《中国林业》2001 年 6 月刊

第五辑

见证三都

为了"三都"梦

——《见证三都》序言

这是我在市商委机关的最后一次讲话。

这几天本想好好准备一番，就像有的同志调离时那样，来一番煽情的告别演讲。但仔细想来，还是低调一点好。自从 2008 年 2 月 4 日在市政府已经拆掉的老办公楼里与商委机关干部职工见面以来，一晃已整整 8 个春秋。8 年啦，自己究竟干事如何，为官怎样，还是留给同志们去评判吧。

离开商委后，我准备将自己这几年的文稿整理汇编成一本书，较为客观地反映这 8 年重庆商贸的发展变化，书名可定为《见证三都》。

我要感谢同志们，是大家任劳任怨地陪同我度过了见证"三都"的 8 年岁月。

我们共同见证了那一年的"5·12"汶川大地震。市商委第一时间发起的支援四川灾区的"粥棚行动"，受到党中央、国务院、中央军委的隆重表彰，我代表大家荣幸地走进首都人民大会堂，从党和国家领导人手中领回那块沉甸甸的"全国抗震救灾英雄集体"奖牌。

我们共同见证了那一年在南岸茶园一个农家乐里召开的务虚会议。与会同仁集思广益，见证了会展之都、美食之都、购物之都的构想是如何形成的，见证了"三都"定位是怎样一步一步地最终写进中央9号文件成为国家决策的。自此，"一保二建三打造"，成为全市商贸系统咬定青山不放松的工作动力。

我们共同见证了"十二五"期间市商委组织的一个又一个丰富多彩的促销活动。正是这些活动的推动，全市社零总额增幅由全国排名第12，一跃上升为全国第一；社零总量由全国排位第23上升为第18，一年赶超一个省；商贸行业就业人员480万，居全市非农行业之首；商贸服务业成为全市经济的第二大支柱，成为全市税收的第二大来源。

我们共同见证了中西部地区最大的蝴蝶般的会展场馆在悦来新城翩翩起舞，重庆连续5年被评选为全国最有影响力的会展城市之一。

我们共同见证了重庆美食享誉全国的魅力，餐饮住宿业无论风吹浪打，胜似闲庭信步，中国餐饮百强七分天下重庆有一。

我们共同见证了万村千乡市场工程全覆盖、乡镇农贸市场改造全覆盖、社区标准化菜市场建设全覆盖，电子商务进农村综合示范、现代服务业综合试点、150万吨粮仓改造升级、50万套储粮彩钢仓发放农户，还有那一个个便民商圈、一处处商业网点等。哪一桩民生工程，没有我们商贸人的心血；哪一件民生实事，没有我们商贸人的汗水！

我们还共同见证了市商委机关干部队伍的变化。这8年，新提任领导干部44人（其中厅局级5人、处长15人、副处长20人），新进公务员81人（其中转业军人16人）。市商委机关干部队伍一年比一年青春，同志们的精气神一年比一年充盈。

8年岁月，弹指一挥间。而今，商贸系统人心齐了，作用大了，话语权也大了。这一切归功于同志们的团结拼搏、扎实工作。正是大家的辛勤劳作，助推了我的晋升。我给大家鞠一个躬，谢谢！

我要感谢领导们，特别是市政府历任分管市长，带领我们挺过了见证"三都"的8年岁月。

从慕冰、学普、和平、刘伟副市长，到今天的绿平副市长，加上中间代管几个月的吴刚副市长，8年间6位直管领导全力以赴地关心支持着我们。他们不厌其烦地为我们撑腰、为我们站台、为我们担责。我和同志们将感恩戴德、没齿难忘。

无论是当年慕冰副市长提出商贸工作重点要实现由微观向宏观、由企业向行业、由管理向服务的"三转变"；还是今天绿平副市长反复要求商贸系统要关注供给侧改革、增加有效供给和需求、努力提升服务质量等，可谓一针见血、振聋发聩！

没有领导们的重视，市政府不可能8年间审议印发商贸文件56件，平均每年出台7件。没有领导们的重视，市财政不可能将商贸资金由2007年的3500万元上升到去年的14000万元，8年翻了两番。

　　我更要感谢党组织。是党组织的培养教育，让我顺顺利利地坚守住见证"三都"的8年岁月。

　　我是1972年恢复共青团时的第一批共青团员，数月后进入高中成为班团支部书记。从那时算起，直到1992年底免去我共青团万县地委书记时止，整整20年共青团缘分。共青团的经历，让我坚定了"团旗永远跟党走"的信念与决心。我从小喜欢一首儿歌《戴花要戴大红花》，只有四句歌词，结尾一句是"听话要听党的话"。正是党的长期培养教育，正是我坚持听党的话、跟党走，才使我一辈子能够始终保持一颗上进心，同时拥有一份淡定情。无论工作岗位如何调整，我基本做到尽快去热爱它、熟悉他、钻研它，尽快融入它的根，尽快拥有它的魂！为此，我在各个岗位都得到了应有的荣誉。出乎意料的是，在我即将退休的最后时光，党组织如此关怀自己，让我人生的工作履历能到人民政协去画上一个圆满的句号。

　　我感谢中央，感谢市委，感谢组织部门，我也再次感谢今天亲自来为我送行的绿平副市长，感谢机关全体战友，谢谢领导和同志们！

　　回首8年，我有过很多毛病。记得刚到市商委我就讲过，我9岁那年发生了一次摔伤，视力急剧下降，高度近视一直陪伴至今。路上与同事们见面，不少人总以为我目中无人、清高、架子大，其实是我眼神不好，根本看不清楚是谁。我是当教师出身的，生性嗓门大，平常开会、谈话、接电话时，有同志以为我是在以声训人、以势压人。当然，这是在讲客观，真实反省自己，主观上也存在许多问题。比如有时自以为是，工作习惯"一刀切"，批评同志不讲究方法，工作不分巨细揽得太多，存在一定的形式主义等。克服毛病纠正错误永远在路上！

回首8年，我也有不少遗憾。遗憾之一首推我们没有一个自己的"家"。如果当年工作抓紧一点，如果自己顾虑少一点，我们应该有自己独立的办公大楼了，不至于像今天这样办公条件差、停车位少、文体活动难以开展。其二是原粮食系统至今仍信访不断，成为全市不稳定的因素之一，有负市委、市政府的重托。其三是原粮食局老干部集资建房的事，一拖再拖，有负老同志们的信任。其四是机关个别同志在职务晋升、工作使用等方面的疙瘩还没有完全解开，自己为此经常丢分。诸如此类，只有等赖蛟同志来收摊了。

赖蛟同志是市商委出去的年轻老领导。他的学历比我高，商贸业务水平和能力比我强。这次市委选择赖蛟同志任商委主任，可以说是水到渠成、众望所归。请允许我最后一次代表市商委全体干部职工，对赖蛟同志的回归表示热烈欢迎和衷心祝贺！

我希望商委党组一班人，希望全体机关干部职工，像支持我一样全力支持赖蛟主任工作。在市委、市政府的坚强领导下，深入贯彻党的十八大、十八届三中四中五中全会精神，深入贯彻习近平总书记系列重要讲话特别是总书记视察重庆的重要讲话精神，全面落实市委、市政府的决策部署，紧扣"全面建成小康社会"总体目标以及"建成长江上游地区商贸物流中心、实现流通现代化"的工作目标，抓住适应、把握、引领经济新常态这个大逻辑，按照"四个扎实"的要求，继续围绕"一保两建三打造"的思路，在统筹兼顾的基础上进一步突出工作重点，力争培育更多的工作亮点；在努力保持存量的基础上进一步提高有效供给和需求，力争形成更大的增量；在继续活跃消费市场的基础上进一步提升服务质量，力争尽快补齐商贸领域这一块短板；在全面推动商贸工作的基础上进一步锻炼机关干部队伍，力争有更多的优秀干部脱颖而出；在全面加强党建工作的基础上进一步落实主体责任和"一岗双责"，力争机关的党风廉政建设取得新进展。

我相信，赖蛟同志会比我干得更好，市商委机关变化会更大，全市商贸系统的明天会更美好。

同志们，下一周我就离开市商委去政协上班了。临别之际，依依不舍。我忘不了商委，忘不了同事们。在人生的最后一站，我将不遗余力地为重庆"三都"建设鼓与呼，为全市商贸流通现代化鼓与呼！

再见了，市商委；再见了，同志们！

2016 年 3 月 4 日于市商委机关离职讲话

市商委隆重举行商贸系统庆祝建党 90 周年大会（2011 年）

205

粥棚行动

2008 年 10 月 8 日，中共中央、国务院、中央军委在人民大会堂隆重举行全国抗震救灾总结表彰大会。上午 10 时整，大会开始，出席大会的党和国家领导同志向受表彰的抗震救灾英雄集体和抗震救灾模范代表颁奖。会场响起一次次热烈的掌声。

我很荣幸，以"全国抗震救灾英雄集体"代表身份出席表彰大会，现场聆听胡锦涛同志的重要讲话。他强调，在波澜壮阔的抗震救灾斗争中，我们用理想凝聚力量、用信念铸就坚强、用真情凝结关爱，大力培育和弘扬了万众一心、众志成城，不畏艰险、百折不挠，以人为本、尊重科学的伟大抗震救灾精神。

这次表彰，重庆市有三个英雄集体获奖：重庆市公安局交通警察总队、重庆市支援四川灾区餐饮服务队临时党支部、重庆建工集团有限责任公司。这是重庆市商业委员会有史以来获得的最高荣誉。

2008 年 5 月 12 日，四川汶川发生 8.0 级大地震。这场大灾难，牵动了党中央、国务院和亿万人民的心；这场大灾难，也牵动了200多万重庆商贸人的心。针对各地救援部队和成千上万灾民"吃饭难"的现状，重庆市商委在市委、市政府的统一部署下，迅速组织实施重庆"粥棚行动"，先后派出三批餐饮服务队驰援地震灾区。市商委组建支援四川灾区餐饮服务队临时党支部，由空军部队转业的师职干部孙华培主任助理任党支部书记，委机关挑选了18名党员干部带队，万州等5个区商委和市餐饮商会、市火锅协会、市餐饮行业协会组织近300名厨师报名参与。我们自带锅具、食材以及生活用品，前往汶川、北川、什邡、安县、都江堰、江油、绵竹等重灾地区搭建"粥棚"，设立42个供饭点，累计供餐83万份，送去3000万重庆人民的兄弟情谊与关爱。

重庆"粥棚行动"，受到四川灾区广大干部群众的高度赞扬。他们在感谢信中称，重庆餐饮服务队对受灾群众的深情厚谊，以及他们吃苦耐劳的情操，极大地鼓舞了受灾群众战胜震灾、重建家园的信心。在震灾肆虐的日子里，带给灾区人民无比的温暖和战胜震灾的无穷力量。

重庆"粥棚行动"，受到中央领导、有关部委的充分肯定。中共中央政治局常委、中纪委书记贺国强高度赞扬重庆餐饮服务队，并借重庆视察之际亲切接见了临行前的餐饮服务队员。贺国强指出："重庆组建餐饮服务队到灾区服务，是一个很好的创意，体现了重庆人民和四川人民心连心。"中央纪委、监察部表彰了我们的行动。中华全国总工会授予我们"抗震救灾工人先锋号"称号。

在国务院新闻发布会上，商务部部长陈德铭专门介绍了重庆的"粥棚行动"，称赞"重庆'粥棚行动'是这次抗震救灾中很有名的行动，是最有效地把热饭菜送到灾区群众手里的一个最生动的典型"，并号召各地向重庆学习。随后，北京、成都等地餐饮企业也纷纷组建餐饮服务队，深入灾区开展服务。

重庆"粥棚行动"，引起社会各界尤其是各大媒体的极大关注。《人民日报》、中央电视台及其《焦点访谈》栏目、四川电视台、重庆电视台、《重庆日报》、新加坡《联合早报》等200多家国内外媒体及各主流网站进行了数以千计的宣传报道，盛赞"重庆粥棚"是"灾区人民的生命大本营"、"灾区的五星级饭店"、"灾区爱心餐厅"和"灾区炊事班"。

在"粥棚行动"中，餐饮服务队听从指挥、服从安排，认真贯彻落实上级对餐饮服务队的各种指示和要求，高质量地完成任务。各服务分队党小组发挥战斗堡垒作用，队员之间团结互助，密切协作，成为一支支活跃在抗灾第一线的坚强战斗团队。

在"粥棚行动"中，餐饮服务队把四川灾区人民的疾苦磨难当作自己的疾苦磨难，始终与他们同呼吸、共命运、心连心，共渡难关，共克时艰，用真心去服务，用真情去奉献，大爱无疆，情洒灾区，让四川灾区人民切身感受到巴渝儿女的血脉深情。

在"粥棚行动"中，餐饮服务队远离家人，队员们没有退缩、没有犹豫，冒着余震、堰塞湖等艰难险阻，义无反顾地奔赴灾区第一线，勇敢地深入到汶川、北川等震中地。任凭蚊虫叮咬、夜不能寐，任凭酷暑当头、风吹雨淋，任凭余震肆虐、洪水威胁，队员们没有条件也要创造条件为灾区群众和救援人员送去可口饭菜，宁可自己吃苦受累也不愿看到灾区人民和救援人员忍饥挨饿，以实际行动谱写了一曲曲中华民族无私奉献的壮歌。

写于 2008 年 11 月

"粥棚行动"组图

火锅的魅力

重庆的美食，第一要数火锅。走进这座美丽的山城，爬坡上坎到处都是火锅店，人流如织，香味扑鼻，令人眼花缭乱，垂涎三尺。

重庆火锅，又称为毛肚火锅或麻辣火锅，据考证来源于清朝嘉庆年间。当时长江、嘉陵江交汇的朝天门，是回民屠宰牲畜的地方，回民与江边的富人只要肉、骨、皮，而将内脏如毛肚、黄喉、鸭肠、血旺等弃之不用。处于社会最底层的水手、纤夫们将其捡回，在江边支起锅灶，加入辣椒、花椒、姜、蒜、盐等辛辣之物，煮而食之，一来饱腹，二来驱寒祛湿，久而久之，这一菜肴就成了重庆最早的也是最有名气的麻辣毛肚火锅。

我对火锅的酷爱，源于重庆市直辖之初一次公务外事活动。

1998年4月，国家林业部通知，拟安排一个外资无偿援助项目——德援造林项目落户重庆，德国专家考察组随后抵渝。本是一件大好事，可接下来市委、市政府却给林业部门出了一道难题。他们要求项目布局 4 个县，将直辖划进来的万县、涪陵、黔江三地都照顾到，一碗水要端平。而该项目的游戏规则，只允许每个省市布局在相邻的两个县内。这好比一篮豇豆一篮茄子——两难（篮）啊。

专家组来了 4 人，3 位老外加上中国翻译，领队莫斯女士是政府官员，看上去年轻漂亮、斯斯文文，说话也轻声细语、笑容可掬。可一谈起项目布局就固执己见，任你怎么解释恳求都油盐不进，典型的德国人固执较真的作风。

考察日程安排得仔细周到，住的是大礼堂宾馆，吃的是标准西餐，三天下来，我们可以说是无话不谈，但他们就是在布局一事上不松口，真拿他们没有办法。生意不成友情在，更何况"有朋自远方来，不亦乐乎"。离渝的头天晚上，我带他们去大礼堂旁边的"韵苑火锅"品尝重庆美食，也不管她们怕不怕麻辣。

韵苑火锅店有两层，大厅内食客坐得满满的，他们一个个居高临下，虎视眈眈地盯着锅中的菜品，举杯投箸，吆五喝六。尽管刚进入谷雨时节，可不少人已经脱掉上衣，赤膊上阵了。重庆人吃火锅的豪放与气吞山河之势，是其他地区无法相比的，这正是巴渝饮食文化的展现。

我们定的二楼包间。用餐不过十来分钟，就见他们几位老外交头接耳，然后翻译告诉我，你们布局四个县的要求德方应允了。我听后感到诧异，什么情况？三天谈不拢的事十余分钟的火锅就搞定了？他们说："今天安排吃火锅，大家不分彼此在一口锅里捞菜，这是家人的做法。既然是家人，就按家人的方式对待。"看来老外也讲人情啊！

这就是火锅的魅力。火锅散席后，我立即报告市委、市政府。第二天，赶在他们离渝之前，时任市委书记张德邻会见了莫斯女士一行，为这次考察画上了圆满的句号。

12月17日，财政部与德国复兴银行分别代表中国与德国两国政府正式签署"重庆中德合作生态造林项目财政协议"。该项目在涪陵、丰都、石柱、忠县4个区县（自治县）实施。项目实施年限8年，总投资约8888万元人民币，其中德方无偿援助1200万马克，占60%，重庆市、县两级财政配套40%。

1999年1月18日，重庆市林业局与中国进出口银行签订了德国援助项目转赠协议，中德合作造林项目正式启动。为此，市林业局专门增设对外合作处负责此事。合作处组建不久，还闹出一则笑话。一天副处长郑兰春找到我要求调换工作，问其原因，她说在合作处不好处，明明她是副处长，可区县同志上来办事都找她，就因为她姓"郑"。而真正的处长付云，因为姓"付"而被晾在一边。

为了指导与监督这个项目，德国林业技术专家福瑞克先生常住重庆。福瑞克是一位豁达称职的老外，他常年奔波在项目县的造林现场，其敬业精神让基层林业职工，尤其是那些散漫粗放惯了的林农们深受教育。我们为他租房子、联系子女读书，一直保持着友谊。遗憾的是，项目结束后，他回国不久意外患病离世。市林业局不少人说，如果他继续待在中国，可能不会出事，我也相信。

从那以后，我对重庆的火锅就情有独钟了。只要有喜事好事，我们就三三两两邀约在一起，到林业局附近的"家福火锅"热闹一番。后来调任商委，就爱去新牌坊附近的"熬家火锅"，那里位置适中，火锅的口感也不错。

重庆商贸众多协会中，火锅协会人气最旺。小天鹅集团董事长何永智连续出任几届会长，她对火锅事业巴心巴肠，三天两头给市商委出题目，争取政府对重庆火锅的支持。协会领办的每年一届的火锅节，摆放火锅餐桌 1000 桌以上，两三天下来，上十万人就餐，仅毛肚消费就有几十吨，可谓场面宏大、世界罕见。德庄集团董事长李德建也出任过会长，他是一个文化人，更注重火锅品牌的提档升级与海纳百川。他自己独创"清一色"火锅品牌，满足了更多消费者的口味。他打造的"德庄大火锅"，直径 10 米，高 1.06 米，可同时容纳 56 人用餐，寓意中华 56 个民族大团结，创造了吉尼斯纪录。

火锅不光是火锅界的事，也是中餐界的骄傲。"全国餐饮百强企业"中重庆火锅占 14 家，"全国餐饮 20 强火锅企业"中重庆占到 11 家。重庆市陶然居集团老总严琦领衔几十位美女老板，在北滨路建起了火锅博物馆，汇聚众多名火锅在此落户，实现了一馆尝百味。

重庆火锅招牌也是五花八门，各显神通。大多数与老板姓名有关，如"秦妈"、"刘一手"、"熬家"、"君之

重庆火锅节盛况

薇"、"珮姐"等；也有的以地名命名，如"猪圈"、"桥头"、"码头"、"临江门"等；以菜名命名，如"鸭肠王"、"酸菜鱼"、"大刀腰片"、"武陵山珍"等；还有图刺激的，如"镇三关"、"巴将军"、"骑龙"、"巴到烫"。与南山"巴到烫"为邻居的是"鲜龙井"火锅，室内室外三四百桌规模，小桥流水，荷花绽放，赏美景，品美食，其乐无穷。老板李春艳，是这一届市政协委员。女老板当家，是重庆餐饮界的一大特色。

随着岁月的推移，重庆火锅逐渐风靡全国、名扬四方。去年我去四川开会，就连云南一位副省长也对我说，他前不久宴请外宾，外宾点名要品尝重庆火锅，好在昆明还有重庆火锅店。可见重庆火锅影响之大。

重庆直辖20余年，火锅更加大众化、国际化了。火

重庆火锅界欢快的老总们

锅汤由传统的红汤发展到红白汤、海鲜汤、药膳汤、酸辣汤等；火锅品种出现了全牛锅、全羊锅、龙飞凤舞锅、鱼头锅、鸭火锅、鸡火锅、山珍锅、粥底锅和冷火锅等；火锅调味则出现了清油碟、麻油碟、干油碟、蒜油碟、茶油碟、蛋清碟等，美不胜收。如果德国莫斯女士再来重庆，我相信重庆的火锅一定会令她流连忘返。

　　火锅，重庆一张亮丽的名片！

　　　　　　　　　　　　　　　　写于 2020 年仲春

家和万事兴

　　根据机构改革的需要，市委、市政府决定将市粮食局并入市商委，组建新的重庆市商业委员会。两个单位的合并工作任重道远，当务之急，在于尽快实现人和尤其是心和，团结一心向前进。

　　家和万事兴。"和"是一种文化，它是中华几千年文化的核心，也是中国人的根与魂。

　　战国时期，大将军廉颇很不服气儒生蔺相如，并扬言如果相见必定当面羞辱他一番。而蔺相如忍辱负重，尽量不与廉颇见面。时间一久，就连蔺相如的门客下人都觉得太窝囊了。蔺相如解释说："强横的秦国之所以不敢来侵犯我们赵国，其原因就在于我们两人能够同心协力地对付秦国。如果我们两人争斗起来，那就必定给秦国造成可乘之机。我这样做，是以国家的安危为重啊！"这些话很快就传到了廉颇的耳朵里。廉颇既感动又惭愧，随后"负荆请罪"，二人结成生死之交。这就是著名的"将相和"的故事。

太平天国的历史，更能说明"合则兴，分则亡"的道理。当年太平军之所以能够一口气打进南京，靠的是农民兄弟们的精诚团结；反之，他们的失败，则归咎于农民军内部的残杀与分裂。

中国革命的胜利，更是证明了"和为贵"的重要。8年全面抗战打败小日本靠什么？靠的是中国人民的一致对外，靠的是国共两党的精诚团结。4年解放战争一举消灭国民党 800 万军队靠什么？靠的是共产党及共产党领导的人民军队和广大人民群众，同仇敌忾，万众一心。改革开放 30 余年，我国经济取得突飞猛进的发展，我们战胜了"非典"、赢得抗洪救灾和抗震救灾的胜利，靠的是什么？靠的是中华民族的紧密团结，靠的是全中国人民的众志成城。

老话说得好："人心齐，泰山移。"

研究表明，结婚的人比单身者更长寿，其中一个重要的原因，就是夫妻双方能够相互关怀、团结友爱，家和万事兴。生物学上有一种现象，叫"共生现象"。非洲有一种小鸟，专和凶猛的鳄鱼为伴。当鳄鱼晒太阳时，小鸟就在鳄鱼背上啄食鳞甲中的寄生虫，有时还到鳄鱼锋利的剑齿之间拾取牙缝中的残渣，而鳄鱼绝不伤害小鸟，因为小鸟帮助他减轻了寄生虫叮咬之苦。岂不是两全其美？

孔子曾曰："礼之用，和为贵。"孟子也说："天时不如地利，地利不如人和。"试问，天地万物从哪里来？中国古代哲学家们的回答是"和实生物"。"和"就是"以他平他"，也就是事物与事物之间是平等的、和谐的。说通俗一点，就是你我他之间，不是你吞掉我、我吃掉他，而是一种平等和谐的关系。

我再讲几个故事，大家不妨感悟一下其中的一些哲理。

有一位智者来到村庄，他向一群妇人说："我有一颗汤石，如果将它放入烧开的水中，会立刻变出美味的汤来，不信你们试一试。"于是有人找来了一口大锅，也有人提了一桶水，并且架上炉子和木材，就在广场煮了起来。这个智者很小心地把汤石放入滚烫的锅中，然后用汤匙尝了一口，很兴奋地说："太美味了，如果加入一点洋葱就更好了。"立刻有人冲回家拿了一堆洋葱。陌生人又尝了一口："太棒了，如果再放些肉片就更香了。"又一个妇人快速回家端了一盘肉来。"再有一些调料就完美无缺了。"智者又建议道。于是有人拿了盐，有人拿了酱油等。当大家一人一碗蹲在那里享用时，他们发现这真是天底下最美味好喝的汤。其实，那颗汤石就是智者在路边随手捡的一颗石头。只要我们愿意贡献自己的一分力量，汤石就在每个人的心中。

有一个教徒和上帝讨论地狱和天堂的问题，上帝带他走进一个房间。只见一群瘦骨伶仃的人围着一大锅肉汤，他们每个人都有一只可以够到锅里的汤勺，但汤勺的柄比他们的手臂还长，自己没法把汤送进嘴里。有肉汤喝不到肚子，只能望"汤"兴叹。上帝说，这就是地狱！他们又到另一个房间。这里的一切和刚才那个房间没什么不同，一锅汤、一群人、一样的长柄汤勺，但大家都身宽体胖，正在快乐地歌唱着幸福。上帝说，这就是天堂。同样的条件，同样的设备，是把它变成天堂还是经营成地狱，关键就在于你是否选择合作，像天堂人那样愿意用自己手中的汤勺去喂他人。

　　一个瞎子和一个跛子，被大火围在一栋楼房里，眼看只有坐以待毙，但四肢健全的瞎子和眼睛明亮的跛子，聪明地组合成一个完整的"身体"，瞎子背着跛子，跛子指路，两人终于从大火中死里逃生。这就是《易经》所云："二人同心，其利断金。"

　　团结就是力量，团结成就事业，这类道理可以用许多语言来表述。很多时候，别人尊重你或对你有所忌惮，并不是因为你本身，而是顾虑你所在的强大团队。如果你脱离了所在的团队，可能就会发现自己其实是非常弱小的。雁群南飞，为何总以"V"字队形飞行？研究证明，借此队形，整个鸟群比单鸟至少增加三分之二的飞行能力。当一只野雁脱队时，它立刻会感到独自飞行时的迟缓、拖拉与吃力，所以很快又回到队形中。毫无疑问，分享共同目标与集体感的人们可以更快、更轻易地到达他们的目的地。

　　讲团结是一种境界，反映出一个人的思想品德；讲团结是一种表现，反映出一个班子的整体功能；讲团结是一种能力，反映出一个领导干部将意见相同和不相同的人凝聚在一起谋事干事的协调水平。

　　新商委领导班子及其成员要带头讲团结。既要靠与岗位匹配的能力这个硬功来凝聚人，也要靠对别人的关心尊重这个软功来团结人。工作中既讲原则又讲友谊，既明职责又讲风格，既善于做好事情又善于搞好协调，

市商委举办商贸系统第二届篮球乒乓球运动会

既团结意见相同的同志又团结意见不同的同志。班子成员之间要经常进行个人情感的交流，只有感情相通，工作中才会有共同语言，才能真正形成团结。总之，领导班子团结是想干事、能干事、干大事的基础，是单位之幸、职工之福。

机关干部职工要努力把团结做成加法和乘法，而不要做减法，更不能做除法。今天能够走到一起工作，既是事业的需要，也是难得的缘分。每个人的工作经历、性格爱好和知识素养各有差异，看待和处理问题水平也会深浅不一。但只要强化大局意识、团队意识，坚持事业为重、工作第一，同志间相处胸襟开阔、豁达大度、互相尊重、互相谅解、互相支持、互相补台、学会忍让谦和、学会宽容妥协，就能够求同存异、合心合力。

我们有的处长，对自己的部下总感觉不尽如人意，其实他忘记了一个真理，尺有所短，寸有所长。有的人

市商委机关女同志"三八节"合影

办事不太利索，却很细心、很耐心；有的人文字水平差一些，但协调能力比较强；有的人能力低一些，却沉稳厚道、乐于助人，有老大哥、老大姐的风范。刘邦当皇帝后对群臣们说过这样一段话："运筹帷幄之中，决胜千里之外，吾不如子房；镇国家，抚百姓，给饷馈，不绝粮道，吾不如萧何；连百万之众，战必胜，攻必取，吾不如韩信。三者皆人杰，吾能用之，此吾所以取天下者也。"在今后的工作中，处长们要善于识人用人，只要像田忌赛马那样扬长避短，同事们都会尽心尽力、各得其所，你所在的处室就会形成一个有战斗力的集体，就会发挥出整体合力。

2009 年 4 月在合并后的市商委第一次机关干部大会上讲话

商贸"三都"呼之欲出

国务院《关于推进重庆市统筹城乡改革和发展的若干意见》明确提出:"将重庆打造成为'会展之都'、'购物之都'和'美食之都',形成区域商贸会展中心,促进实现流通现代化。"这一战略性的"黄金定位",不仅为重庆商贸流通发展带来了新的历史机遇,更是对重庆商贸流通工作提出的新目标、新任务。

科学描绘"三都"蓝图

凡事预则立,不预则废。目标定位清晰,规划科学可行,是打造商贸"三都"的首要任务。

首先,要定好目标。综合考虑国务院《意见》的要求、长江上游地区经济发展水平和我市商贸发展实际等因素,找准自己的目标定位。商贸"三都"打造的总体目标是:到2020年,全市社会消费品零售总额达到10000亿元,商品销售总额达到25000亿元,建成在全国有重要影响力的功能齐全、设施配套的"会展之都";市场规模庞大,商品丰富齐全、消费环境优越、聚集能力较强、辐射范围广、都市特色明显的"购物之都";彰显重庆餐饮特色、荟萃天下美食、展示多元文化、满足不同需求的"美食之都"。

打造"三都"是一个量积质变的过程,必须规划先行,发展有序。"三都"规划应包含四个方面。一是分类制定"三都"发展规划,做到立意高、分析深,规划中的目标和对策措施要重点突出,翔实具体,切实可行,既要有前瞻性,也要有可行性。二是对"三都"下的重点项目逐一制定发展培育规划,如"会展之都"中的场馆建设规划、品牌培育规划等;"购物之都"中的重点商圈、市场培育规划等;"美食之都"中的美食街(城)培育规划等。三是定期制定全市商贸流通产业发展目录,引导市内外投资者有序进入商贸流通各行业。四是制定完善全市城乡商业网点规划,确保"三都"发展提档升级。

三个方面推进"三都"建设

商贸"三都"各有特色,基础和发展程度差异较大,因此必须突出重点,因势利导。

一是以加强基础建设、培育知名品牌为重点,打造西部会展之都。新建展馆必须把握着眼长远、科学规划、整体布局、功能合理等四大原则,留足发展空间,超前配置交通资源,完善展馆周边配套设施建设,为会展业发展提供全面、快捷、足量的配套服务。要引进与培育会展知名企业，引导现有会展企业进行重组，把较为成熟的"渝洽会"、"火锅美食节"等特色品牌展会培育成为全国知名展会。要营造发展环境，加快制定促进会展经济发展的政策措施，充分挖掘会展经济的丰富内涵，使会展业实现可持续发展。

二是以统筹城乡商贸、构建流通体系为重点，打造长江上游购物之都。 以发展大商圈、大企业、大市场为重点，着力实施"三百"工程，打造"购物之都"的核心板块，并推进"百亿商圈"建设。以加强农村商贸基础设施建设为重点，抓紧构筑统筹城乡商贸流通网络，全力推进新型流通网络体系培育。抓紧推进现代流通方式，进一步拓展电子商务、网络营销等业务，引导企业探索网上交易模式。大力推广特许经营、自由连锁的新模式，支持优势企业向规模化发展。

三是以推动餐饮创新、提升餐饮档次为重点，打造中国美食之都。 大力培育美食街（城），加快建设中国火锅美食城，推进正餐、快餐、休闲餐饮、主题餐饮、社区餐饮等业态多元发展，积极开展主食加工配送中心建设试点，推广早餐工程。积极引进先进的经营模式和理念，引导餐饮企业提升管理水平，大力推动菜品创新，凸显渝派川菜、重庆火锅特色。大力开展星级农家乐评定、重庆火锅等级评定等各项工作。加强餐饮企业与大专院校、研究机构的合作，开展烹饪技艺、美食文化、食品科学等方面的研究。打造餐饮集团，支持餐饮企业"走出去"开拓国内外市场。

多举措保障"三都"发展

打造"三都"还必须在基础、后劲、商贸文化等方面着力，切实保障"三都"顺利推进。

一是保证市场供应，夯实"三都"发展基础。首先，建立完善监测体系，建设完善商贸信息网络和商品流通数据库，及时传递市场动态信息。其次，完善重要商品物资储备和价格调节基金管理制度，强化落实区县、企业保供责任。再次，建立重大突发事件和市场异常波动快速反应机制，做好特殊情况下商品物资的组织调运，保证市场供应，维护市场稳定。

二是培养商贸人才，蓄积"三都"发展后劲。加强

重庆双福国际农贸城开业（2014年9月）

对职业经理人、商务策划、投融资、商业经营项目管理、商业设施建设规划、市场营销等专业人员的培训。同时，加快建立商贸人才培训基地，加大商贸人才引进力度，着力引进高层次商贸流通经营管理人才。

三是培育商业文化，提升"三都"发展水平。首先，深入挖掘传统商业文化。增加多元文化元素，构建优秀的商业精神文化。其次，注重打造商业品牌文化。再次，注重培育商业服务文化。引导商贸企业在经营理念、服务特色、员工形象等方面注重文化建设，突出个性品位特征。最后，注重营造商业环境文化。在商业设施规划上充分挖掘、萃取地方特色、风情与风俗，展现地方文化精神标志，增加文化凝聚力和景观旅游价值。

发表于 2009 年 5 月 4 日《重庆日报》

重庆商圈　重庆名片

"商圈"，是重庆一大特色，一张名片。直辖以来，重庆商圈取得较快发展，为全市经济社会发展和城市品质提升做出了贡献，获得全国行业内的赞誉。当前，重庆商贸人正在不断设计、不断加工、不断完善，希望把这张名片打造得更响更亮。

重庆商圈的由来

重庆历史悠久，巴渝文化古朴厚重，商业文明源远流长。

早在秦代，重庆就有了中国最早的"女企业家"寡妇清，据《史记》记载，她是秦始皇召见过的唯一的"女企业家"。唐宋时期，重庆发展成为长江、嘉陵江流域重要的物资集散地，商船舟楫往来交错，十分繁荣。明清时期，重庆已经成为长江上游和西南地区重要的物资集散中心。1891年，重庆海关正式开埠，近代商业文明由此开启。1938年10月，国民政府迁都重庆，重庆成为当时中国的政治经济中心，从此奠定了重庆在中国商业版图上的重要地位。新中国成立后，新生的重庆作为西南局所在地，商贸得到进一步发展。改革开放时期，重庆在全国率先推进商业领域"四放开"改革，全市商业发展正式驶入快车道。

在漫长的历史时期，重庆地处内陆，交通闭塞，山高水急，经商往来不便。先辈们为了克服自然环境与外界通商的限制，历经艰险，百折不挠，进行了执着的艰苦努力，给我们留下了艰苦创业精神、商业智慧和创新基因。今天重庆人民在崎岖不平的山地上建起近千万人口的特大型城市，建起繁华热闹的商圈，就是这种精神的体现。重庆商圈根植于深厚的商业文化土壤，丰厚的商业文化积淀是重庆商圈产生和创新的动力源泉。

1997年6月，重庆成为直辖市，商贸发展翻开了新的篇章，商圈建设也迎来辉煌时期。直辖之初，重庆作为老工业中心城市，产业基础薄弱，商贸设施落后。市委、市政府将产业转型和城市改造的突破口放在了商圈建设上，就此拉开了新兴直辖市建设的大幕。直辖当年，市政府和渝中区投入3000多万元，以解放碑为中心，改造建成中国最早的商业街之一——解放碑中心购物广场。2003年，沙坪坝区三峡广场建成，成为继解放碑之后重庆的第二个城市商圈。江北区政府以7.5亿元的基础设施投入，吸引30多家企业投资200多亿元，建成观音桥商圈，成功处置10余栋"烂尾楼"，盘活商业设施50万平方米，成为商圈建设的经典案例。之后，九龙坡区杨家坪商圈、南岸区南坪商圈相继建成，形成主城区五大商圈发展、五朵金花绽放的格局。万州、涪陵、永川等城市也建成区域性特色商圈。2010年，重庆针对大城市、大农村并存的实际，将城市商圈的成功经验向基层推广，在全市实施了社区便民商圈和乡镇商圈发展战略。同时，将解放碑、江北嘴、弹子石定位升级为中央商务区，由此形成了中央商务区、城市核心商圈、社区便民商圈（乡镇商圈）三级现代商圈体系。

经过多年发展，重庆商圈逐步形成独具特色的商圈文化，并成为展示重庆历史文化的重要窗口。解放碑，原名抗战胜利纪功碑，是全国唯一纪念中华民族抗日战争胜利的国家纪念碑，承载了我们国家民族悲壮的历史，而今转型为高端商圈，沉重的历史和华丽的时尚在这里交相辉映；观音桥、南坪、杨家坪等商圈注重巴渝传统文化挖掘、保护、传承和培育，实现了历史文化遗迹、景观艺术作品与休闲娱乐设施的有机结合；三峡广场商圈则是全国特色文化广场。现代商业文明与古老巴渝文化相交融，使重庆商圈不仅是时尚、潮流、繁华的商业街，而且展现了重庆山水之城独特的历史人文、都市气质与时代风范。重庆商圈是城市元素、商业元素、文化元素的重要标志，它与重庆制造、重庆夜景、重庆美食一道展示了重庆魅力。重庆商圈文化是新时期重庆城市文化的一种表现形式，与巴渝文化、抗战文化、三峡文化一样，是重庆文化的重要组成部分。重庆商圈伴随城市成长，历经城市变迁，见证城市发展，已经成为重庆的城市历史，并将书写新的历史。

重庆商圈的蝶变

在重庆经济要素中，商圈是资源配置和产业集聚的载体，是现代服务业发展的重要平台。研究商圈发展，必须置于全市整体发展战略去谋划和思考。当前，我国处于经济增长动力转换的关键时期。国家"一带一路"倡议和长江经济带战略，赋予了重庆发展新的机遇，也为重庆商贸流通发展，包括商圈建设带来大发展的契机。按照市委区域发展战略，重庆商圈发展坚持城乡统筹、区域协调原则，以差异化、特色化、智慧化和人性化为导向，坚持新建培育与改造提升并举，加速构建以中央商务区为龙头、区县核心商圈为骨干、社区便民商圈（乡镇商圈）为支撑的三级商圈体系。

在商圈建设的具体工作中，主要采取六方面的措施。一是加强商圈建设的规划引导，引导各区县商圈合理定位，体现商圈特色和风格；二是推动商圈业态调整提升，大力引进和发展高端商务、新兴金融、时尚文化、创意设计等产业，全面提升商圈业态的档次和品质；三是加快发展商圈电子商务，加快智慧商圈建设和商圈网建设；四是完善商圈建设管理机制，建立激励机制，进一步提高商圈管理服务水平；五是优化商圈发展环境，切实改善商圈交通环境，营造舒适便利的交通环境；六是发挥区县的主体作用，加强市区联动，一手抓传统商圈转型升级，一手抓新兴商圈建设培育，在全市掀起新一轮商圈建设的热潮。

重庆商圈的启示

随着重庆商圈建设渐成体系，我们不断总结探索商圈建设的经验教训，其中六点值得重视。

1. 选址要科学。在老城区，要依托历史形成的商业基础，对已有商业核心集聚区通过改造升级，打造建设核心商圈；在城市新区，要充分结合城市总规，选择在城市功能布局规划、道路交通规划和居住人口规划等要素配置优越的区域，布局打造核心商圈。

2. 规模要适度。我们把商圈分为市、区县两级城市核心商圈。根据消费者习惯和消费能力计算，要求市级商圈建设面积应控制在 1—2 平方公里，商业设施面积达到 100 万平方米以上；区县级商圈应控制在 0.5—1 平方公里，商业设施面积在 30 万平方米以上。

3. 功能要齐全。商圈应具备六项主要功能。一是零售购物。市级商圈以大型购物中心、大型百货店、大型超市、大型专业店、国内外知名品牌专卖店为主力业态，零售业态在商圈商业服务业态中占比 60% 左右，并拥有 10 家以上大型零售商业网点。二是现代商务。具有商务办公、研发设计、信息发布和咨询、中介服务、会议研讨、教育培训等商务活动空间。三是酒店住宿。具有多层次的酒店住宿、会议接待、商务宴请等酒店接待设施条件，市级商圈至少 3 家四星级及以上酒店。四是餐饮服务。具有多层次的餐饮服务场所，特别是具有能够提供中高端餐饮和特色餐饮服务的餐饮集聚区。五是休闲娱乐。具有满足消费者多层次需求的休闲娱乐集聚空间及休闲娱乐场所。六是都市旅游文化。通过商圈文化氛围，包括影视和文化演艺场所、文化馆、博物馆以及楼宇景观、城市公园等载体，吸引本地居民及外来游客休闲逛街和观光旅游，提供文化体验服务。

4.**交通要便捷**。交通问题是商圈发展的核心问题，交通不畅，商圈不活。缓解商圈交通压力，应优先提倡公共交通，合理扩大商业中心步行街。注重停车库建设，尽可能增设停车位，引导人车分流。

5.**环境要典雅**。商圈建筑风格、材料、色彩的选择

夜幕下的解放碑商圈

要体现城市特色，对商圈景观环境、建筑墙体广告、牌匾设置、夜景灯光设计等方面都应制定相关控制要求。同时，搞好商圈绿化，完善市政、环保、消防及卫生等公共服务设施，并通过商圈广场、街头雕塑建设等，培育商圈文化。

6. **服务要智能**。重庆从2013年开始推进智慧商圈建设，目前观音桥和南坪商圈进入了智慧商圈运营阶段。下一步，全市将加快智慧商圈建设，推进智能物联网、商圈网、商圈信息服务中心、商圈公共管理中控展示中心、商圈中小商户融资服务中心"两网络三中心"建设，实现数据获取、商圈消费、交通引导、物流配送、公共服务、商圈管理"六个智慧化"。通过信息化技术提升服务体验，实现商圈的"吃住行游购乐"等服务智能化。

发表于2012年11月4日《重庆日报》

让诚信之风吹遍商城

诚信即诚实守信，它强调诚实劳动、信守承诺、诚恳待人，它是人类社会千百年传承下来的道德传统，也是中华民族的传统美德。

《史记》中记载，西汉时楚国人季布，一生特别讲信用，只要答应办的事情就一定会办到，从未失信于人。因此人们常说："得黄金百，不如得季布一诺。"他跟随项羽战败，为刘邦通缉，凭着诚信的品质和口碑，不少人都出来保他，使他安全地渡过了难关，最后还受到汉王朝的重用。这是成语"一诺千金"的来历，也是先辈们重承诺讲信用的佐证。

春秋战国时期，秦国的商鞅主持变法。为了让人们相信他的改革，商鞅下令在都城南门外立一根 3 丈长的木头，并当众许下诺言："谁能把这根木头搬到北门，赏金 10 两。"围观的人不相信如此轻而易举的事能得到如此高的赏赐，结果没人肯出手一试。于是，商鞅将赏金提高到 50 金。重赏之下必有勇夫，终于有人站出来将木头扛到了北门，商鞅立即赏了此人 50 金。商鞅这一举动，在百姓心中树立起了威信，而商鞅接下来的变法就很快在秦国推广开了。新法使秦国渐渐强盛，最终统一了中国。这就是"立木为信"的故事。

历朝历代的文人雅士都对自己诚实守信的言行要求颇高。孔子曾说："人而无信，不知其可也"、"言必信，行必果"。《孟子》中说："大人者，言不必信，行不必果，惟义所在。"到近代，鲁迅也曾说过："伟大人格的素质，重要的是一个诚字。"古往今来，诚信已根植于我们的传统文化，内化成了中华民族的气质。

古代社会，法制不全，社会信用体系不完善，人们行事作为完全建立在个人信用的基础上，因此，买卖双方提供的诚信互动，就成为商业行为产生和发展的前提。诚信规则的确立，使商品经济终于发生了质的飞跃，极大地促进了经济的发展。言不二价、货真价实、仁义经商、驽而不贪等，也成为中国传统商人诚信文化的表征符号。

晋商，曾经创造过中国经商史上的辉煌，究其成功的根源也是在于"诚信"上。著名晋商乔致庸就有这样的佳话流传。有一年，乔家复盛油坊从包头运大批胡麻油往山西销售，经手店员为贪厚利竟在油中掺假。乔致庸知道后当即命掌柜连夜遍贴全城告示，说明油中掺假的情况，并通告凡是近期在乔家店中购买胡麻油的顾客，都可以去店里全额退回银子，以示店家赔罪；尚未卖出的胡麻油立即全部换装，以纯净好油运出。这次"胡麻油"事件，商号虽蒙受不少损失，却表现了乔家货真不欺，信誉昭著，大家称乔致庸为"亮财东"。"亮"，就是明亮，做事正大光明的意思。

中国传统商人在几千年的商业经营中坚守以诚经商、以信取利的主流价值取向，使"诚信"成为中国传统商业无法泯灭的一条红线，成为中华商业文化的核心理念，更成为商人的灵魂。

如今，在市场经济条件下，诚信是一种经济运行规则，信用作为市场经济的基础，市场经济就是"信用经济"。可以说，诚信不只是一种道德规范，更是品牌、金钱和资本。然而值得深思的是，改革开放30多年来，我国社会信用体系建设虽然取得一定进展，但与经济发展水平和社会发展阶段不匹配、不协调、不适应的矛盾仍然突出。覆盖全社会的征信系统尚未形成，守信激励不足，失信成本偏低；履约践诺、诚实守信的社会氛围尚未形成，食品药品安全事件时有发生。从三聚氰胺奶粉、瘦肉精、苏丹红到地沟油、毒胶囊、假羊肉事件，深深刺痛了每一个普通消费者的心。重庆的名片——火锅，也出现过"石蜡底料"这样损伤美誉度、诚信度的事件；一段时间的"注水肉"等掺假手段，也极大扰乱了市场秩序。这些违法失信的行为，损害了消费者的利益，也丢掉了商人的灵魂。

由此可见，建立健全诚信体系，是整顿和规范市场经济秩序、改善市场信用环境、降低交易成本、防范经济风险的重要举措，是减少政府对经济的行政干预、完善社会主义市场经济体制的迫切要求。党中央、国务院高度重视诚信体系建设工作。党的十八大提出，"加强政务诚信、商务诚信、社会诚信和司法公信建设"。党的十八届三中全会提出，"推进国内贸易流通体制改革，建设法治化营商环境"、"建立健全社会征信体系，褒扬诚信，惩戒失信"。党的十八届四中全会提出，"加强社会诚信建设，健全公民和组织守法信用记录，完善守法诚信褒奖机制和违法失信行为惩戒机制，使尊法守法成为全体人民共同追求和自觉行动"。国务院出台了《社会信用体系建设规划纲要（2014—2020）》，颁布了《企业信用信息公示暂行条例》。国家正在大力推进信用信息的互联共享，推进政务信息的公开，实施行政审批和行政处罚"双公示"，就是为了创造良好的社会信用环境。

就诚信而言，商务系统的诚信更为重要。商务部下发了《关于加快推进商务诚信建设工作的实施意见》，决定实施"商务诚信建设重点推进行动计划"。加强商务诚信体系建设，不仅是商贸领域改革的重要内容，是转变商贸管理职能、推进商贸管理创新、建设法制化营商环境的现实需要，而且是推进企业诚信建设、保障商品质量和服务质量、提升消费者满意度和品牌知名度的最佳选择，更是改善民生、服务民生、发展民生商贸的迫切要求。全市商务系统一定要深刻认识到这些道理。

"千里之行，始于足下。"重庆商贸系统诚信建设工作虽然取得了不小的成绩，但后面的路还很长，还很远。我们务必继续努力地工作，加强诚信教育，强化商贸诚信文化建设，强化管理机制建设，强化领导责任，扎实推进诚信建设工作。

习近平总书记讲过："企业无信，则难求发展；社会无信，则人人自危；政府无信，则权威不立。"诚信既是立身之本、齐家之法，也是兴业之基、为政之道。商不在巨，讲诚则兴，店不在大，守信则名。只要全市商务系统牢牢夯实诚信建设这个基础，全市商贸流通行业一定能够焕发别样的青春活力！

2014 年 4 月全市商务诚信建设工作会讲话

重庆零售业服务技能大赛点钞现场（2009 年 6 月）

第六辑

履职笔记

有幸一生随政协

——《履职笔记》序言

2016 年 1 月 27 日，政协重庆市第四届委员会第四次会议闭幕，我当选市政协副主席。自此，我走进履职岁月的终点站——人民政协。

不少人说我赶上了末班车，此话一点不假。人生最幸运的事情，莫过于下晚班后能赶上最后一趟末班车。我已经年过 58 岁，若不是党的培养与信任，哪有今天？走进政协，我感到幸运与荣耀。

我有幸，一生随政协！

一

我的父亲是老政协人，25 岁时就从梁平县袁驿区区长岗位调进县委从事政协统战工作，离休前是梁平县政协常务副主席。我是在人民政协的情结中长大的。

记得小时候一有空，我就带着弟弟妹妹跑到父亲工作的县委大院玩耍，常常看见他们统战部的那几间办公室人来人往，不是留大胡子的，就是西装革履的，言谈举止斯斯文文。这些人的座椅前，总有一杯热气腾腾的茶水、一盘香喷喷的瓜子、几颗甜蜜蜜的水果糖，真让我们垂涎不已。但我们没有口福，因为那是公家的，偶尔有叔叔悄悄给我们一颗糖，结果被父亲看见还狠狠地说了一顿。

父亲离休后，与大多数老干部一样爱写一点回忆录之类的文章，并取名《暮笔荟萃》。文风简朴直白，但真实记录了当时县政协的工作经历：

> 那个时期，政协统战工作的任务，主要是做"高、老、大"的工作。"高"，是新中国成立前副县级镇长以上人员，起义投诚的副团级军官以上人员；"老"，是老名医、老知识分子、老艺人、老技术人员；"大"，是影响大、作用大、知名度大的代表人士。对这些人士的联系，在县级政协未成立之前，主要是统战部的工作。统战部组织了一个各界人士学习委员会，定期或不定期组织他们学习，还利用召开各界人士座谈会等形式，加强与他们的联系沟通，消除矛盾，协调关系，变阻力为助力，变消极因素为积极因素，以稳定社会秩序，使革命工作顺利开展。
>
> 那个时期，政协统战的工作方法是以情待人、以理服人。国家有明文规定，其他部门开支要节约，而政协统战的接待费，本着节约原

则，用多少政府拨多少。

县委统战部里专门有个接待室，经常准备有烟、茶、糖、水果。香烟是中华牌、大前门，茶叶是沱茶。有时买多了，糖化了，香烟霉了，哪怕是最后当垃圾扔掉，统战干部也不能占为己有。

在县政协机关，设有会客室、茶园、象棋桌、乒乓球台、报刊阅览室等场地。政协驻会的领导和同志主动参加服务工作，烧开水、端茶碗、收拾活动工具，大家相互热忱友好，气氛融洽。每天人来人往，党外人士反响良好。久而久之，他们对共产党就更亲近了。

在"文化大革命"中，县政协成为名存实亡的空架子，只有驻会人员走来走去。"文革"后期，中央有一个吹风，县级政协视其作用大小决定有没有恢复的必要。关于梁平县政协是否恢复，有的领导同志认为，梁平没有民主党派组织，可以不要政协；有的领导提出，他们这些人员（指党外人士）开会说说笑笑，只是见人点头弯腰，起不到啥子作用；也有的领导建议，有重大事情，把那些党外人士召集起来讲一下就行了。总之，不恢复政协的意见占上风。

县委召开常委会，叫统战部准备意见。会上，我们阐述了恢复政协机构的理由：政协机构是统一战线的组织，是统战人士的活动园地，是开展政治协商、民主监督的场所等；梁平县没有民主党派组织，但有黄埔军校人员，有工商联，有起义投诚旧军政人员，还有知名人士等。经过我们反复说明，与会同志终于统一了思想，同意恢复梁平县政协机构。

在这次会议上，就政府安排党外人士做副县长人选一事也产生了分歧。按照上级党委的要求，有条件的县市要安排一名党外副县长。讨论中，有领导干部讲，那些党外人士，比不上我们党员，党员随便拉一个出来就比他们好；有的领导同志提出没有对象，就不要安排（党外副县长）了。对此，统战部门又据理力争。我们提出，要体现我们党"长期共存，互相监督"的方针，就应当安排党外副县长。党外干部，有他党外的作用，他只能是党外的代表人士，不能与党员干部相提并论。最后，县委常委会同意政府安排一名党外人士副县长。从那以后，每届县人大副主任要安排党外人士一名，每届县政府副县长要安排党外人士一名，每届县政协要安排党外副主席二至三名，并成了制度。

人民政协还有一项重要工作，就是抓党的方针政策的宣传教育，组织党外人士学习。政协机构恢复了党外人士学习组。这个学习小组，是在政协学委会的指导下，学习小组学员，是退下去的老政协委员和社会老知名人士，以及老教师、老医生，每周一次。来学习的人员，情绪高，很满意。他们普遍反映，每周回一次娘家看看，很高兴。

这就是老一辈政协人的故事，信手拈来就让我们感动。

我真正了解政协，还是 20 世纪 80 年代。1987 年 1 月，我作为共青团万县地委书记，被推荐为政协四川省第八届委员会委员，正式走进人民政协这个大家庭。

那个时候，从万县到成都很不容易，不像今天的高铁两三个小时就到了。第一天乘船，次日上午才抵达重庆朝天门码头。下船后，赶公共汽车直奔上清寺重庆团市委办公楼，取回代买的火车票，偶尔吃一顿他们的伙食，大多时间就在两路口、菜园坝一带闲逛，直到晚上上火车。到达成都，已是第三天的凌晨。每年一次政协会、一次共青团工作会，年年都是如此地奔波，没有疲劳，只有愉悦与力量。

我们那个界别组，有共青团、青联、体育界别 30 余人。共青团占多数，团省委常务副书记，高校院所团委书记，仅我们地市州团委书记就有七八人。前后五次会议的议题早已忘却，但委员们的相貌犹存，有的至今还保持联系。

1992 年，我离开共青团，也离开了人民政协，但始终没有忘记政协的作用。在万县市天城区区委书记岗位上，我第一次主持召开区委政协工作会议，阐述政协这个"协"字："是协助党委做到意见上的协商，目标上的协同，行动上的协调。政协参与决策，是通过协商来实现的，协商在决策之前，监督在实施之中，这就是政协的作用。"

1997 年，重庆直辖，万县地区归建重庆市。从 2003 年开始，我又回归政协组织，先后成为重庆市政协二届、三届、四届委员，市政协农业委副主任，即使后来从林业局转岗到商业委员会也没有调整专委会。

而今，我算是真正的政协人了。重操父亲旧业，再走父辈老路，这就是缘分！

二

人民政协来之不易。

2019 年 9 月 30 日，在中央政协工作会议暨庆祝中国人民政治协商会议成立 70 周年大会上，习近平总书记这样评价："人民政协是中国共产党把马克思列宁主义统一战线理论、政党理论、民主政治理论同中国实际相结合的伟大成果，是中国共产党领导各民主党派、无党派人士、人民团体和各族各界人士在政治制度上进行的伟大创造。"

重庆，是人民政协的见证地之一。位于渝中区上清寺转盘西北侧的中国民主党派历史陈列馆，较为详细地记录了民主党派、工商联、无党派人士参加人民政协的光辉历史。在中国现有 8 个民主党派中，中国民主同盟、中国民主建国会、九三学社以及中国国民党革命委员会前身之一的三民主义同志联合会都是在重庆诞生的。

1949 年 3 月 23 日这一天，党中央从西柏坡动身前往北京。走出村口，毛泽东说了一句风趣的话："我们上京赶考去，要考好，不要做李自成。"周恩来说："要及格，不要被退回来。"共产党赶考，首先要回答如何解决"其兴也勃焉，其亡也忽焉"的"历史周期律"问题。

据史料记载，进入北平后的毛泽东，第一时间考虑的是人民政协的大事。他广泛接触各界民主人士，共商建国大计。当时最棘手的，是如何确定新政协代表人选。新政协代表的提名方式有两种，一是由组织或个人推荐，一是本人申请。代表名单初步产生后，新政协筹备会分别访问各单位负责人，如李济深、蔡廷锴、谭平山、黄炎培、郭沫若、马叙伦等，向他们征求意见；又在中南海勤政殿召集各单位首席代表座谈，讨论代表名单。

一次，周恩来就名单征求民盟中央史良的意见。史良说："旧政协我没有参加，基本上没有妇女代表，我希望新政协能够注意到妇女代表的名额。"周恩来回答："新中国的妇女一定会在政治上和男人得到同样的政治权利。"经过协商，最终产生妇女代表 68 人，超过代表总数的 10% 以上。

政协为什么要设特邀代表？周恩来在筹备会上作了说明：为了保证新政协的代表性和广泛性，筹备会照顾各个方面，几度扩大参加单位和代表名额，尽管如此还是不够全面，所以又设了一个特邀代表。特邀代表中，有在中国整个民主革命阶段中始终站在正义事业方面的，如孙夫人；有从事科学研究和工业建设的人才，如陶孟和、钱昌照先生；有参加这次和平运动有功的，如颜惠庆、张治中、邵力子、程潜等先生。起义的将军有的作为解放军代表参加会议，如吴奇伟将军、曾泽生将军、张轸将军，也有的参加到特邀单位中。还有愿意为建设新的人民艺术而服务的人物，如周信芳、梅兰芳、程砚秋几位先生。

对邀请众多民主人士、起义将领参加新政协，有些党员对此颇有微词，说"共产党打天下，民主人士坐天下"，思想上一时难以接受。对此，中央领导人反复进行政策教育。毛泽东说，这些必须合作，必须住北京饭店，必须敲锣打鼓欢迎，因为这样对中国人民有利。有些代表性人物，我们不能代表。人民政协会一定要有各方面人物，不然就是开党代表会议了，必须学会和各民主党派和无党派民主人士共同生活、共同工作。

1949 年 9 月 21 日，来自全国各方面的 600 多位代表，怀着抛弃旧中国、建立新中国的无限憧憬，冲破重重阻挠齐集北平，自由地、民主地、和谐地、前所未有地走到了一起，出席中国人民政治协商会议第一届全体会议。有代表这样回忆当时的盛况：

> 中南海怀仁堂里，穿长袍的、穿西装的、穿军装的、穿中山装的……说汉语的、说英语的、说客家话的、说蒙语的、说藏语的……大家的掌声持续不断。我的手掌都拍红了，回到住处才感觉很痛。

这是一次彪炳史册的重要会议。它代行全国人民代表大会职权，通过了具有临时宪法作用的《中国人民政治协商会议共同纲领》、《中国人民政治协商会议组织法》和《中华人民共和国中央人民政府组织法》，决定了新中国的首都、国旗、国歌、纪年。中国共产党领导的多党合作和政治协商制度由此确立，开启了人民政协与共和国风雨同舟、砥砺前行的岁月。

每每重温这些动人的往事，我总会心潮起伏，热血沸腾。历史永远会记住那段火红的岁月！

三

中国特色社会主义进入新时代，人民政协的舞台更加宽广了。我作为新时代的政协人，深感任重而道远。

2019年召开的中共十九届四中全会和中央政协工作会议，对新时代人民政协工作提出了新要求。新时代的政协人，必须把握好新时代人民政协"是什么"、"怎么干"、"干什么"的问题。

政协是什么，是"专门协商机构"。这是新时代赋予人民政协职能定位的新内涵。政协不是权力机关，参政不行政，建言不决策，监督不强制，主要通过协商发挥作用。四中全会强调，"完善人民政协专门协商机构制度，丰富协商形式，健全协商规则，优化界别设置"。这是为人民政协作为国家治理体系重要组成部分所做的重要制度设计。

习近平总书记多次说过，在中国社会主义制度下，有事好商量、众人的事情由众人商量，找到全社会意愿和要求的最大公约数，是人民民主的真谛。人民政协在协商中促进广泛团结、推进多党合作、实践人民民主，既秉承历史传统，又反映时代特征，充分体现了我国社会主义民主有事多商量、遇事多商量、做事多商量的特点和优势。

政协怎么干，必须"建言资政和凝聚共识双向发力"。双向发力是政协工作职责的新概括。四中全会提出，"提高政治协商、民主监督、参政议政水平，更好凝聚共识"。这实际上是政协工作职责"坚持和巩固什么、完善和发展什么"的具体体现。

凝聚共识，就要加强思想政治引领。人民政协要广泛联系和动员各界群众，协助党和政府做好协调关系、理顺情绪、化解矛盾的工作，要在尊重多样性中寻求一致性，广开言路，集思广益，促进不同思想观点的充分表达和深入交流，做到相互尊重、平等协商而不强加于人，遵循规则、有序协商而不各说各话，体谅包容、真诚协商而不偏激偏执，寻求最大公约数，画出最大同心圆，实现"百川入海"。

政协干什么，要发挥"三个重要"作用。习近平总书记强调，人民政协要通过有效工作，努力成为坚持和加强党对各项工作领导的重要阵地、用党的创新理论团结教育引导各族各界代表人士的重要平台、在共同思想政治基础上化解矛盾和凝聚共识的重要渠道。这是党中央赋予人民政协工作任务的新内容。

毛主席说过，所谓政治，就是把拥护我们的人搞得多多的，把反对我们的人搞得少少的。要把大家团结起来，思想引领、凝聚共识就必不可少。人民政协要通过开展经常性、制度性的学习和思想政治引领，强化党的创新理论武装，巩固共同思想政治基础，引导各族各界代表人士在习近平新时代中国特色社会主义思想旗帜下携手前进。

把党和国家的决策部署落实下去、把海内外中华儿女的智慧和力量凝聚起来，这是人民政协的政治责任。

四

人民政协是专门协商机构，五年的实践让我对此感悟愈来愈深。

从新中国成立初期人民政协是"各党派的协商机关"，到改革开放后人民政协是"民主协商机构"，再到党的十八大以来习近平总书记创造性提出人民政协是专门协商机构，党中央赋予了人民政协更大、更多、更高的协商职责。

我国有专门的决策机构、立法机构、行政机构，现在又明确了协商机构。这是人民政协作为国家治理体系重要组成部分的新定位，是具有中国特色的制度安排。我国的协商渠道也很多，政党协商、人大协商、政府协商、政协协商、人民团体协商、基层协商、社会组织协商等，但"专门协商机构"只有政协一个。

作为"专门协商机构"，主要任务是搭建平台。按照"广泛、多层、制度化"的原则，为各党派团体和各族各界人士搭建与党和政府在政协进行民主协商交流的平台。

"广泛"，指协商内容广泛，包括经济、政治、文化、社会、生态文明建设等国家和社会生活中所涉及的各方面内容，做到党委政府需要什么，政协就协商什么；党派界别需要什么，政协就协商什么；尤其是社会群众需要什么，政协更要协商什么，以不断满足人民对美好生活的需要。协商形式也要广泛，政协全体会议、专题协商会、界别协商、提案办理协商、远程协商、情况通报、调研视察等。

"多层"，指要因地制宜搭建各层级协商平台，区县政协的主要任务就是协商，并向基层延伸，指导搭建乡镇街道、社区村组的协商平台，做到什么范围的事情，就在什么范围内搭建平台开展协商。

"制度化"，指应对各种协商活动的参加范围、讨论原则、基本程序、交流方式等，提供规范化的解答和服务，积极构建程序合理、环节完整的制度体系，确保人民政协协商民主有制可依、有规可守、有章可循、有序可遵。

作为"专门协商机构"，要在"专"字上做文章。商之道，贵以专。要"专"出特色。进一步明确专门协商机构的职能，发挥协商平台的作用，健全协商议题提出、活动组织、成果采纳落实和反馈机制，不断提高协商民主的专业化、制度化、规范化、程序化水平，让政协委员人人成为"会协商"的专家人才。要"专"出质量。紧扣党和国家中心任务确定协商议题，建立一整套工作制度、运行机制和质量标准体系，让协商务实有效、有章可循，培养委员们调查研究的基本功，站在党和国家

中共重庆市委第五次政协工作会议（2018 年 11 月）

事业发展大局想问题、找议题、摸实情，做到有的放矢、言之有理、言之有物、言之有效。

作为"专门协商机构"，要积极构建协商文化。协商文化是一种平等文化。协商的实质是最广泛地发扬社会主义民主，协商的目的在于听取各方真实的意见以优化决策。这就要求营造平等、自由、公正、宽松的协商氛围。协商文化是一种包容文化。协商各方要具有合作、包容精神，不强加观点，不强迫命令，也不搞人云亦云，一味妥协，通过理解体谅、友好协商、反复研讨，在不同中寻求共同，在尊重差异中达成共识。协商文化是一种理性文化。协商各方都要是理性和负责任的，委员们要有责任意识，超越自我的局限；要有效率意识，尽量降低协商成本，选题要准，调研要深，发言要精，更要重视协商意见建议的成果转化，建立一套办理答复和跟踪问效的工作机制。

人心是最大的政治，共识是奋进的动力。商以求同，协以成事，是人民政协的追求与期待。

如今离岗之际，不觉百感交集，思绪万千。人民政协那由红星、红旗、齿轮、麦穗构成的会徽，始终在我眼前熠熠生辉。我对人民政协的那一份深深眷念之情，依恋难舍，永远不会放下！

人民政协，我愿继续随你前行！

发表于 2021 年 3 月 25 日《重庆政协报》

再上邓家乡

初冬的巫山，更有一番自然美的魅力。

神女峰的晨雾，梨子坪的落晖，大昌镇的古色，小三峡的风韵，还有那一片片色彩斑斓的三峡红叶，不知疲倦地迎送着一批又一批南来北往的宾客。

我几乎每年要来巫山一两趟，这次是来参加市政协"主席接待委员日"活动。我特意提前到达，为的是了却一桩心愿——再上邓家乡。

2016年12月1日早8点，与县委书记春奎同志道别后，我们分乘两台越野车从江山红叶宾馆准时出发。过巫峡桥，翻望天坪，参观脆李苗圃，访谈官渡风情，一路徐徐行驶。我本想快一点，驾驶员小易说，这是为了安全起见。我与随车同行的县政协主席大勇同志早在26年前就共过事，他当时是巫山团县委书记，陪我去过邓家乡。我俩在车上回忆着共青团的岁月，不知不觉到了抱龙镇。

抱龙镇，是巫山县去邓家乡的必经之道，曾经也是邓家乡所属河梁区的区公所所在地。一条抱龙河，沿场镇横穿而过，流向长江。三峡水库的 175 米蓄水，已经回流到低洼的抱龙小学门前，昔日的小溪河成了一片湖泊。站在河边，镇党委书记告诉我们，可以从这里直接乘机动船去巫山县城，比汽车要节省一半的时间。这完全颠覆了我以往的认知。我一直以为抱龙镇是高山区，直到今日目睹这一泓清澈的三峡水，才恍然大悟，原来此地海拔还不到 200 米。这全是翻山越岭、七上八下惹的祸。

沿抱龙镇往山上走，坐落在海拔 1600 米以上的邓家乡就在那大山的深处。蜿蜒崎岖的公路盘山而上，路还是当年那条路，但经过硬化已经平坦舒服多了。越往上走，空气越清新，一簇簇积雪四处可见。大勇主席讲，入冬以来邓家乡已经下了两场雪啦。公路两旁，密密麻麻的日本落叶松开始秃顶，成了名副其实的落叶松。我想，如果早来一月半月，漫山遍野的松叶，红的，黄的，或摇曳在树梢，或飞舞于林间，在金灿灿的阳光和白皑皑的积雪烘托下，该有多美啊！

我第一次到邓家乡，还是将近 30 年前的事。

20 世纪 80 年代初，沐浴改革开放之春风，人们开始走上致富之路。在广袤的农村，一个个万元户如雨后春笋，层出不穷。但毕竟这是特例，为数不多，更多的农民生活仍然困难。1984 年，党中央、国务院向全国发出扶贫工作的动员令。这一年的夏天，中共四川省委在秀山县召开了全省扶贫工作会，省委书记杨汝岱出席。这一年的冬天，中共万县地委在城口县召开了万县地区扶贫工作会议，地委书记欧阳荣率领地委班子成员悉数参加。此后经过一段时间的实践探索，万县地区提出了一项新的扶贫举措：发动地区党政机关部门，对口帮扶全地区所辖 9 县 1 市的特别贫困乡镇。按照地委统一安排，我所在的工作单位共青团万县地委，与地区妇联、地区科协组成联合工作组，对口帮扶的特困乡，就是巫山县邓家乡。

邓家乡在巫山县素有"四最"之称。海拔最高、路程最远、人口最少、工作条件最差。其他部门都是一对一帮扶，唯有我们是群团部门三家，足见帮扶邓家工作之难度。

1985 年底接受任务时，团万县地委书记是王德琼，我与程晓明为副书记；地区妇联主任是文大姐，她第二年退休后，王昌秀主任接任；地区科协主席是钟祖德。我们三家负责人轮流带队到邓家乡。团地委到邓家乡最多的是陈大奎，他负责青农工作。还有后来提任的副书记邓东华、张明生，他们也常带机关其他同志轮流参与。

那个时候，工作组每年要到邓家乡三次，每次十天半个月不等。第一次是春节后，主要任务是帮助乡村制订扶贫计划、落实春耕生产任务。第二次是 7—8 月份，督查扶贫措施落实进展情况，这一时段妇联及其他两单位的女同志参加者居多。再就是年末，任务就一个，顶着寒风、踏着积雪走村串户，帮助农户秋后算账，我们也好完成年度帮扶工作总结。

1986 年 3 月，我们首批帮乡扶贫组出发了。半夜从万县上轮船，次日上午抵达巫山县城，爬完一坡台阶，到县政府招待所已是中午时分。下午上班时间，巫山县常务副县长穆宜亭在办公室接待了我们。他一边抽着当地产的香烟，一边侃侃而谈，热情详细地为我们介绍了巫山以及邓家乡的情况。第二天一大早，我们乘坐定时班车，过轮渡抵长江南岸，再翻山越岭，几上几下，直到中午近2点，才到达河梁区公所。尽管早已入春，但几个小时下来，沿途汽车扬起的灰尘早已让我们唱花脸了。从抱龙镇上邓家乡，每天只有上午一班车。没有办法，只好在区公所再住一晚。直到第三天中午，我们才终于赶到目的地——邓家乡。仅这一趟行程，就给了我们一个下马威。

邓家乡政府位于池塘村，如果不是亲临其境，谁也不会相信这里就是乡政府。总共只有五栋房屋，除了乡政府是一栋简陋的三层楼外，其余都是一两层，有供销社、粮站、卫生院，还有一个铁匠铺。简直就像一处农家四合院，太冷清了！

邓家乡有五个村。海拔最高处是伍绪村，是全乡经济条件算不错的村。居中是池塘村，地势相对平坦一些。剩下三个村，分别是邓家村、楠木村、斑竹村，他们就像鸡爪子一样，分别沿三个山脊梁而下，一直下到山底，落差至少1200余米。村与村之间没有相互联通的道路，每个村只有一条山间小道通往乡政府。从山底爬到乡政府办事，就是当地农民也要两个多小时，何况我们这些很少爬山的人，一个来回需要起早摸黑。当地人转运货物从不挑担子，全是背背篼，因为山高坡陡路窄，挑担换肩根本转不过身来。农村常见的背篼，大多上下一般粗细。而邓家乡山里的背篼不一样，上面开口很大，东西装得多；而底部却很小，搁下来不占地方。背背篼的人，每人手中都有一根粗壮的拄棍，主要用来拄在背篼下松松肩膀歇歇脚。

五个村中，我在邓家村吃住最多。邓家村支部书记姓贺，是一个非常健谈的老人。他家是一个大家庭，有两个儿子在周边乡镇政府工作，家境状况好，留守的媳妇们为人十分热情。其实，邓家乡老百姓都很好客。早上只要一进农家门，主人一定会端出山枣、炒豆之类待客，还给你递上一个盅子，你以为是开水，端过来一喝，哇，结果是白酒。山区寒冷，这是驱寒的最好办法。

记得有一次，我们一行人走访楠木村。到了吃午饭的时候，随行的乡干部临时带我们走进路边一户农家。这一家四口人，老母亲面善慈祥，儿子没有媳妇善言辞，孙子看上去只有四五岁。听了乡干部说明来意，主人激动而热情，就好像在他家吃饭是他们的荣幸一样，好客的举止让我们感动不已。老母亲和儿媳妇忙前忙后，为这顿饭，足足花了差不多一个多小时的时间。他们从屋梁上取下仅剩的不足半斤重的一小块老腊肉，从外面的鸡窝里掏出了两个鸡蛋，炒了一碗咸菜老腊肉，腊肉有七八小片，还有一小盘炒鸡蛋、一碗洋芋片，主食是苞谷饭，当地叫"蓑衣饭"。老母亲让我们上桌，我们请他们同吃，被他们一口谢绝。看着主人倾其所有端出来的菜肴，我们心中很不是滋味。每人尝了一片腊肉，然后就着咸菜刨了两碗蓑衣饭，三下五除二就匆匆下席。主人们这才姗姗上桌。此时，我们不经意地看到了这样的一幕：小孩望望父母，首先将盘子里的鸡蛋夹到碗里吃了，接着又把目光盯向仅剩的两片腊肉上。从那渴望的眼神中不难看出，他们已经很久没有吃肉了。只见媳妇迅速夹起那两片腊肉落在对面丈夫的碗里，还没等停稳当，丈夫则一筷子夹起来，折身放进母亲的碗中，而老人家毫不犹豫地又夹给了对面的孙子。

这一幕，让我们在场的人终生难忘。这就是山里人的品德，这就是邓家人的民风。和睦、孝顺、尊老爱幼，中华民族的美德，在这里得到了充分的诠释。我们暗自懊悔，早知这样，我们就不该品尝那一片腊肉！临别前，我们留下了 5 元钱，既是伙食费，更是对这个家庭的感谢和慰问。

邓家乡，是一个"望人穷"的地方。一块块贫瘠的坡地，巴掌大小，一锄挖下去，石渣飞溅。无论你怎样深耕细作，也长不出多少苞谷、洋芋、红苕"三大坨"来。当地有句不好听的话，"要想吃饱饭，就盼天大旱"。山下旱得越凶，山上收成才越好。那几年，政府竭力推广地膜肥球，收成还好一点。但一般年景，仍有不少家庭短缺一两个月的口粮。没办法，只好八仙过海各找门路，挣点现钱买口粮，平平安安度春荒。有的下井挖煤，有的进山采药，更多的人是砍树子烧木炭卖。特别是斑竹村、楠木村，到处都是烧炭的。很好的树木，一片片地砍去烧炭，看上去实在可惜，但村民们要谋生计，我们也得鼓励啊。殊不知，几年后重庆直辖，我被任命为第一任林业局局长，职责就是保护森林。每每想起当年鼓励村民砍树烧炭的那些事，难免百感交集，五味杂陈。

邓家乡人是勤快的，但也有好逸恶劳之人。就算你费心巴力帮他出主意、想办法，他却无动于衷，成天窝在家里耍，只要肚子填得饱，就是他们最大的满足。我们青妇科三家机关干部凑钱，专门去地区畜种场为他们买了种猪，希望拿去多配种，多下崽，帮助农户增收。结果一年不到，种猪越喂越瘦，最后告诉我们一声，死了。到底是真死了，还是宰杀吃了？这桩无头案，我们也无从核查。

我清楚地记得，离乡政府不远处有一户贫困户。父子俩都是单身汉，老的年过五旬，儿子三十出头。按道理讲，这个年纪出去随便干点什么都不会穷，但他们就是窝在家里烤火。我们走访时见他家光景，临时凑了50元钱，再三叮嘱他们买头小猪来喂，买点粮种去春播。可他俩倒好，拿着钱就去附近的湖北楂树坪场镇上打酒割肉，回家炖了一大锅，一顿晚餐就消灭得所剩无几。吃完后不消化，两爷子只好在屋里跑圈圈，一直折腾到天亮才消停。扶贫先扶志，千真万确。

1992年，我离开共青团岗位，再没有机会来邓家乡，即使是1995年进入万县市委分管农村工作，也没能到邓家乡走一趟。直到2004年秋天，重庆市开展禁种铲毒工作，市林业局负责巫山县桃花山的督查。任务完成后，我再次来到邓家乡，看望十里坪林场职工，了解林业产业发展情况。中午，乡党委书记、乡长邀请我们一行到了乡政府后来盖的后院食堂里，就着当地特产牛王豆，喝了一顿老白干，直到大家话多起来才收场。

这一晃又是十多年。

越野车在林海中徐徐前行，载着我们说不完的故事、道不尽的思念。进入邓家乡，党委书记万祖国、乡长陈艺早已等候多时。车不熄火、人不离座，我们一行直奔伍绪村。

记得当年第一次到伍绪村，从乡政府出发，我们足足走了一个小时的山路才抵达村委办公室。而这一次，几分钟就到了。村里的公路已经硬化，可以连接每一个社。这是近几年全市实施"村村通"的成果。不到山区，很难体会到农民兄弟对路的期盼。要致富，先修路。要脱贫，也得先修路。我询问其他村的交通状况，祖国书记告诉我们，村村都通水泥路了。要不是时间关系，我倒是很想去看一看，像邓家村、楠木村那种恶劣地势，道路是怎么修通的？

再看村办公室，早已今非昔比。记得那时的村委办公室就在村支书家的旁边，一间十分简陋潮湿的土墙房。室内黑黢黢的，稍隔远点还看不清对方的脸。中间有个四四方方的地炉，燃烧着当地产的煤块，满屋的硫黄味呛得刺鼻。当时才刚刚入春，离春洋芋出来还有一段日子。我们与村干部谈得最多的话题，就是如何帮助部分村民度过春荒。解决农民的温饱，是那个时候扶贫工作的核心问题。而今的村委会办公室，好几十平方米大小，宽敞明亮。门上悬挂着村党支部、村委会以及便民服务中心的牌子。走近一看，有柜台，有工作人员，墙上还贴有各种制度和办事指南。这里，就等于是伍绪村的办事大厅。看得出，巫山县党政有关部门齐心协力抓基层建设，真是花了大功夫啊！

现任伍绪村党支部书记罗仕文，一个看上去十分精干的中年人。听他讲，伍绪村姓罗的最多，我感到诧异。因为当年的村支书黄延寿，在邓家乡颇有名气，还是县人大代表，我就一直以为这个村黄是大姓呢。我询问他的现状，罗支书讲，老支书身体很好，如今在县城儿子那里安度晚年。黄支书那一批村干部，工作条件差，待遇也不好，常常是贴着家里的老本为村民们服务。而今不同了，罗支书介绍，村支书村主任每月可以领取1200元的补助，就连青年妇女民兵，这些过去完全尽义务的群团干部，每月也有700元补助。当年，我们那些扶贫人员一下村，吃住十有八九都在村干部家，正是他们，铸就了我们难以忘怀的邓家乡情结。30余年弹指一挥间，不知他们还有几人能像黄支书一样健在？

从村办公房出来，步行几百米，我们来到重点贫困户罗仕顶家中。夫妇俩在山上干活，听到村干部们叫喊，气喘吁吁地跑了回来。精明干练的女主人先到家，她一边开门，一边再三说"对不起"。后到的户主罗仕顶，长期疾病在身，治疗费用和两个孩子的上学费用拖穷了他家。好在女主人很勤快。她告诉我们，在政府的扶持下，今年喂养了十几只山羊，宰杀了三头过年肥猪，粮食足够还有结余，各种现金收入加起来近两万元。更高兴的是，大女儿今年已考入重庆科技学院，县扶贫办还一次性补助了5000元费用。我与他们交谈，看出两口子精神状态很好。他们感谢党和政府，他们对今后的日子充满信心。这不正是我们实施精准扶贫所期望的结果吗！

我询问罗支书："罗仕顶家庭在全村贫困户中算什么

档次？"罗支书肯定地回答："只能算中等水平。""差的农户今年能不能摘帽？""除了个别家庭可能要托底外，其余今年都能脱贫。"我们提醒，要关注扶贫的长效机制，要防止今天脱贫明天返贫的现象大面积发生，要多在发展产业帮助农民实实在在增收上下功夫。随行的县扶贫办主任朱钦万同志表示赞许。

离开伍绪村已经快两点了，我们回到12年前来过的乡政府机关后院食堂。还是当年那

今日网红邓家乡

一张桌子，在家的乡领导，加上一位大学生村官，我们围在一桌，继续探讨邓家乡的发展，继续回忆当年的往事，无不沉浸在浓浓的情谊之中。

时间过得真快。走出食堂，我拉着书记、乡长的手，

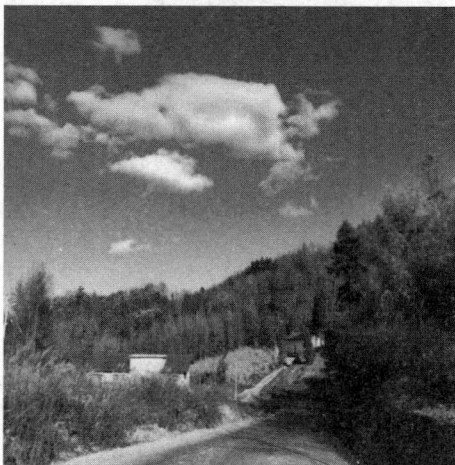

饱含深情地告别道："重庆有个城口县，巫山有个邓家乡，你们的处境相同。现时经济发展滞后，不是你们的过，而是大环境使然。只要守好这片青山，稳定这方百姓，一旦大交通得到改善，这里就是一方宝地，就是金山银山。相信邓家乡，一定能摘掉贫困的帽子，一定会迎来富足的曙光。"

邓家乡，我祝福你！

2016 年 12 月发表于《重庆晚报》

康养石柱情悠悠

——一位老朋友的廿年石柱情缘

　　早春二月，我又一次来到石柱。

　　石柱，有我许多的向往。大风堡里的古木参天蔽日，太阳湖边的溪流清澈见底；爱情石柱在万寿古寨上高昂，相思火棘在千野草场中怒放；破碎的巴盐古道时隐时现，沧桑的石碉楼群千疮百孔；简朴的吊脚楼风情依旧，皇家的银杏堂神韵犹存；啰儿调唱出石柱小伙的欢快，竹铃球玩出土家妹子的灵巧。更有一条古老的龙河，从冷水山上猫鼻梁出发，裹挟着七曜山、武陵山的风雨，融合着汉族、土家族的气息，向着西南方向蜿蜒流淌，怀拥县城后归入滔滔长江。

　　厚重的历史，独特的生态，丰盛的文化遗产，给石柱披上浓郁而缤纷的康养盛装。

初识石柱　秋高气爽林木森

　　我第一次到石柱，还是 20 年前。那是一个秋高气爽的日子，我们从忠县县城出发，经川汉公路进入石柱，满目的青山和树木。翻方斗山，下龙河槽，几个小时的路上，整齐排列的白杨格外引人注目，这印证了"走石柱不问路，两旁栽的白杨树"的传闻。

第二天，金灿灿的朝晖，染红了东方的天际。我们来到黄水，这里是方斗山林场的一个工区，海拔1500米左右，森林覆盖率超过80%，负氧离子含量常年保持在每立方厘米两万个左右，最高可达7.5万个以上，比起只有几百个负氧离子含量的解放碑，简直是人间仙境。

望着满山遍野被万道霞光染成一片绯红的柳杉，我们情不自禁地发出赞美。林场负责人说，黄水的柳杉与黄水的黄连分不开。种黄连必须搭棚，从棚桩到支架顶棚，素有"毁三亩林种一亩连"之说。后来发明了"一桩一树、起连还林"模式，每打一个黄连桩，旁边栽一棵柳杉树，等到5年黄连丰收，柳杉也自然成林。年复一年，黄水的柳杉就成了石柱独特的风景。

黄水的森林，有许多故事。

水杉，是冰川世纪存活下来的旷世奇珍。黄水有一棵800多年历史的水杉树，高34米，胸径143.3厘米，冠幅361平方米，主干笔直，直插云天，旁枝斜逸，婆娑多姿。站在树下，给人一种历练人生的奇妙感觉。当年，我国在这棵树上采种，作为礼品送给国外贵宾。从此，"中国一号水杉母树"闻名遐迩。

珙桐树，具有"活化石"之称，属国家一级保护植物。大风堡一带，有成片珙桐分布。最大一棵胸径65厘米，树高约18米，簇拥在这棵珙桐树身边还有十几株小珙桐。珙桐树的花是白色的，远远看去就像一只只白鸽跃立枝头，所以当地人称它为"鸽子树"。

红豆杉，也是国家一级保护植物，在这里广为分布。它的嫩枝和叶可提取紫杉醇，用于治疗乳腺癌有特效。距离临溪乡政府不远处的路边有一棵红豆杉，高大挺拔，枝繁叶茂，路人常在树下乘凉。夏日炎炎，树下雾气弥漫，仿佛下雨似的，当地百姓称之为"神树"。

石柱也是银杏的家乡。在洗新乡有株 500 多年的银杏王，树高 28 米，冠幅达 610 多平方米，丰年时可采摘银杏 2000 多斤。据查，像这样的古银杏树，在石柱有近万株。

从黄水再前行，就是方斗山林场另一个工区——大风堡工区，面积 30 万亩左右。那里面有许许多多让人想象不到的参天古木，有连植物学家也很难叫出名字的奇花异草。大风堡，是武陵山区名副其实的天然植物园。

我们住在林场工区，无不被职工们的清贫与艰苦深深感动着。当时的林区管护点很分散，一个职工负责一大片山，巡山靠走，通信靠吼，防卫靠狗，长年累月独自守在深山老林，有个三长两短谁也不知道。尤其年轻职工更苦闷，找不到对象是常态。

难忘的石柱行，给我们留下深刻印象。从此，我与石柱结缘，几乎每年都要来一两趟。

再进石柱　小路大道皆是景

那些年进石柱，还有两条通道也很美。

　　一条是从丰都沿龙河上行，经江池乡到达石柱县的下路镇，沿途风光绮丽，景色诱人。满山的马尾松芬芳四溢，钻进林子里，须臾工夫就可以捡到一小口袋野山菌。偶尔也有野兔从公路两旁的草丛中蹿出，惹得路人惊叹不已。山里人很好客，问个路讨口水什么的，常常让你满意而归。后来，丰都到石柱的主干道修通了。那条常有野兔出没的山间幽径再没有去过，也不知今日是否更加幽深迷人？

　　另一条是通往黔江的路。虽然当时石柱归黔江地区管辖，但那条通道并不通畅。马武，是石柱的重镇，来往路人都要在此歇脚。这里的豆腐鱼很有名，豆腐鲜嫩可口，鱼是阴河中的细鳞鱼，现在恐怕难见了。走出石柱境，还要穿过彭水县、黔江区的若干个乡，没有大半天到不了黔江城。不过这一路上风景别致，尤其是站在一个名叫"万岩"的山脊上，真有"一览众山小"的感觉。

　　而今再去石柱，交通便捷多了。丰都到石柱、忠县到石柱的高速都通了，半小时就可抵达；石柱到黔江的高速两年后通车，车程缩短到一个小时。更有便捷准时的动车，一个多小时，就把石柱的老百姓带进了重庆主城。

屡入石柱　春夏秋冬色不同

　　20 年间，来石柱的次数多了，我对石柱四季如画的感受自然愈来愈深。

春天的石柱，山花烂漫，一片赏心悦目的美。

和煦的春风首先唤醒龙河两畔，为沉睡的田野披上了毛茸茸的绿毯。袅袅炊烟从土家民宅升起，房前屋后的小树开花了。雪白的樱花，鹅黄的迎春花，唇红的石榴花，还有少许没有凋谢的蜡梅花，个个散发着淡淡的清香。紧随其后，一片片退耕还林栽种的经果林花蕾绽放。桃红、李白、杏黄，还有白里透红的猕猴桃花，甚是好看。从下路到河嘴的百里长廊，近几年培育的 30 万亩"石柱红"、两万亩"九叶青"，一夜之间绿满枝头。最后亮相的，是高山上的野花。鸡冠花、薰衣草、狗尾巴，知名的，不知名的，随处可见。还有 30 多万亩中药材苗木，也披上自己独有的斑斓外套，恣情点赞着春天的美丽。

夏天的石柱，凉风习习，一片惬意舒坦的美。

这里的温度要比主城低十几度，白天不用空调，晚上要盖被子。每天刚破晓，不消停的蝉就发出预报，一波波热浪试图打破清凉，但终究被一片片高大的柳杉、水杉、马尾松林所阻隔。午后虽然炽热，只要不出门，或树荫下一站，一样凉爽。到了夜晚，几乎难见蚊子的袭扰，唯有一只只萤火虫，陪伴着耀眼的繁星漫天飞舞。

每到周末，进黄水的收费站口，便成了私家车的展览场，车龙过站有时要足足等候一两个小时。傍晚，在月亮湖的步道上，男女老少像下饺子似的，本想健步的节奏不得不随着人流缓慢下来。好在夕阳下的余晖十分诱人，不时有人举起手机拍几张晚霞，也算不虚此行。去年盛夏我休假，竟然在这里碰见数十位老领导和同事，我感叹世界之小，更惊叹黄水的魅力。

秋天的石柱，层林尽染，一片丰腴成熟的美。

这里繁多的植物种类，在同纬度地区堪称之最。国家重点保护植物多达55种，其中属于国家一级的就有7种。尤其是那些撑天立地的高大乔木，如柏杨香杉、香樟、楠木、黄桷树、麻柳等，更是石柱秋高气爽、姹紫嫣红的功臣。

一场秋雨下透，飘飘洒洒的落叶，俨然像一个个披着金色面纱的少女，在萧瑟的秋风中婆娑起舞。她们以落幕的辉煌，飘向黄连棚，洒向莼菜田，为家乡的康养产业奉献最后一丝能量。雨过天晴，几片轻柔的浮云在眼前悠然地飘动，脚下一簇簇盛开的菊花坦然接受着路人敬佩的目光。到了夜晚，陪伴着家人月下漫步，静静倾听秋风的低吟浅唱，任由那一缕缕柔情在心底泛起，岂不悠哉乐哉！

冬天的石柱，积雪销魂，一片冷峻质朴的美。

白色的霜，白色的雾，白色的雪，白色的大地，白色的行人，犹如一个晶莹剔透的童话世界。一阵阵山风从眼前的苍凉吹过，很冷很冷，但细细品味，你会发现大自然的冷静和坚韧，足以感悟生命，净化心灵。尤其是雪后的阳光，穿过层层树林落下，斑斑点点，光怪陆离，很远就让人闻到了树根和泥土的味道，是那么熟悉、那么馨香。

当严冬告别的时候，方斗山的积雪，煞是美丽，名列古代"石柱八景"之一。千野草场的火棘，十分壮观，积雪压弯枝头也难掩它的本色。火棘为灌木，当地人叫

"红子"，也称"红军粮"。1931 年，西路红军 56 师去湖北与贺龙二方面军会合，沿途缺粮少食，就靠这个充饥。

食在石柱 自然之香留唇齿

近十年由于工作变动，我对石柱的关注就由美景转向了美食。石柱的美食不算多，但很地道。"品莼羹，吃山珍，喝连茶"，是石柱独具特色的饮食文化。

石柱的莼菜，具有丰富的蛋白质、维生素 C 以及微量铁元素，有美容、健胃、消肿、解毒、防癌之功效。我国很早就将莼菜作为珍贵的食品，早在《晋书》中就有"莼羹鲈脍"之说。相传乾隆南巡，每次必以莼菜调羹进餐。以莼菜调羹作汤，鲜嫩滑腻，清香浓郁。石柱常见的莼羹，有添加少许冬笋、香菇、榨菜丝的莼菜羹；有添加少许火腿片、虾仁、笋片的虾仁莼菜汤；有添加少许豆腐、番茄、香菜的莼菜白玉番茄汤。

石柱的山菌很香，属武陵山珍上品。尤其野松菌，是大街小巷商贩们兜售的主要山货，这得益于石柱的山林七八成都是马尾松。食用野山菌有讲究，一不能挑色彩鲜艳的下手，鲜艳的山菌常常是有毒的。二要炒（煮）熟，不惜耐着性子多等几分钟。有位市领导在石柱为赶时间吃了半生不熟的山菌，当场上吐下泻，若不是及时送往医院真要出大事。

石柱的黄连，学名称"味连"，因形似鸡爪也叫"鸡爪连"。黄连虽苦，但在华夏药典中算是瑰宝。它主治湿热内蕴、热病温病、恶心呕吐、腹痛泻痢、心烦失眠、热毒疮疡、火旺目赤等病症。常饮黄连水，百病难相随。

石柱的家兔是绿色的。作为全国有名的长毛兔养殖大县，如今兔毛价格低迷，老百姓改养肉兔了，每年存栏 300 多万只，相当了不起的一个产业。小尖椒炒兔丁、红烧兔肉、卤水兔，都是石柱的上乘佳肴。

石柱的山羊更是原生态的。由于漫山放养，羊肉的肉质自然，味道鲜美，是烤全羊的优选材料。如今的千野草场、黄水公园，烤全羊成为接待贵宾的美味佳肴。

还有"倒流水"豆干，制作传统，工艺讲究；都巴粉，取材天然，营养丰富；绿豆面，色泽嫩绿，有豆类和菜汁的清香；谭氏竹筒酒，入口绵甜温和，回味无穷……

康养石柱　风情土家万象新

这次到石柱，已经记不清是第几次了。

我们一大早从县城出发赶往冷水镇，高速公路上，依稀可见少许的霜冻。越往前行，大家惊喜地发现积雪越来越多，前两天刚下的那场春雪，像洁白的花瓣点缀在千树万梢上。到了目的地，积雪已将整个世界覆盖，露出来的只有那几位主人，他们的双脚早已被厚厚的积雪湮没。对城里人而言，这种雪景是很难看见的。联络委的同志们个个都是摄影爱好者，他们掏出各自的家伙"咔嚓咔嚓"地拍起来，仿佛马上要拿摄影大奖那般高兴。

这是一个生态旅游营地，坐落在高速路冷水服务区出口，是重庆高速集团利用渣场进行综合改造的一个房车康养基地项目。营地内规划了自行车道、休闲步道、风景栈道、房车露营，有温泉、滑雪、生态垂钓、亲子乐园等服务项目。集团负责人带我们参观了几处固定的营房，内装标准与城里的宾馆相差无几，有空调，有热水器，打开热水龙头，水温还很高。当地康养产业发展的新貌，几乎完全颠覆了我们固有的认知。这里的生态，冬季比夏季更美、更爽！

冷水的邻居就是黄水，是莼菜的主产区。别看石柱莼菜常年规模只有 1.3 万亩，可其产量已占全球的半壁江山。莼菜的收购价格也不菲，每公斤 12 元左右，是当地农民脱贫增收的骨干项目。我们来到一家莼菜企业的种植区，公司老总敲碎田里的浮冰，捞出几株莼菜苗为我们讲解，不时地赞美着滋生莼菜的黄水小生态。公司以莼菜为原料加工的初级食材、饮料食品、美容护肤等产品，尤其莼菜面膜，让不少人赞不绝口。

黄水镇黄连村，是著名的"黄连之乡"。这里种植黄连有得天独厚的优势，土地肥沃，雨量充沛，气候冷凉，日照少，无霜期短，尤其是繁茂的植被、针阔混交的林相，非常适合黄连生长。石柱黄连每年产量 2500 吨左右，约占全国产量的 68%。黄连种质资源圃，采集了亚洲各地黄连种质资源，是全国唯一的黄连基因库。负责人说，黄连种植在全国只有六个省分布，重庆石柱为主，湖北利川次之，川、陕、湘、鄂零星有点。国外只有日本种植，但日本黄连不入药。种质资源圃外面，是一片选育基地，包括黄连良种母本园、选种移栽示范区、

48个密度肥效试验区。在突如其来的春雪覆盖下，一株株黄连苗毫无畏惧地昂首挺胸，宛若在列队欢迎参观的人群。

再往前行，是鱼池镇的千野草场，地势辽阔平坦，万亩草场、万亩火棘、万亩石牙、万亩森林镶嵌其中。这个季节，虽然看不见"天苍苍，野茫茫，风吹草低见牛羊"的风光，但那一串串深红色的火棘果，在凌厉的寒风中勇敢地昂起头颅，冲破残雪的层层封锁，向世人昭示春天的来临，其势其境，依然让人流连忘返。

风情土家，康养石柱

告辞前，千叶草场接待人员小马唱了一曲《职工之歌》，久久回荡在我们的耳畔：

我们的千叶草场，
我们在这里耕耘，

我们在这里收获，

我们无限荣光。

……

　　此次石柱行，让我们对石柱提出的"风情土家，康养石柱"定位，有了更多的感悟与赞许。

　　祝福你，康养石柱！

　　　　　　　　　发表于 2017 年 5 月 31 日《重庆日报》

向幸福产业进军

——关于渝东北、渝东南地区发展幸福产业的思考

阳光、健康、自信以及对美好生活的向往，改变着大众的消费观念，长期以来以购买实物为主的消费模式，已经开始向享受服务为主转变。服务消费、信息消费、绿色消费、时尚消费、文化消费，各种个性化、定制化消费亮点纷呈。由此，一个新的产业——幸福产业应运而生。

"幸福产业"涵盖哪些领域？国务院总理李克强在2016年夏季达沃斯论坛开幕式致词中有这样的阐述："旅游、文化、体育、健康、养老'五大幸福产业'快速发展，既拉动了消费增长，也促进了消费升级。"

党的十九大，把人民对美好生活的向往作为全党的奋斗目标，由此吹响了建设美丽中国的进军号。毋庸置疑，幸福产业的春天来了。这个春天，必将为一些落后地区的经济发展带来"弯道超车"的历史性机遇。

渝东北、渝东南地区，是重庆大农村的集中地。两

地区辖区面积 5.4 万平方公里，是全市的 2/3；人口 1100 万，是全市的 1/3。一片位于大巴山区，一片地处武陵山区，最富集的资源是绿水青山，而最大的障碍也正是这些连绵不断的崇山峻岭，让富饶的生态资源不能得到很好的利用，地道的土特产品很难变成商品。让生态资源转化为幸福财富，是当地干部群众年复一年期盼的梦想。

时过境迁。随着基础设施的改善，随着脱贫攻坚的深入，两片区的生态优势逐渐显山露水，知名度一步步飙升。大力发展幸福产业，建设生态幸福高地，必将让两地区的经济发展走上一条康庄大道。

渝东北与渝东南两地发展幸福产业是有绝对优势的。一是优美的生态环境。两地区空气清新，森林覆盖率平均超过 50%，负氧离子含量年平均值每立方米超过 1100 个，夏季气温常年保持在 20—25 摄氏度，气候宜人。两地区是动植物乐园，仅国家一级重点保护野生植物就有 8 种，二级 30 多种；二是骄傲的红色资源。城口、黔江、酉阳、秀山、彭水、石柱都是革命老区，城口县的苏维埃政权纪念碑、酉阳县的赵世炎故居和南腰界区苏维埃政权、开州区刘伯承故居等红色景点远近闻名；三是浓郁的民族文化。特别是渝东南地区，是土家族苗族聚居区域，拥有南溪号子、石柱土家啰儿调、秀山花灯、酉阳民歌、土家族摆手舞、苗族民歌等 11 个国家级非遗项目，仅酉阳民歌就分劳动、爱情、闲情、哭嫁等种类。还有各种风格的古镇文化，是千百年来历史的见证；四是丰富的旅游资源。巫山红叶、黄金三峡、奉节白帝城、丰都鬼城、武隆天生三桥、石柱天上黄水、万州大瀑布、巫溪红池坝、黔江城市大峡谷等旅游景点，在国内享有较高的知名度；五是优质的土特产。渝东北的柑橘、茶叶、中药材、核桃、土鸡和土鸡蛋，品质优良；渝东南的莼菜、食用菌类、辣椒、黄连、金银花，种类繁多，闻名遐迩。

渝东北与渝东南两地发展幸福产业是有坚实基础的。近年来，两地区认真落实中央决策部署和市委工作安排，守住发展和生态两条底线，既不走"先污染后治理"的老路，也不走"守着绿水青山苦熬"的穷路，更不走"以牺牲生态环境为代价换取一时一地经济增长"的歪路，坚定不移走生态优先、绿色发展的新路。两地区干部勇于担当、敢于作为，尤其是通过深入实施精准扶贫、大力发展生态旅游等措施，真正做到了发展有特色；生态有贡献、文化有底蕴、工作有成效。两地区群众对呵护一方"绿水青山"充满感情，强烈渴望能够早日把"绿水青山"变成"金山银山"。

目前，两地区发展幸福产业还存在一些亟待解决的问题，比如：规划不够科学、政策支持力度不够；品牌意识不强，特色不够鲜明；缺乏专业人才等。尽管如此，我们仍然有理由相信，两地区发展幸福产业指日可待。

诚然，打造幸福产业，不是轻而易举之事。从一开始就要铆足干劲、下够功夫，做好这篇大文章。

第一，抓规划。规划是纲，纲举目张。发展幸福产业，必须规划先行，避免各区县一哄而上，重复建设，偏离初衷。规划既要契合国家和市政府促进幸福产业发展的政策措施要求，又要结合两地区正在探索实践的生态经济发展路子；既要做到涵盖旅游、文体、康养等多领域，又要突出各地资源禀赋特色；既要有具体项目支撑，又要有政策措施配套。规划是严肃的，要一张蓝图干到底，不能因人而异，随人而变。我们考察过江苏徐州市，他们从"一城煤灰半城土"一跃成为"一城青山半城湖"的全国首批生态园林城市，原因就在于有一个因地制宜、科学合理的生态建设规划，有历届市委、市政府一以贯之抓规划落实的定力。

第二，树品牌。品牌是文化，品牌是地标。没有文化就不足以形成品牌，就不足以形成人们对这个产品的执着、热爱和痴迷。幸福产业是新型消费，新型消费的特点就是品牌化、个性化、国际化。因此，两地区的农产品、旅游产品、文体康养等项目，都要有自己叫得响、拿得出手的品牌。城口县近几年打造了1000多户"大巴山森林人家"，培育了城口"山地鸡"、"老腊肉"等众多原产地品牌，不仅提升了城口乡村旅游知名度，还带动了当地原生态特色农产品销售和生态农业的发展。浙江有个白牛村，号称"中国电商第一村"，家家户户都在网上做生意，2016年电商销售额超过3.5亿元。其原因就在于他们有一个响当当的白牛"山核桃"品牌，带动周边干果炒货畅销全国各地。

第三，创特色。特色就是人无我有、人有我优。不同层次、不同年龄的消费者，对幸福产业的需求是不尽相同的。培育幸福产业，必须创出自己的特色，努力提升自身的竞争力、凝聚力、知名度和影响力，避免同质化的恶性竞争。在打造特色幸福产品方面，渝东北、渝东南地区是非常有潜力和吸引力的。比如，石柱的"生态康养"，秀山的"边城故事"，奉节的"三国遗迹"，彭水的"蚩尤历史"，巫山的"瑰丽三峡"，巫溪的"盐巫文化"等，无不展现其五彩斑斓的鲜明特色，无不是打造幸福产业独一无二、不可复制的本土资源。唯有如此，坚定不移地走特色发展的路子，增加特色服务供给，培育企业特色和服务品牌，发展幸福产业才能立于不败之地。

第四，提服务。三分买卖，七分服务。老百姓的腰包鼓了、眼界宽了、品位高了，从过去跟风追逐的大众化、标准化、流行款，到现在注重个性化、品牌化、柔性化。从事幸福产业的企业，一定要提升服务的专业化水平，突出细节，突出人性化、个性化、创新化的服务，加强员工培训，提高员工素质，提升企业竞争力。"农家乐"、"森林之家"特别要注重服务质量，确保消费者乘兴而来，满意而归。"海底捞"火锅之所以能够吸引海尔、小米等国内一流企业去研究它，是因为从顾客进店用餐的全程到离店，都能让顾客体验到既是"意料之外"，又是"温暖之中"的极致服务。政府管理部门也要在"放管服"上下真功夫，共同营造一个比其他地方更优质、更开放、更高效、更宽松的投资环境。

第五，促营销。卖钱不卖钱，圈子要扯圆。幸福产业靠知名度和人气来打造，而提升知名度和人气的关键在于营销。酉阳县桃花源景区能跻身全国 AAAAA 景区之

280

列，"两个桃花源"的广告功不可没，这就是营销的魅力。营销的渠道，应当首推媒体宣传，要舍得大张旗鼓，连篇累牍。同时，内部的宣传发动也十分重要。从党政机关到企事业单位，上下左右都要认识发展幸福产业的重要性，从思想到行动上真正把发展幸福产业作为主要抓手，克服"好酒不怕巷子深"的陋习，消除"养在深闺人不识"的尴尬，凝心聚力，共同推进幸福产业的大发展。

第六，重人才。人才是根，人才是魂。幸福产业是新兴产业，有其自身的产业规律和特点，需要大量的人才作为支撑。人才短缺，恰恰是渝东北、渝东南地区的瓶颈，两地区更需要重视培养和引进发展幸福产业急需

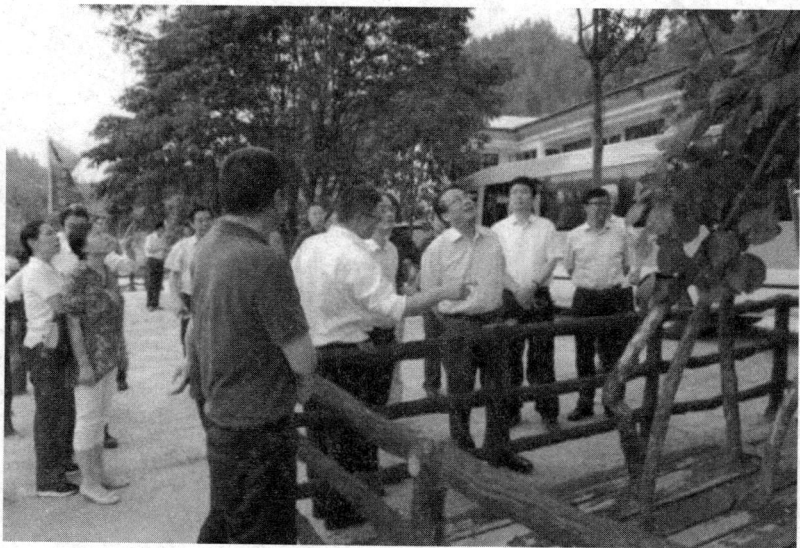

考察城口县北屏乡太平村

的各类人才。要认真深入地研究出台操作性强、能够落地生根的政策措施，根据本地和企业的自身特点和需求，多层次、多渠道地培养、引进和转化各类人才。同时，加强对在岗人员的业务和素质培训，拓展业务技能，提高服务水平。城口县新建了一所实验中学，引进重庆师范大学联办，并由重庆师范大学派出管理团队。学校今年秋季一开学就火爆，2000 多名一年级新生涌进校园就读。这就是人才效应。

"待到山花烂漫时，她在丛中笑。"我们完全有理由相信，渝东北、渝东南地区的幸福产业，一定是笑到最后的财富资源。

发表于 2017 年 12 月 11 日《人民政协报》

深山明珠

——城口印象之一

北纬 31 度，是中国气候的南北分界线。在这条神奇的纬度上，有着数不胜数、让人叹为观止的自然景观，重庆市城口县正好处在这条线上。

我第一次进城口是 1981 年。那时的城口，隶属四川省万县地区管辖。冬去春来，除了在区县工作那几年，我几乎每年要进城口一两次。城口的青山绿水，城口的风土人情，城口的经济社会变化，无不给我留下深刻而又美好的印象。

一

城口县，地处大巴山南麓，位于重庆市东北部，因踞三省门户名"城"、扼四方咽喉称"口"而得名。城口属四川盆地北亚热带山地气候，具有山区立体气候的特征。气候温和，雨量充沛，日照较足，四季分明，冬长夏短。年均气温 13.9℃，年均日照 1293 小时，年均降水

1221 毫米，森林覆盖率达 67.5%，生态环境质量位居重庆市之冠。

这里是植物的乐园。境内有国家重点保护植物 197 种，以乔木和灌木为主。走进林区，栎类、桦木、华山松比比皆是，或冲天而立，或老态龙钟。穿梭其中，不时给你以惊喜，有红豆杉、南方红豆杉、光叶珙桐、银杏、独叶草等国家一级保护植物，更有曾被世界自然保护联盟宣布灭绝的崖柏。这里还有一株银杏树王，据说有 1800 多年树龄，虽沧桑一身却依然笑傲江湖。经济林木以漆树、茶树、核桃、板栗、油桐为主，城口大木漆曾经闻名遐迩。木本药材以杜仲、黄柏、姜朴、小檗为主，荆豆更是一种世界稀有药材。林下植物有木姜子、卫矛、蔷薇、火棘等。地上地下，构成独有的生物多样性。

这里是动物的天堂。境内有兽类 65 种，尽管华南虎、云豹等猛禽难以寻觅，但野猪、豪猪、白唇鹿、川金丝猴、梅花鹿等珍稀动物却时常可见，其中罗氏鼠为特有种。鸟类 183 种，其中红腹角雉、白冠长尾雉、金鸡被列为国家级保护类，灰胸竹鸡、白冠长尾雉、红腹锦鸡、绿鹦嘴鹎、酒红朱雀等 15 种鸟是中国特产鸟类。还有北草蜥、蝮蜓等爬行类，中国林蛙、崇安端蛙等两栖类。种类之多，除了林业专家，谁也难辨真伪与雌雄。

林是生态之魂，草是生态之根。318.9 万亩天然林，130 万亩高山草场，打扮着城口亮丽的风姿，使之成为名副其实的康养胜地。

漫山遍野的林草，还支撑着城口的农业天地。

　　这里山高坡陡，全县水田面积不足万亩，主粮为苞谷、洋芋、红苕，戏称"三大坨"。举目四望，一片片山场广阔无垠，几万头牛羊敞放其间，却很少有"风吹草低见牛羊"之景。

　　眼前最多的山地鸡，或跳跃在树枝上，或漫步于草丛间。城口山地鸡体型中等，羽毛以黑色为主，皮肤有白色和乌色两种，脚、胫为青色，是城口县长期培育形成的地方优良品种。自通过地理标志登记和证明商标后，年饲养量突破700万只，占全县畜牧业产值"半壁江山"。

　　这里是"中华蜜蜂之乡"，全县中蜂保有量达到12万箱，年生产蜂蜜650吨。城口蜂蜜要数黄安坝、九重山的最好。它来自海拔2000米崇山峻岭中的野生花蜜，富含葡萄糖、蛋白质、矿物质、有机酸酶、芳香物质和维生素等，既可补中、润燥、解毒，亦是天然美容护肤之佳品。

　　这里还是"中国核桃之乡"、"中国绿色生态板栗之乡"。全县有核桃树近20万亩，年产量在500万公斤左右。城口核桃味美壳薄，口感香酥，尤以高观镇盛产的"乌米子"核桃为佳，其桃仁饱满，口味别具一格，每年均被全国各地的客商抢购。全县还有挂果的优质板栗林12万亩，计1500万株，年产量在120万公斤以上。

　　这里的鸡鸣茶叶更有文化，连乾隆皇帝也不吝留下墨宝。城口县南部有一个鸡鸣乡，相传，东汉刘秀转战经过，得雄鸡欢歌报晓，他复汉登基后敕建鸡鸣寺，"鸡鸣"由此得名。鸡鸣寺内有一口古井，名曰"白鹤井"。

寺外有一片茶园，属明朝的遗产。用这里的井水泡茶，清香扑鼻。更为奇特的是，茶泡好揭开杯盖，缕缕蒸汽升腾，里面仿佛站着一对振翅欲飞的白鹤。史料记载，1751年乾隆进献贡品的圣旨传到城口，鸡鸣茶叶随之进了皇宫。乾隆在得知该茶的来历后啧啧称奇，挥毫写下"白鹤井中水，鸡鸣院内茶"。自此，"鸡鸣贡茶"蜚声朝野。

二

坝，对"山高石头多，出门就爬坡"的城口人而言，是他们向往的地方。

黄安坝，海拔高度在2000—2600米之间，是国家级南方草山草坡示范开发区，草场总面积达200平方公里，相当于20个城口县城。一望无垠的高山草地，片片绿茵连绵起伏，林海苍茫群峰竞秀，云雾缭绕若隐若现，置身其中，如临人间仙境。尤其在山雨之后，层层云雾气势磅礴、恢宏壮阔，萦绕在俊俏挺拔的山峰之侧，别有一番风味。有诗赞誉黄安坝：

> 春天踏青赏野花，
> 夏天避暑胜天堂，
> 秋天遍山枫叶红，
> 冬天雪景美如画。

第一次去黄安坝，印象并不美，除了大雾，就是寒冷。那是重庆直辖后不久，我们随陈光国副市长进城口，县上为了争取对草场开发的投入，有意安排我们上黄安坝。

几台越野车行进在山间崎岖不平的护林小道上，路基虽坚实，但路况极差。小车像在跳蹦床一样，颠簸得我们时常撞上车顶篷。沿途喇叭响个不停，唯恐迎面蹿出车辆无法错车。行至半山腰，大雾开始弥漫，越往上走视野越是模糊，山有多高，沟有多深，一概不知。我们在雾中穿行了近一个小时，终于到了山顶，别说雾里看花，就连十几米外的草场都很难看清。山上的气温降得厉害，我们哪怕是穿着草场管理人员准备好的棉服依然感到寒冷。在一处简陋的平房里，县上汇报了草场开发规划，市长看到我们一个个在那里搓手跺脚，干净利落地总结讲话后就带我们下山了。离开雾区，回首一望，脑海刹那间响起伟人的诗句：

> 山，快马加鞭未下鞍。惊回首，离天三尺三。

十年后再去黄安坝，感受可谓天壤之别。那是2009年8月，分管商贸的周慕冰副市长第一次进城口，我们沿途检查乡村商贸工作后，夜宿黄安坝。

夜幕下的黄安坝格外迷人，悬挂空中的皓月将空旷的草场照得通亮。我们与山上游客同乐，围着篝火，就着香喷喷的烧烤，直到夜深才肯离去。一觉醒来，晨风习习，夹杂着丝丝寒意。沐浴细雨淡雾，漫步草丛花海，任清新的空气荡涤一夜的浊气，我们无不感受到天然氧吧的情趣。慕冰副市长十分感慨这趟城口行，数月后，他调北京任职去了。

东安坝，现在对外有一个响亮的名字——亢谷。它位于城口县东部，沿亢河长约8000米左右，海拔1100—2200米之间。这里山峰峻峭，峡谷幽深，森林覆盖率高达90%，素有"春百花，夏清凉，秋彩叶，冬飘雪"之实。走进峡谷，其间流泉不断，鸟鸣不绝，时而开阔平坦，时而深邃狭长。野人溪、金雕岩、棕熊沟、老虎看猪、猴子望海等自然景观，巴山老院、亢谷人家等人文景观，一定会令你流连忘返。

城口的峡口无数，青龙峡最为出名。青龙峡从渭河乡进去，一直到大巴山国家级自然保护区的腹地，几十千米狭窄幽深。两边的悬崖峭壁上，有名无名的藤蔓相互纠结。峡谷里奔流溪水，时缓时急却又清澈见底。看不见的知了躲在浓荫深处，每叫一声，就为青山溪谷添上更深的幽暗，就连绚烂的日头也不忍心搅扰，每次都是敷衍塞责匆匆而过。

峡口前的林业管护站，像一尊门神，披星戴月地守护着这一方青山，我每次路过此地都要停留。城口是重庆市森林资源第一大县，活立木蓄积量超过1000万立方米，林场职工以伐木为生。1998年，国家启动天然林保护工程，全县建立完善了林业管护站，实行分片包干，分组管护，责任到人，这才守住了城口的绿色。2007年，重庆市国有林场全面改革，"绿山富民活行业"成为林业人的追求，这个管护站也多了一块"青龙峡避暑山庄"

的牌子，富余职工腾出手开发旅游。独特的区位、精致的食宿、热情的服务，深得游人赞誉。

城口的界梁广袤，渝陕界梁尤为著名。这是城口县北屏乡与陕西岚皋县交界的一段大巴山脉。伫立山梁，北望八百里秦川，南瞰川渝烟云，大有"一览众山小"之感悟。梁上古树参天，草甸如茵，物种丰富，飞禽走兽时有出没。重峦叠嶂，时隐时现于云海之中，远观如惊涛拍岸，近看亦静若处子，是拍摄云海雾景不可多得之地。

我第一次上界梁，是去看望梁上的林业管护点。那是一处孤零零的简陋屋子，距离山顶还有好几千米。管护点仅有的一位老职工，嘴上叼着一根长长的铁烟杆，咂巴着呛鼻的土烟丝。得知管护点的位置就是渝陕省界后，我感到十分奇怪。历来就有山脊为界、滴水为界之行规，怎么在这里行不通了？他情绪低落地告诉我们，怪就怪城口太穷，通向山脊的公路是对方出钱修的，直接联通他们境内的一处旅游区。对方出钱路修到这里，界桩自然就延伸到这里了。听后，心里真不是滋味。

三

城口是一个美食之乡。自然生态的食材原料，原始传统的烹饪方法，原汁原味的特色美食，构成了朴实无华、本色凸显、营养健康的城口原生态美食体系，深得老百姓喜爱。2016年底，中国烹饪协会授予城口县"中国大巴山原生态美食之乡"荣誉称号。

　　我在商委工作多年，据我所知，摆得上菜谱的城口美食就有300余道。如宴席类，有城口老腊肉宴、城口山地鸡宴、大巴山土豆宴、大巴山汤锅宴等；荤菜类，有城口菜板老腊肉、磨粉粑炒腊肉、笋干炖腊排、天花粉炖腊蹄、玉米面蒸龙骨、油淋野菜腰片卷、铁罐土鸡、姜葱河鱼等；素菜类，有双味渣豆腐、清炒苞谷菌、银丝土豆球、三色酥泥、野生核桃拌木耳、软炸南瓜花、蒲公英烘蛋等；小吃类，有城口"三大坨"、双味炕洋芋、黄金玉米烙、桐叶苦荞粑等。

　　城口老腊肉宴，为城口第一宴。城口老腊肉采用野生植物和粮食作为饲料，用传统养猪方法饲养，沿袭具有500多年历史的民间工艺进行腌制、烘熏而成，其肉质精良、香味纯正、营养丰富，是城口具有代表性的原生态土特产之一。老腊肉宴承袭了城口人慷慨大方喜于宴会的民俗，主要菜品八大碗，腊味拼盘、农家腊扣肉、红糖炒腊肉、原味腊肉丝等，一顿下来，必定使入席者陶醉不已。

　　洋芋，又叫土豆，是城口的主食。城口洋芋个头小，但品质好，粉质轻，凝固性强，入口香，化渣快，口感极佳。特别是晒干后的洋芋，金黄透亮，当地人称为"黄金果"。用它来炖鸡、烧鸡、煮汤，清香无比，绵扎弹牙，十分有嚼劲。2014年6月，城口"大巴山原生态土豆宴"荣登中央电视台《乡村大世界》节目，为亿万观众带去众多洋芋菜品。

　　与洋芋谐音的是"洋鱼"，这种鱼只有城口燕子河里少量存在。它体型小，适合剁椒红烧。说起"剁椒烧洋鱼"这道美食，还有一个笑话流传至今。一位山东籍老干部到城口某乡检查工作，临行前用半生不熟的四川话招呼基层：伙食要简单点，吃点洋鱼就行。基层同志听成了洋芋，便精心准备了一番：洋芋丝、洋芋片、洋芋坨、洋芋泥，清一色的洋芋菜肴，摆上满满一大桌。这位领导拿起筷子又放下，静静等候洋鱼上桌。乡长不知何故，还以为是不合口味，连连解释"炊事员厨艺不高，请首长谅解"。这就是城口美食惹的祸啊！

岩耳炖小鸡，是县委政府接待贵宾的特色菜肴。城口岩耳生长于大巴山脉的绝壁之上，属极为少见的高级

城口风光

291

黑色山珍食品，养阴止血、健胃消食、利水消肿，且有抗癌延缓衰老之功效。岩耳炖小鸡，辅之猪大骨，配上适量四季葱、生姜、盐巴、黄酒、熟猪油。其成色白里透黑，汤鲜味醇，岩耳清香，鸡肉酥烂，是高级的山珍佳肴。

在县委大门对面，有一家专卖"城口格格面"的小吃店，生意格外火爆。他家的格格面，不仅面条滑爽有嚼劲，而且搭配的格格洋芋清香扑面、羊肉细嫩化渣。格格面有麻辣、酸辣、清汤等口味，加的臊子有炸酱、豌豆、豌杂、红烧牛肉、三鲜、盐菜、豇豆肉末等，蒸的格格有肥肠、排骨、牛肉等，各取所需，任君选择。可惜，最近一次进城口发现，这家小吃店已经搬迁了。

藏在深闺人未识，撩开面纱惊四方。

这就是城口。

写于 2017 年 11 月

筑路梦想

——城口印象之二

城口，历来是一处守着"金山银山"过穷日子的地方，当地流传的一折段子是最好的佐证。

> 大理石铺路，
> 矿泉水洗裤，
> 党参天麻当萝卜，
> 你说是穷还是富？

丰富的资源变不了商品，稀有的山珍卖不了好价钱，交通闭塞是最大的障碍。

千百年来，城口出境通道仅有几条骡马古道。或两山对峙，壁立千仞，望天一线；或路沿溪行，河水暴涨，每阻行旅；或路随峰回，冰雪覆盖，不见路衢。正如《城口厅志》记载，"路崎岖多碍舆马，溪邃峡每阻津梁"。还有那"鬼门梁"、"手爬岩"、"扁桶峡"等稀奇古怪的地名，足见城口古道之艰险。

新中国成立，城口人的筑路梦想有了期盼。然而现实是残酷的，城口的筑路史可谓一波三折。

一

据记载，1958 年 4 月，自城口经巫溪衔接奉节的城奉公路批准动工。时任县长王汉亭，一位随二野进军西南的山东汉子，亲率全县 3000 余民工，自带生活生产工具，披荆斩棘，开山凿洞，揭开城口修筑公路的序幕。经过三年奋战，城口有了第一段公路，从此也有了第一辆由拆散的零部件抬进城口组装而成的汽车。遗憾的是，这条创造了历史的公路并没有联通外界，而被当地老百姓称为"盲道"。

1960 年 3 月，川豫铁路大巴山隧道工程因施工需要，开始延伸向城口方向的简易便道，城口人民为之欢欣鼓舞。沿线妇女主动为技术人员洗衣做饭，男劳力则扛着钢钎二锤自发走向工地助战。谁知两年后，因川豫铁路（后改为襄渝铁路）改线，城口人无可奈何地望着铁路擦肩而过。好歹捡到一段毛坯路，他们含着眼泪、拉着笨重的石碾子，一米一米地向木瓜口、双岔河、高燕、歇脚坡艰难推进。直到 1970 年 8 月，公路终于修筑到县城任河边上，全长 131 千米。城口这才真正有了第一条出境通道——城（口）万（源）路，现称"老城万路"。又过了五年，任河大桥竣工，两辆汽车并排而过，徐徐开进县城，结束了汽车到了城口却进不去县城的历史，也结束了县领导外出骑马的历史。这一天正是 1975 年国庆，城口人民永远不会忘记的日子。

老城万路上，最美之地应是八台山。清朝年间，城口人氏吴秀良有诗叹曰：

八台山上八层台，
雪后登临亦快哉。
蠢汉奇峰成玉琢，
向阳老树半花开。
地分两界民风古，
河劈三条水脉洄。
下尽陂陁搓倦眼，
始知身自白云来。

城万路上，最险之地也是八台山。一到冬季，冰封雪盖，过往的车辆不挂轮胎链子绝对寸步难行。我听说过这样的故事：一批日本漆商计划到城口考察，他们从万源火车站出发，还没有等到爬上八台山顶便吓出一身冷汗，急忙打退堂鼓掉头而去。而后，又有一批北京来的林业专家前往城口指导板栗核桃种植技术，结果碰到大雪封山，连人带车在山上整整困了三天三夜。

记得我第一次进城口，一大早登上长途客车，从万县市出发，经梁平县，当晚夜宿达县。第二天中午到达万源县城，午饭后过白沙工农区开始八台山的穿越。老牛式的客车慢吞吞地颠簸在云里雾里的崇山峻岭之间，不仅开车人紧张，我们坐车人一个个更是冷汗直冒，这种紧张一直伴随我们进入夜幕早已降临的城口县城。进城口一趟，足足两天行程，着实让我感慨不已。后来慢慢习惯了，每次说进城口，我们都有了来回一周的心理准备。

自从单位配了小车，我们就有了无数次欣赏八台山美景的机会。八台山海拔 2000 多米，高峻雄伟，气势巍峨。站在峰顶，一览众山，云雾缠绕，时隐时现，似人间仙境；低头扫视，沟壑纵横，如波似涛，延绵千里。如若雨后天晴的拂晓登临山顶，你会看到只有在峨眉金顶才能目睹的云海、日出与佛光。山上的植物也有明显的海拔特征。1500 米以上，漫山遍野都是低矮的沙棘灌丛，秋冬季节，沙棘果红，层林尽染，一片红色的世界。1800 米以上，则是一望无际的木竹林，当地人称之为蓼叶竹，密密丛丛，恰似万顷麦田，山风吹拂，轻波悠悠，一片绿色的海洋，实在是令人流连忘返。

为了彻底消除上下八台的鞍马劳顿，2009 年底，城万快速公路通道开工建设，2013 年 8 月通车。一夜之间，"养在深闺人未识"的城口瞬间掀开神秘面纱，吸引游人蜂拥而至。当年国庆期间，城口县客运车辆发送旅客同期增长 200%，进出的小轿车最高峰达 4000 余台次／天。城口由此融入了襄渝铁路、达陕高速公路等全国交通大网络，成了重庆向北的重要门户。

二

城口第二条出境公路，是城（口）开（县）公路，全长 120 千米。这是一条在恶山险岭中开凿的天路，经过四年浴血奋战，1980 年竣工通车。但由于地质结构不稳，经常塌方瘫痪，始终不能畅通。在这条通道上，我所遇到的突发危险至少也有五六次，其中一次小车的前轮已半截悬吊崖边，幸亏司机眼明手快、胆大心细才躲过一劫。

促使城口下决心畅通城开路，是1985年秋在城口召开的万县地区扶贫工作会议。地县（市）的与会人员，第一次驱车翻越塌方累累的雪宝山。进入城口境内，沿途的挖土机、拖车忙个不停，县委书记开道，县长押尾，一路走走停停，场面虽然杂乱，但看热闹的老百姓个个喜笑颜开，因为他们看见了希望。年底，城开公路整治完成，全线恢复通行。从此，城开路成为万县地区干部群众进入城口的主要通道，告别了借宿达县地区的历史。

新城万公路，是从万源县经大竹河进入城口的四级公路，全长110公里，是重庆直辖之初往返城口的主要通道。新城万路沿途海拔较低，风光绮丽，尤其是大竹河的神韵，常常给我们留下美好回忆。

大竹河系汉江一级支流，来源于城口任河。它灵秀而有动感，两岸山峰千姿百态，有的如千仞刺天，有的似鳄鱼上山，有的又像神龟下海，大自然的鬼斧神工，令人叹为观止。大竹河畔坐落着万源县重镇——大竹镇，这里曾经作为任河航运的重要码头驿站，商贾云集，繁华热闹，是闻名川陕的四大古镇之一。

重庆直辖之初，市上党政官员们常常是坐火车到万源，再由对应部门经新城万路接进城口，就是市委书记、市长也不例外。但新城万公路路况一直不好，路面狭窄，耗时太长，迫切需要加宽改造并硬化。涉及资金和劳力问题，加上经济流向的原因，万源境内迟迟不动。重庆直辖市首任市长蒲海清，之前是四川省委副书记、副省长。他果断而大度地决策，由重庆出钱出力，将公路改造延伸到万源境内近 30 千米外的庙坡乡，并承担这段二级公路的养护职责。

城宣路，是打通城口与四川宣汉县的"断头路"，更是一条"风景这边独好"的旅游路。公路顺着前河穿梭盘旋，前河里清澈透明的碧波，从海拔 2000 米的明通镇一路向西奔流而下，在茫茫群山中硬生生地闯出一道百里长的大峡谷，一直抵达海拔 400 多米的宣汉县城。穿行于"百里峡"中，山环水绕，深谷一线，峰丛入云，别有一番风情。这里的山，犹如巴山汉子，刀劈斧削般身姿挺拔；这里的水，宛若巴山少女，飞天起舞似柔肠百转。令人叫绝的是，两县接壤处有一"方丈泉"，水色总是和大河相反，大河浑则泉水清，大河清则泉水浑。

经过几十年的艰辛与奋斗，城口县终于有了"北上安康、南下万州、东进巫溪、西出万源"的出境公路，但仍是重庆市目前唯一不通铁路、不通高速公路的县。好在重庆大交通的提速，再次点燃城口人的希望，筑路梦想即将成为现实。

第一条高速公路动工了。银百高速公路城口至开州段，全长约 128 公里，2022 年建成。城口修高速，造价之高令人难以置信。外地几千万可以修一公里，而这里则需要三倍。主要原因是隧道多、桥梁多。这条高速城口境内全长 54.86 公里，其中隧道 42.003 公里，桥梁 8.783 公里，桥隧比 91.95%。这分明就是高价桥隧！

第一条高铁也有望了。这是重庆开往西安的又一条铁路大动脉，全程约 450 公里，城口境内大约 50 公里，设计时速目标值 350 公里 / 小时，预计 2025 年建成。两小时内抵达重庆主城，再也不是梦了！

三

在城口，还有一条黄金旅游通道迫在眉睫。

城口的东南边，紧邻三片旅游胜地。一是巫溪县的红池坝，二是开县（今开州区）的雪宝山，三是城口县的亢谷。这三地，是我在重庆看到的生态最美的区域。

从城口到巫溪，中间被一座大山阻隔，它叫光头山。山这边，是城口县的东安乡、厚坪乡、燕麦乡；山那边，则是巫溪县的数十万亩草场——红池坝。红池坝古称万顷池，是战国历史名人楚相春申君的故居。这里自然景观壮阔秀丽，人文景观深邃幽古。纵目望去，绿草如茵，姹紫嫣红，清晨云海茫茫，傍晚彩霞无际，有"中国的新西兰"之美誉。

2006 年金秋时节，我们市级农口部门众人陪同光国同志了却心愿：翻越光头山，徒步到红池坝。光头山，城口县最高处，海拔 2685.7 米，当年西南服务团的老革命们就是翻越此山进城口的。一大早，我们乘车从县城出发，经明中乡抵达公路尽头，这就是光头山山脚的燕麦乡。这里有一条古道，林木蔽日，杂灌丛生，时常有野兽出没。两位向导是当地农民，每人身上背了一把猎枪为我们壮胆。1000 多米的落差，看上去并不可怕，可走起来却磨炼了我们的意志。当地人两三个小时的路程，我们花了大半天，真是羞愧啊。

开州雪宝山，位于城口、巫溪三县交界处。雪宝山最高海拔 2626 米，最低海拔 460 米，总面积 300 多平方公里，其中无人区面积达一半以上。这里气候温和，四季分明，日照充足，雨量充沛，至今保存着大面积的稀树草甸以及完整的植被类型。其中，崖柏被列为世界级极危植物，珙桐、红豆杉、银杏被列入国家一级保护植物，还有云豹、豹、林麝、金雕等国家一级保护动物，有猕猴、穿山甲、狼、水獭、金猫等 33 种国家二级保护动物。我曾与市林业局一批干部从红池坝骑马穿越雪宝山，一路风光美不胜收，尤其是五颜六色的奇花异草以及山木药材，看得我们目不暇接、赞不绝口，连我们这些老林业人都感到罕见。

什么时候能在它们三地之间开辟一条环线公路，形成又一处旅游"金三角"，城口的明天就会更加美好了。

我们期盼着！

写于 2017 年 11 月

天堑变通途——今日城口县公路

红色记忆

——城口印象之三

在 20 世纪二三十年代，中国共产党人为了反抗国民党反动派的残酷打压，义无反顾地走上了武装斗争的道路。在那一片片令反动军阀闻风丧胆的赤色革命根据地中，活跃着当年毛主席高度称誉为"中华苏维埃共和国的第二个大区域"的川陕苏区。

城口，就是镶嵌其中的一颗耀眼红星。

一

城口县位于大巴山南麓，由西北向东南，展布着 2000—2500 米的崇山峻岭，依次为大巴山、牛心山、旗杆山、梆梆梁、八台山；从西南至东北，岭谷相间，河谷相对高差高达 1000 米。这里山高林密，溪河交错，山如斧劈，峡似龙窜，形成星罗棋布的重重关隘，到处是"一夫当关，万夫莫开"的峡口迷津，其地形地貌就是一个活脱脱的井冈山。

城口的历史，唯红色尤为厚重。专家认为，城口的红色旅游在重庆具有"三个第一"与"一个唯一"的价值特征。第一个打出地方红军旗帜的县，第一座由地方红军攻占县城的县，第一个迎来中国工农红军主力部队的县；也是重庆市唯一成建制建立县、区、乡党组织和苏维埃政权的革命老区。李先念、徐向前、许世友、王维舟等老一辈无产阶级革命家都在这里留下过战斗足迹。

早在 1927 年，这里就组建了第一个党组织——城口特支。1929 年 4 月，共产党人王维舟、李家俊在城口万源交界处的固军坝领导起义，开启党领导下的川陕渝地区农民起义的先河。6 月，起义队伍改编为城（口）万（源）红军，成为川渝地区第一个打出红军旗帜的农民武装；次年 1 月，更名为"四川工农红军第一路军"，也称"川东游击军第一路"。

城口具有进可取富庶之地、退可守天险之屏的有利地形，彪悍侠义的民风是起义军源源不断的兵源保障。城万红军自亮出旗帜那天起，一路凯歌，巧取魏家湾，激战樊哙店，硬取双河口，两打明通井，夜袭官渡场，强攻蓼子口，直到最终占领城口县城，随后相继建立区乡农会，形成面积 1500 平方公里、人口 6 万以上的游击根据地。

川东游击军的节节胜利，引起反动军阀的惶恐不安，他们集中五倍的兵力进行全面"会剿"。1930 年 7 月，王维舟率部东征离开城口，李家俊调省委工作被叛徒出卖，留守的将领相继牺牲，川东游击军元气大伤。直到 1932 年冬，红四方面军翻越大巴山进入四川，绝境中的川东游击军，终与主力红军在宣汉会师。

1933 年 10 月，川东游击军随红四军由城口西部地区纵深挺进，再次占领城口县城，建立起城口苏维埃政权，川东游击军同时改编为中国工农红军第四方面军第 33 军。他们发动群众，组建贫农团、少先队、儿童团，相继建立 6 个区苏维埃政府、24 个乡苏维埃政府和 80 多个村苏维埃政府。1934 年 9 月 15 日，城口县第一次工农兵代表大会召开，选举产生县苏维埃政府。自此，城口被融入川陕革命根据地的红色版图。

1934 年，川陕苏区反川军"六路围攻"的战斗打响。李先念所部红军经万源攻占八台山进入城口，相继在双河、庙坝、城口县城等地与敌人斗争，直到 7 月主动撤离城口。王维舟领导的红 33 军坚守在城口长达 200 多里的区域内，打败了敌人数十次的猛烈进攻，保卫了城口苏区，控制了万源后方，为红四方面军取得反围攻胜利立下汗马之功。

1935 年，红四方面军全面撤离川陕革命根据地，加入了红军二万五千里长征的洪流。随军北上的 500 多名城口籍红军儿女，一路浴血奋战，最后只剩 10 多人看到了新中国的诞生。毋庸置疑，在共和国的旗帜上，有城口人民血染的风采；在新中国的创建史上，有城口人民伟大的历史功绩。

二

历史是要永远铭记的。城口县苏维埃政权纪念公园，留住了这段历史。

1984年秋，万县地区农村工作会在城口县召开。会议有一个议程，出席城口苏维埃政权纪念公园开园仪式。纪念公园就建在县委大院门前的一个小山坡上，那里是城口县城的中心。那一天，是城口苏维埃政权50周年纪念日，我们齐整整地排列在公园内的纪念碑前。眺望远方，一轮红日喷薄而出，眼前的"川陕革命根据地城口苏维埃政权纪念碑"，在金色阳光照耀下熠熠生辉。纪念碑高9.15米，寓意县苏维埃大会召开时间；台阶21级，寓意城口老区21万人民。这是城口儿女用热血和生命铸就的不朽丰碑！驻足良久，我看见地委有几位老领导早已热泪盈眶，他们当年随二野进军西南，对这片热土有更深的感情。

2006年，这处纪念公园内增添了苏维埃政权纪念馆。馆内收藏文物2000多件，包括"消灭刘湘"手雷、王维舟的鹅毛扇等革命文物。纪念馆以史料、文物、建筑、雕塑、影视等综合手法，生动地再现城口苏区历史。一张张图片、一件件文物、一例例史实、一则则故事，都是当年红军在城口英勇斗争的见证，它们是城口人民的骄傲和光荣。

毫不夸张地说，城口是大巴山区最佳的红色旅游地之一。据专家们考证，城口境内红军时期的活动遗址有几十处，尽管有的早已毁坏，但城口人民对红军文化和红军故事津津乐道，对相关遗址遗迹所涉及的红色历史如数家珍。如基层政权建设遗址有庙坝区苏维埃旧址、渡口场村苏维埃旧址、黄溪乡苏维埃旧址、沿河乡苏维埃政权旧址、农会双河场分会旧址等；红军战斗场所遗址有小河口、碉堡梁、卢家梁、红花寺、大炉堂、樟树包、云团包、狮子包、空壳洞、老鹰洞等地；相关机构遗址有双河城万红军指挥部旧址、龚家院子红 33 军指挥部旧址、庙坝红 33 军师团指挥部旧址、坪坝红军药房旧址、沿河 297 团政治处和医务所旧址、295 团医务所旧址等。还有一大批标语口号，在那些残缺不全的墙头山崖四处可见。

城口至今保留着那一份张贴在县城的《安民告示》。

> 穷人快回家，莫听土豪话。红军是救星，打的是土豪，杀的是富绅。穷人快回家，安心务生产。庄稼贻误了，生活成困难。我们是红军，秋毫不扰人，敬老又爱幼，鸡犬不准惊。妇女如姐妹，老年如母亲，大家不要怕，我们一家人。军队如违命，立即处死刑。
>
> ——红 33 军军长王维舟

堂堂一位大军长的文书，如此直白，通俗易通。城口至今流传着当年传诵的红军歌谣：

> 红军住在巴山林，巴山林里雾沉沉。人说红军会腾云，就像天兵下凡尘。一夜行军百多里，吓得灰军逃命去。

> 太阳落西又出东，水打船移岸不动。站起

摞倒不改姓，老子祖辈都姓"红"。

　　打铁不怕火烫脚，革命不怕砍脑壳。一心
跟着红军走，打下江山穷人坐。

哼着这些歌谣，谁不愿意跟着红军走！

三

　　城口县的红军遗址数量，在全市都是独一无二的。

　　红33军指挥部旧址，位于坪坝大梁的义学村小山坡上。这是一栋普通的巴渝风格的木质民居，上下两层共6间房200多平方米，墙上依稀可见"巩固赤区"、"共产党万岁"等繁体字宣传标语。走进室内，那些泛黄褪色的照片、锈迹斑斑的文物，向我们讲述着那段岁月的血雨腥风、艰苦卓绝。旧址左侧，一条蜿蜒崎岖较为隐蔽的石板路几公里长，直通山下的坪坝场镇。放眼望去，草木丛生，郁郁葱葱，颇似当年井冈山上朱德总司令亲率官兵用扁担运粮的红军小道。沿线迎风摇曳的松杉，不逊色井冈山上青翠欲滴的楠竹。坪坝镇完全可以挖掘这段历史，走出一条"红色旅游"特色小镇的发展之路。

　　城万快速公路余坪处下道，一条标准整洁的硬化道路呈现眼前。沿着盘山公路前行，每到拐弯处就有一个醒目的序号路标，直到海拔1300多米的66号路标前，"城万红军指挥部旧址"到了。这是当年地主的一栋宅院，后作为城万红军总指挥李家俊等领导人的指挥住处，几年前当地政府做了维修加固。室内展出了一些珍贵照片和图解，无论是《一碗水》的歌谣，还是《川东游击军》的宣言，无不是城万红军战斗生活的真实写照。

　　　一碗水蜜蜜甜，红军再舀也不干；前头喝了千千碗，后头清水冒了尖，一碗更比一碗甜。灰军想喝一碗水，前七后八拥上前，嘴巴还没杵得拢，一碗清水全不见，渴得龟儿冒青烟。

　　　我叫川东游击军，营部扎在大山坪。打土豪，抗捐税，为穷人，闹翻身。军民团结一家亲，革命众志已成城。瘟牛胆敢来近剿，叫他尸骨收不成。

双河乡党委书记告诉我们，由于这里山高路远，遗址单一，前来瞻仰的游人较少。乡上正着手打造红色旅游品牌，配套完善相关基础，相信用不了几年，这里一定能够成为游人们的必游之地。

巴山镇地处深山，到了场镇上才知道这里也是红色之地。一块不大显眼的"冉家坝乡苏维埃政府遗址碑"，掩映在街道绿化的花木之中，稍不留意很难发现。县政协主席告诉我们，像这样的红色遗址，在城口随地可见。

任河，是城口的母亲河。清清河水不是向东流淌，而是任性而又固执地一路向北，经龙田，过巴山，穿越荆棘丛林，最终汇入汉江河流。不循常规，矢志向北，这需要多大勇气啊！这不正是当年那支队伍，在坚定的信念下，穿越烽烟战火，义无反顾地北上去追逐自己的梦想！

壮哉，任河；壮哉，城口。不忘初心，砥砺前行，正是我们在这里寻到的红色记忆！

写于 2017 年 12 月

城口县苏维埃政权纪念碑

红三十三军指挥部旧址

延安日记

继去年参加中央党校学习不久，组织上又安排我赴延安参加中国延安干部学院 2019 年春季专题班学习。进出 13 天，所学所悟，摘选几篇日记为证。

5 月 20 日（晴）

上午，中国延安干部学院第 17 期省部级干部党性修养专题培训班在教学楼第一教室开班。

昨天初到延安，还在遗憾延安没有高原蓝的美景。清晨起来，喜气洋洋的太阳早已升起，一缕缕云彩像光束般地从东边天际出发渐行渐近，极不情愿地被当空一望无际的湛蓝吞噬。气温虽然只有 4 摄氏度，但并未有重庆冬日的寒冷，漫步校园，心旷神怡。延安蓝，其实同样美！

我第一次到延安，还是 22 年前的事。1997 年 8 月下旬，国务院全国水土保持工作现场会在陕西召开。会议从榆林开到延安，一路奔波，一路扬尘，一路感叹。与会者真正感受到黄土高坡的贫瘠，更对陕北人民为恢复生态表现出的艰苦奋斗精神深感钦佩。重庆与会的还有王越，他作为来自重庆万县市的区县代表在会上发言深得好评。会议结束返回西安正好周末，我与王越结伴徒步登临华山诸峰，一天一个来回真带劲。下山后才知道，这一天正好是他 36 周岁生日。

我记忆中的延安，虽然一直定格在 20 多年前，但我知道，如今的延安，早已旧貌换新颜。前不久，陕西省政府宣布，延安市延川、宜川两县退出贫困县序列，标志延安的贫困县全部"摘帽"，这比直辖市重庆提前了一年。媒体曾经披露了两张卫星遥感图，一张是 2000 年的延安，绿色集中在南部，北部全是裸露的黄土；另一张是 2018 年的延安，完全是今非昔比，绿色几乎覆盖整个版图，难怪延安能够荣获"国家森林城市"。

延安干部学院地处宝塔区枣园 40 号，校区不大，占地只有 260 亩，但校内建筑却别具一格，庄重典雅、朴素大方。学校以短训为主，同期只能接纳 300 余人。我们这期培训班 41 名学员，分成 4 个小组。出乎意料的是，班上竟有 3 人是去年中央党校一个班的同学。昨天傍晚见面，我们伴着西下的夕阳，在学校北大门前留下开心灿烂的合影。

开班式上，集体观看习近平总书记在中央党校青年干部班上的讲话视频，观看《回望延安》政论片，晚上又观看电影《周恩来回延安》。一幅幅动人的画面，一句句深情的道白，把我们带入那段难忘的火红岁月。

延安，这座山沟里的陕甘宁边区首府，与当时的中国有着太多的不同。1940年5月，著名华侨领袖陈嘉庚率团回到祖国慰问。来到重庆，蒋介石划拨8万元专项经费在孔祥熙开的一家高级酒店接待他。随后他访问延安，毛主席在杨家岭窑洞前设宴，桌上只有主席自己种植的两盘青菜、一个咸菜，一顿饭只花了几毛钱，还是邻居老大娘得知主席招待远客，特送来一盅鸡汤相待。有比较才有鉴别，陈嘉庚由此得出结论："中国的希望在延安"、"得天下者，共产党也"。

延安是一座圣地，一大批栋梁之材从这里走出。从军事到政治，从经济到外交，放眼世界，还没有哪一个政党，能够像延安时期的中国共产党一样，在如此短暂的时间里，造就了群星璀璨的人才方阵。有人统计过，在1955年中国人民解放军首次授衔中，有6位元帅、8位大将、26位上将、49位中将和129位少将曾在延安抗大工作和学习过。那个时期，延安有中央党校、抗大、马列学院、陕北公学、鲁艺等30多所干部学校，培养出来的大批治党治军骨干，为赢得抗日战争和解放战争的胜利，乃至建设新中国，奠定了雄厚的人才基础。

行程万里，不忘初心。从落脚点到出发点，延安时期的伟大成就昭示我们，党是领导一切的。维护核心，实事求是，艰苦奋斗，从严治党，一道道信念，必须融化于我们的血液中，落实在我们的行动上。

5月25日（晴）

今天周六，学校也不让我们闲着，组织学跳陕北秧歌，名曰"激情式教学"。一个多小时下来，我们只学会了3个基本动作：扭、跳、转。每人腰间系着长长的红绸缎，几位女生手拿红绿绸扇，挥舞起来还像那么个样子。

陕北秧歌，是流传于陕北高原的一种传统舞蹈，最能表现陕北群众质朴、憨厚、乐观的性格。它的形式有许多种，最为普及的是大秧歌，这是一种在广场上进行的集体性歌舞活动，规模宏大，气氛热烈，动作矫健豪迈，情绪欢快奔放，并伴有狮子、龙灯、竹马、旱船等社火节目。

延安时期，陕甘宁边区开展了新秧歌运动，广大文艺工作者深入农村学习创作，将陕北秧歌腰鼓升华为规范的新农民形象的舞蹈动作，创造了一大批秧歌及秧歌剧，如《翻身秧歌》、《兄妹开荒》、《夫妻识字》等，在抗日战争和解放战争中起着鼓舞斗志的作用。

由陕北秧歌，我想到了延安厚重的文化。

延安，旧县名肤施，中共中央入驻后定名为延安。这里是华夏民族的摇篮，人文始祖轩辕黄帝曾经在这一带生活，后安葬于此。尤其体现奉献精神的"割肤施鹰"的传说，被延安人民世世代代传承下来。

延安有"三黄"，即黄帝陵、黄河蛇曲、黄河壶口瀑布。

黄帝陵，被称为"天下第一陵"。我第一次来延安时曾经拜谒过，尤其对那里的古木留下难忘印象。记得走进轩辕庙的山门，西侧一棵高大的古柏就会跳入眼帘。它的主干略向南倾斜，枝干苍劲挺拔，柏叶青翠欲滴，没有半分历经5000多年沧桑的痕迹。此树有多大？当地有谚云："七搂八拃半，疙里疙瘩不上算。"相传这棵参天古柏为轩辕黄帝所植，故称"黄帝手植柏"。这里的小地名叫桥山，放眼望去，8万多棵古柏苍翠肃穆，称得上是全国最大的古柏群。

蛇曲，是被河流冲刷形成的像蛇一样蜿蜒的地质地貌。它分自由、嵌入式两种类型。黄河流入延安延川县陡然转弯，"S"形大拐弯犹如八卦中的太极图，当地人称之为"乾坤湾"。高空望去，河如巨龙，山似波浪，50余公里的河流，深深地嵌进地壳的岩石圈内，好像是用凿子一下一下凿成的，这就是"嵌入式蛇曲"。这里的蛇曲之美，既有温婉轻柔，也有恢宏磅礴，让你感受到浑然天成的黄河大合唱。

壶口瀑布，号称中国第二大瀑布，世界上最大的黄色瀑布。一到夏季，这里的瀑布气势恢宏，催人激情万丈；而到了冬季，罕见的巨大冰瀑会让人赞不绝口。1938年9月，著名诗人光未然带领演出队来到壶口东渡黄河，触景生情，写下《黄河吟》诗篇。次年1月他回到延安，在除夕联欢会上朗诵此作，冼星海听后非常兴奋，抱病熬更守夜6天，终于完成著名的《黄河大合唱》的创作。

前天5月23日，是《在延安文艺座谈会上的讲话》发表77周年。当晚，"致敬祖国暨纪念《黄河大合唱》创作80周年"音乐会在宝塔山下盛大演出。当中央音乐学院俞峰院长指挥的《黄河大合唱》8个乐章演奏完毕，全场一片沸腾。"《黄河大合唱》是民族的，也是世界的。这就是文化自信。"田华老人的感慨，道出了人们共同的心声。

昨天，艺术家们走进我们校园。俞峰院长率领他的音乐团队，为全校师生主讲了一堂别致而又生动的音乐党课。《黄河大合唱》、《白毛女》、《红色娘子军》，在一首首优美的旋律中，俞峰院长深入浅出地阐释了从延安文艺座谈会到习近平总书记在文艺工作座谈会上的重要讲话精神，形式新颖，感人至深。音乐艺术与党课有机融合，让大家在音乐中重温党的历程，感悟共产党人的初心和使命，直到结束，学员们一个个都难掩激动之情，热烈的掌声久久难以平息。

延安的文化，是群众的文化。列入国家非物质文化遗产保护名录的安塞腰鼓、洛川蹩鼓、陕北说书、安塞剪纸、陕北秧歌，哪样不是老百姓所爱。据说，安塞腰鼓具有两千多年的历史，称为"天下第一鼓"；安塞剪纸造型多样，线条粗犷，寓意质朴，被誉为文化的"活化石"。培训班今天举行健步走比赛，每人的鼓励奖就是一幅十二生肖剪纸画。

陕北的民歌更有特色，尤其《信天游》最具代表性。李娜、王二妮等歌手的演唱，早已传遍神州大地。学校专门安排了一堂体验课，教学的曹老师多才多艺，用他那当地原生态的嗓音，教我们说陕北话、唱陕北歌。欢歌笑语中，大家度过了一个难忘的夜晚。

延安文化，你是人民的文化，大众的文化。

5月27日（多云转晴）

在学院教学楼旁，有一段用木板铺成的时空路。路侧栏杆上，一组组鲜红的大字格外醒目，从"落脚——1935.10.19"、"瓦窑堡会议——1935.12.17—25"依次前行，每隔几米一组，直到"十二月会议——1947.12.25—28"、"东渡黄河——1948.3.23"结束，形象展示党中央在延安的13年重要历程。这13年，史称"延安时期"，是我党领导的中国革命实现历史性转折的时期。

这几天，我们连续在好几处革命遗址接受现场教育。

凤凰山革命旧址，是党中央进入延安后的第一个驻地。《实践论》、《矛盾论》、《论持久战》、《抗日游击战争的战略问题》等著作正是在此写下的。

凤凰山旁边，是"四·八"烈士陵园。1946年4月8日，出席重庆国共谈判与政治协商会议的中共代表王若飞、秦邦宪乘飞机回延安，同机还有刚被党组织营救出狱的新四军军长叶挺及家人、出席世界职工代表大会回国的中共中央职工委员会书记邓发，著名爱国教育家黄齐生先生等13人，因飞机失事不幸遇难。为了缅怀遇难烈士，延安各界群众3万多人举行隆重的追悼大会，并建起了烈士陵园。

眼前的陵园是后来重建的。一排青石台阶，径直通往山腰的烈士墓地，烈士墓台分三层，王若飞墓居中。除了"四·八"遇难烈士外，还有在延安时期牺牲的重要领导人和知名人士如关向应、张浩、张思德等的墓碑，总共 28 位。

一位烈士，就是一座不朽的丰碑；一次缅怀，就是一次灵魂的洗礼。我们伫立纪念塔前，恭恭敬敬地三鞠躬，向烈士们敬献花篮。老师《缅怀先烈，永葆初心》的现场教学，激励我们坚定"随时准备为党和人民牺牲一切"的信念。

杨家岭，是党中央在延安的第二处驻地。这里产生了推动中国历史进程的一个又一个重大决策：百团大战、精兵简政、大生产运动；这里见证了我党历史上一次又一次重要会议：延安文艺座谈会、中共六届七中全会、中共七大；这里诞生了一篇又一篇对中国革命产生深远影响的光辉著作：《中国革命和中国共产党》、《整顿党的作风》、《新民主主义论》。

在杨家岭，有一座中西合璧式的建筑——中央大礼堂，它见证了党的七大的召开。今天，中央大礼堂的陈设仍然保持着 74 年前的风貌。主席台正中是领导人的巨幅画像；会场后面墙上，悬挂着"同心同德"四个大字；两侧墙上悬挂四幅"坚持真理"、"修正错误"标语；靠墙边插着二十四面红旗，象征着中国共产党二十四年奋斗的历程；主席台的正上方，悬挂着一条引人注目的横幅："在毛泽东的旗帜下胜利前进"。

在杨家岭一间简陋窑洞里，主席曾在此居住长达五年之久，《毛泽东选集》1 卷至 4 卷收录的 159 篇文章中，写于这孔窑洞的就有 40 篇。在窑洞内那面灰暗的墙上，悬挂着一张摄于 1942 年的照片：主席穿着打有大块补丁的裤子，给八路军 120 师团以上干部做报告。一代伟人艰苦朴素的精神风貌，深深地烙印在我们的脑海，终身难以忘怀。

5月28日（阴转多云）

延安的傍晚，天空灿烂，五彩缤纷。或碧空万里，像茫茫的大海；或白云缭绕，似轻柔的棉团；或姹紫嫣红，如绽放的花蕾。

今日的云彩，却格外不同。夕阳迟迟不愿离去，月牙在另一端若隐若现，漫天的云层金黄灿烂，有的呈块状，有的呈球状，缓缓地聚集成群，排列成行，犹如一片片层峦叠嶂的成熟麦田，云层攒动，仿佛传来一阵阵麦浪的清香。好一个高积云，俗称"搓板云"！

今天的教学现场在枣园，聆听老师讲授延安时期的党群关系。枣园是党中央的第三处驻地，有中央书记处小礼堂，有书记处书记等领导人旧居，还有"为人民服务"讲话台、中央医务所、幸福渠等革命旧址。

1944年9月8日，毛主席在后沟西山脚下发表《为人民服务》的讲话，为人民服务成为我党的根本宗旨。5年后新中国举行开国大典，毛主席在天安门城楼上一遍又一遍地大声呼喊"人民万岁"，这是领袖对人民群众深厚感情的自然流露，是共产党人用鲜血和生命换来的宝贵经验，是凝固的历史音符。

一部中国革命和建设的历史，就是一部密切联系群众、为广大人民群众谋利益的历史；一部中国共产党执政的历史，就是一部立党为公、执政为民、全心全意为人民服务的历史。党和国家的事业是人民的事业，离开了人民群众，我们就会像古希腊神话中的英雄安泰离开大地母亲一样，立刻败下阵来，跳不出"其兴也勃焉，其亡也忽焉"的历史周期律。

习近平总书记讲过一个红军的故事。在湖南汝城县沙洲村，3 名女红军借宿徐解秀老人家中，临走时，把她们仅有的一床被子剪下一半给老人留下了。老人说，什么是共产党？共产党就是自己有一条被子，也要剪下半条给老百姓的人。

解放战争时期，解放区人民传颂着一首歌谣："最后一碗米送去做军粮，最后一块布送去做军装，最后一件老棉袄盖在担架上，最后一个亲骨肉送去上战场。"陈毅元帅也说过，淮海战役的胜利，是山东人民用小车推出来的。当时的淮海战役，后勤条件极差，后方群众车推肩挑为前线送粮、送给养，累计动员民工 543 万人，运送 1460 多万斤弹药、近 10 亿斤粮食。这是多大的数字啊！

当年美国记者斯诺访问延安，问及毛主席红军何以能够胜利，毛主席当即回答，红军是民众的军队，人民群众千方百计地支持他。这就是我党的底气！

我们不会忘记，曾经的苏联共产党，20 万党员时建立苏维埃政权，200 万党员时取得卫国战争胜利，而到了 2000 万党员时则亡党亡国。究其原因，重要的一点就是脱离群众。

我们应当记住，人民就是江山，江山就是人民。

5月30日（晴）

今天是社会实践课，赴安赛区调研。

几十分钟路程，进入安塞县城。县城不大，只有几平方公里。县城后坡上，耸立着一座大腰鼓城徽，有六层楼高，鲜红的颜色十分醒目。随行的区委组织部部长介绍，安塞两年前由县改成市辖区，总人口只有18万，经济以石油工业为主，工业占比接近70%，经济总量刚过100亿元，财政收入近10亿元。

安塞是著名的中国民间文化艺术之乡。在金明街道东营文化产业园区，我们欣赏了一台安塞黄土风情文艺演出。一首首安塞民歌，《古老信天游》、《开缸酒》，听后犹如唱词"酒不醉人人自醉"；一段段安塞说书，欢快活泼，原汁原味，真可谓风情万种；更有一曲曲安塞腰鼓，红裤子、红腰带，配上椭圆形的红腰鼓，清一色的中国红。那激昂嘹亮的唢呐、催人奋进的鼓点、优美娴熟的舞姿，赢得一阵阵热烈的掌声。山村的大舞台布置，绝不逊色于大城市的演出场地，灯光、背景、色彩、构图，都值得点赞。

在招安镇龙石头村办公室，我们一边观看安塞区抓党建促脱贫的工作片，一边留意墙上的壁报和标语。"跟党走，听党话，党会给你温暖"，尤其后句，耐人寻味。

走出村办公室已是中午时分，学员们分组走访当地农户，品尝一顿农家饭。我与来自广东、四川、云南的四位同学一组，接待我们的主人家名叫吴海金。2008年10月，时任中共中央总书记胡锦涛同志来到我们房东家，仔细察看他家的新房，问他家建房花了多少钱、政府有没有补贴，问村民对统一建房是否满意、大家还有什么新期望。同学们羡慕我们的运气，纷纷前来参观胡锦涛同志光临过的家庭。

这是一处陕北大院，窑洞似的房屋七八间，院内一棵老核桃树，20余米高，微风吹拂着树叶轻轻摇曳，仿佛在向客人细细诉说当地的历史。

1935年5月，刘志丹率领陕北红26军、27军，歼灭了当地新乐寨、李家塌寨子上的国民党民团，铲除国民党县政府。至此，结束了国民党在安塞的全境统治，这里成为共产党的天下。10年后，党的九大会址差点落户此地，至今还有当年建筑的残址。

1944年9月5日，曾经担任中央警备团警备班长的张思德，带领战士们在此地执行烧炭任务，即将挖成的窑洞突然塌方，他奋力把战友推出洞去，自己却被埋在窑洞，牺牲时年仅29岁。在他的追悼会上，毛主席发表著名讲演："我们的共产党和共产党所领导的八路军、新四军，是革命的队伍。我们这个队伍完全是为着解放人民的，是彻底地为人民的利益工作的。张思德同志就是我们这个队伍中的一个同志。"从此，张思德成为"为人民服务"的代名词。

大院主人吴海金老人，88岁高龄，身板硬朗，耳聪目明，只是手中多了一根拐杖。他是一名老共产党员，曾任几十年的村主任，这也是胡锦涛同志看望他的原因。他的老伴84岁，十分健谈，指着墙上胡锦涛同志与她老两口亲切交谈的照片，津津有味地回忆着11年前的幸福往事。旁边是他家的"全家福",六个子女,三男三女,有从政的,有教书的,也有医生,唯有回家接待我们的老三自称是体制外的人。他自办一家玻璃加工企业,解决30余名村民就业。他家四代同堂,重孙就有十余个,真是一个幸福的大家庭!

临别前,我们4位同学拉上陪同入户的延安市委组织部领导,在吴家大院门前留下一张值得回味的纪念照。

5月31日(晴)

今天是专题班培训的结业日,最后一堂课为《延安精神及其时代价值》。

人无精神则不立,国无精神则不强。延安是中国革命的圣地,党和人民在延安时期的伟大创造,在于留下了宝贵的财富——延安精神。其可以概括为:坚定正确的政治方向,解放思想、实事求是的思想路线,全心全意为人民服务的根本宗旨,自力更生、艰苦奋斗的创业精神。

坚定正确的政治方向,是延安精神的灵魂。

"万重山,难又险,仰望圣地上青天,延安路上人如潮,青年男女浪涛涛。"当年,成千上万热血青年从四面八方涌向延安,正是心中有一股强大的理想在支撑。坚定的理想信念,造就了井冈山与中国工农红军,成就了无数不屈不挠的抗日英雄,哺育了一批批不怕牺牲、排除万难的延安儿女。

纵观历史,中国共产党为了守护理想信念付出了巨大而惨烈的牺牲。据民政部不完全统计，战争年代牺牲在战场和刑场上的革命先烈约2000万人，其中有名有姓、收入各级政府《烈士英名录》的只有176万人，更多的人则是为了崇高的理想而默默无闻地献身。尽管这些先烈们都知道，自己追求的理想并不会在自己手中实现，但他们坚信，只要一代又一代人为之持续奋斗，崇高的理想就一定能够实现。

解放思想，实事求是，是延安精神的精髓。

"实事求是"本是一句古语，而在延安时期却得到了新用。1943年，中央党校修建了一座可容纳千余人的大礼堂，有人提议在大礼堂正面挂幅题词，于是找到毛主席。毛主席欣然同意，立即叫人拿来4张2尺见方的麻纸，秉笔沉思片刻后，饱蘸浓墨，迅速挥毫，"实事求是"四个雄健潇洒的大字跃然纸上。

在"实事求是"的指引下，延安时期共产党人以追求真理的思想品格、讲求实效的实践精神、严谨求实的思维方式，大胆冲破教条主义的束缚，积极推进了马克思主义中国化。陈云晚年曾讲过一段话："在延安时期，我曾经仔细研究过主席起草的全部文件、电报，感到里面贯穿着一个基本指导思想，就是实事求是。"延安时期一次对敌战斗后，我军对外公布战况，国民党一位将军核对部下的损失竟然一点不差。他感慨道："共产党真是实事求是啊。一点不吹牛，太了不起了。"

全心全意为人民服务，是延安精神的本质。

延安时期，是党的群众路线、群众观点和群众工作方法形成并得到充分发展的时期。"党群关系好比鱼水关系，共产党是鱼，老百姓是水；水里可以没有鱼，但鱼儿却永远离不开水。"著名文章《为人民服务》、《纪念白求恩》，就是向全党发出"为人民服务"的总动员。

为人民服务，是我党的政治取向，也是共产党人的价值观和道德观，是政治标准、党性标准、道德标准的统一。周恩来总理说，我们都要像春蚕一样，把最后一根丝吐出来贡献给人民。徐特立革命第一、天下第一、他人第一；林伯渠为人民服务、为世界工作；董必武甘为民仆耻为官；谢觉哉上为党政分忧，下为群众解愁；吴玉章深情写道我是个共产党员，是人民的儿子。他们那种竭尽忠诚、含辛茹苦、勤政为民的"五老"精神，是延安时期党和人民群众打成一片的真实写照。

自力更生，艰苦奋斗，是延安精神的特征。

中国共产党作为马克思主义政党，诞生于国家内忧外患、民族危难之时，从一开始就铭刻着艰苦奋斗的烙印。当时的延安抗大，办学条件非常艰苦，以窑洞为教室，石头砖块为桌椅，石灰泥土糊的墙壁为黑板，窑洞没有门，经常有狼跑进去，学员们就用脸盆堵在门口，身边放一根打狼棍。艰难困苦，玉汝于成。抗大第一期开了三个科，其中一科40人中有22人在新中国成立后被授予元帅或将军军衔。

美国著名记者斯诺，先后两次访问延安。他看到有的领导穿的是打补丁的衣服，看见有的领导身上的背心是用缴获敌军的降落伞做的，看见有的领导戴的眼镜一只腿用线绳系着，看见红军大学学生用敌军的传单反过来当课堂笔记本使用，感慨万千。他盛赞中国共产党及

323

其所领导的人民军队，"坚忍卓绝，任劳任怨，是无法打败的力量"。

习近平总书记强调："共和国是红色的，不能淡化这个颜色。"

延安精神正是中国的红色资源，是浓郁的红色文化。

重庆也拥有众多的红色资源。习近平总书记再三希望，重庆要运用好这些红色资源，教育引导广大党员、干部坚定理想信念，养成浩然正气。把延安的精神带回去，把延安的红色带回去，不忘初心，牢记使命，让习近平总书记的殷殷嘱托全面落实到重庆的大地上，这是我的结业心声。

明天周六，没有直飞重庆的航班，我只得今天中午返渝。最后一课来不及听完就匆匆离开教室。走出5号宿舍楼，班主任王成文（学院培训部副主任）、联络员牛奕霖老师，早已等候车旁相送，依依惜别之情让我深受感动。

别了，延安；别了，中国延安干部学院！

写于2019年5月赴延安参加中国延安干部学院2019年春季专题班学习期间

培训班学员合影

草原情深

——内蒙古考察散记

　　我喜欢降央卓玛的歌，浑厚、深沉而又真挚。一首《陪你去看草原》百听不厌：

> 因为我们今生有缘
> 让我有个心愿
> 等到草原最美的季节
> 陪你一起看草原
> 去听那悠扬的歌
> 去看那远飞的雁
> 看那漫漫长长的路
> 能把天涯望断

　　我也爱听腾格尔的歌曲，他那飘忽灵动的嗓音伴着悠扬的马头琴声，仿佛一曲直达心灵的天籁从遥远的草原上空传来：

蓝蓝的天空
清清的湖水
绿绿的草原
这是我的家
我爱你我的家
我的家我的天堂
……

记得孩提时代，文化生活十分单调，一场露天电影的放映，竟然像过年似的让我们奔走相告。在音乐史诗《东方红》中，歌唱家吴雁泽演唱"蓝蓝的天上白云飘，白云下面马儿跑"，优美的旋律，动感的辞藻，曾勾起我们无尽的遐想。还有《鄂尔多斯风暴》、《草原英雄小姐妹》等影片中的草原风光，深深地嵌入我们的脑海，成为挥之不去的永恒记忆。

草原，一直是我心驰神往的地方。

一

1978 年，国家恢复了高考，我进入大学攻读汉语言文学专业。那些晦涩难懂的古典文学，带我踏入草原的梦幻之中：

敕勒川，阴山下。
天似穹庐，笼盖四野。
天苍苍，野茫茫，

327

风吹草低见牛羊。

老师讲，这首北朝时期的乐府民歌《敕勒歌》，描绘的是今山西、内蒙古一带北国草原壮丽富饶的风光。尤其下阕意境深邃，天空蓝蓝的，原野辽阔无边。风儿吹过，牧草低伏，显露出原来隐没于草丛中的众多牛羊。多美的风光，多美的情趣。从那时起我就暗下决心，一定要到内蒙古去，去看看那里的大草原，去闻闻那里的西北风。直到 20 多年后，终于如愿以偿。

2001 年春季，我赴中央党校学习，内蒙古乌兰察布盟盟长赵世亮是我的同学。五一假期，他盛邀我们小组同学到他辖区考察。乌兰察布地处内蒙古中部，是内蒙古离首都北京最近的城市，也是被考古学家们誉为"太阳升起的地方"。

在乌兰察布，我们领略了蒙古族的热情与豪爽，也品味到酒文化的厚重与魅力。当地牧民将美酒斟在银碗之中，唱起《请喝一杯马奶酒》，婉转的歌声融入酒香，让人心旷神怡。难怪当年老舍先生也要留下诗篇：

> 主人好客手抓羊，
> 乳酒酥油色色香。
> 祝酒频频难尽意，
> 举杯切切莫相忘。

2011 年盛夏，我第二次走进内蒙古，列席商务部党组在满洲里召开的夏季党组扩大会议。

满洲里地处东北亚经济圈的中心，是一个蜚声中外的口岸名城，其中西交融的城市风格，看上去极富特色与情调。跨出界碑，就是俄罗斯的小城——后贝加尔斯克。北上连接俄罗斯西伯利亚大铁路，经蒙古国，直至荷兰鹿特丹；东行可直达符拉迪沃斯托克进入日本海，西行直入俄罗斯内地。这里曾是我党与共产国际的秘密通道，中共六大在莫斯科召开时，前去参加会议的代表几乎都是从这里通过的。

满洲里国门，是一处乳白色的高大建筑，2008 年建成，是满洲里的第五代国门。国门庄严肃穆，门体上方嵌着"中华人民共和国"七个鲜红大字，悬挂的国徽闪着金光，一辆国际列车正缓缓地从国门下面穿过。在巍峨耸立的国门前，陈德铭部长主动邀请我们参会的几位地方商务委主任留下珍贵的合影。

一晃又是十余年。

这次我率市政协"文旅融合发展"考察团，第三次走进内蒙古。一下飞机，我们就直奔内蒙古博物院。博物院外观看上去相当气派，展厅大楼造型别致，极具蒙古民族特色。门前一尊战马铜像，告诉人们这里是"马背上的民族"。已是下午 4 点过了，参观博物馆的人流依然络绎不绝。

内蒙古的历史，是泱泱中华游牧民族的历史。从公元前 206 年匈奴人灭了东胡进入内蒙古开始，然后是鲜卑人、突厥人、回鹘人、契丹人、女真人，最后是蒙古人。这些游牧民族，一个跟着一个从这里走上历史舞台，又一个跟着一个从这里消逝于人们的视野。他们像鹰一样从历史的天空中掠过，大多数飞得无影无踪，唯有一些遗迹或遗物，零落于荒烟蔓草之间。但他们上演过的一幕幕历史大剧，其情惊心动魄，其势荡气回肠；他们留下的北方文化，与中原汉族文化一样，都是中国文化的重要组成部分。

这是我们此行获得的最大收获。

二

呼和浩特，蒙古语意为"青城"。相传明万历年间，蒙古阿勒坦汗统一蒙古各地和漠南地区后率部来到这里，看见这片水草丰茂之地欣喜若狂，决定在此定居并正式筑城，垒建的城墙全部采用大青山上的青石，远远望去一片青色，"青城"之名由此而来。

晚饭后的呼和浩特，四处弥漫着草原的清香。建筑物上的灯饰，与夜空中的繁星比肩闪烁。不时有夜航飞机从头顶轰鸣而过，给这座宽阔而静谧的城市增添了生机与活力。若非身临其境，很难想象这里竟是塞外漠北！

一条清澈的护城河，从北到南穿越市区，市民们称为如意河。河水的源头，来自阴山山脉中段的大青山，河水依依，花红草绿，呼和浩特似乎因它而灵动起来。护城河四周，是木板或石板铺成的健身步道，一望无际。陪同散步的自治区政协副主席常军政，是我中央党校同学，他讲，护城河步道足足有几十千米长。

夜幕完全遮住了草原的天空，如意河上的音乐喷泉，在居民和游客们的期待中准点开始，规模之壮观，就连重庆这样的大城市也会自愧不如。千米长的河面上，泛起五颜六色的灯光，辉映着一束束冲天水柱随风飘逸，像一群群婀娜多姿的美女，在悠扬的清一色蒙古音乐中，时隐时现地翩翩起舞，足足一个多小时。呼市的音乐喷泉一年 365 天从不间断，试问有几座城市能够做到？

河边有座"青城驿站"，走近一看，原来是一座洁净的公厕，这样的驿站，每隔几百米就有一处。比起鳞次栉比的高楼大厦，"青城驿站"更像一个邻家小屋，有的还设有休息区、阅读区、饮水区、手机充电站等服务项目。它是附近环卫工人、交警城管队员以及过往市民、游客如厕休憩的"爱心港湾"，更是呼和浩特的一张城市名片。

清晨，我们去郊区考察企业。一路上的草原风光，虽然没有梦中的美好，但依然让人陶醉其中。金色的太阳从东方的天际徐徐升起，万丈彩霞放射出耀眼的光芒。开阔的大地一片黛绿，各色花卉点缀其中，宛如碧天里的星星。一处处羊群缓缓移动，犹如绿色地毯绣上了白色的花朵。偶尔听到几声马的嘶鸣、牛的昂扬，一望无际的草原被这些牲畜点缀得生趣盎然。这里没有林立的高楼、没有冒烟的工厂、没有喧嚣的红尘，有的只是绿海中的几座乳白色的蒙古包。草原风光，处处渗透着浓浓的情意。

走进蒙草集团，这是一家民营企业，以开发应用草资源为主业，承担矿山整治绿化、荒漠绿化修护等工程，去年实现营业收入 30 多亿元。

在蒙牛集团，我们坐着电动车参观日产 2000 吨液化奶的六期新厂，生产设备全智能化，从原料奶进罐到产品一箱一箱出来，很难看到几个工人。对比重庆天友乳业，差距不是一点点。蒙牛集团与伊利集团去年营业收入都超过 700 亿，占全国乳业市场份额 70%，"两乳"撑起呼市经济的蓝天。

到了呼市，昭君博物院是值得一去的地方。王昭君，是我们三峡人氏，她与貂蝉、西施、杨玉环并称中国古代四大美女。公元前 33 年，匈奴首领呼韩邪单于主动来汉朝称臣，并请求和亲，以结永久之好，这就有了"昭君出塞"的历史。从此，汉匈两族团结和睦，边塞的烽烟也相应熄灭了 50 年。王昭君去世后，厚葬于呼市的南郊，墓依大青山，傍黄河水，后人称之为"青冢"。

昭君和亲，成为我国流传不衰的民族团结的佳话。遗憾的是，由于行程缘故，我们只能与昭君博物院以及昭君墓擦肩而过，权当为再来内蒙古留下一些念想。

三

蒙古族，俗称"马背上的民族"。

你看那骄阳似火下的蒙古马，在绿浪翻滚的草原上驰骋如飞，如同海潮汹涌；你听那寒风凛冽中的蒙古马，在漫天飞舞的风雪中仰天长嘶，犹如惊雷动地。蒙古马与其他马匹相比，体小而又灵活，眼疾而能避险，矫健而有力量，敏锐而又迅捷。在茫茫草原上，它靓丽灵动的身姿一身光洁，是沃野千里最夺目的风景。

据说蒙古马通晓人性，对主人竭尽忠诚。相传，蒙古民族英雄嘎达梅林在激战中被冷弹击中落马，千钧一发之际，他的战马咬紧主人衣角，将他拖到河畔密林中，使嘎达梅林死里逃生。19世纪的蒙古族大作家尹湛纳希，一次返家途中不慎落马昏厥过去，正好被两条饿狼撞见扑了过来。他的乘马高扬四蹄与鬃尾展开殊死搏斗，最终挡住了两条饿狼的轮番进攻，迎来了尹湛纳希的家人。

这就是蒙古马。习近平总书记到内蒙古时，还特意称赞了"蒙古马精神"。

草原，是马的故乡。我们从锡林浩特乘车去赤峰，要穿过克什克腾旗草原。这里的草原，属于锡林郭勒草原，看上去不像呼伦贝尔那样一马平川，而是起伏有致、婀娜多姿，给人一种深探寻觅之欲望。

琥珀色的阳光温暖而轻柔，草原的空气湿润而干净。无边无垠的青草像绿色的绒毯，千姿百态的小花点缀其间，在蓝天白云的映衬下，显得格外清新。山坡上吃草的羊群，远远望去好像是一朵朵疏淡飘逸的白云飘浮在山间，又好似一粒粒珍珠在层澜叠涌的绿浪里泛起微漪。还有那一群群自由自在的骏马、壮牛，滚滚流动着。好一幅草原动感画卷。

草原上的公路，简直就是一道亮丽的风景线。标准的旅游大道，蜿蜒起伏，静谧深远，仿佛通向梦的彼岸。窗外，坦荡如砥的草原一一闪过，让人想起苏轼的"野阔牛羊同雁鹜"名句。清澈的贡格尔河，蜿蜒曲折地不知疲倦地流淌着，宛若一条绵延不断的哈达向您展开热情的胸怀。途经白云敖包，看见一大片云松林。赤峰市政协副主席白洪波讲，这是克旗的宝贝，有 10 万亩面积，近 500 年历史。它们无怨无悔地守护着这片草原，维系着这方绿色。

克旗之美，美在草原，更美在花海。每年 6—10 月，广袤草原碧草连天，鲜花遍野，河水清澈，百鸟欢唱。尤其是 6—7 月，每 10 天就有一批鲜花集中绽放，争奇斗艳，各领风骚，称为离北京最近的"草原后花园"。

我是老林业人，对花草却是门外汉。沿途五颜六色的花卉引起我的好奇，只好委托志伟对着手机上的"形色"识别软件，替我一一甄别正名。

紫色的花，有紫菀、乌头、马兰、老鹳草、风铃草、风毛菊等。其中，深紫色的地榆最多，状如下坠的谷穗，一株一吊，一片一片，相互簇拥着。它属药用植物，《本草诗》赞它："疗却恶疮脓可散，除将风痹步如飞。"还有野豌豆，古语称之为"薇"，多年生植物，一朵朵花瓣像一个个小喇叭，紫色泛红，嫩茎和叶可做蔬菜。当年伯夷、叔齐不食周粟饿死于首阳山，临终前留下"登彼西山兮，采其薇矣"的《采薇歌》。

白色的花，有山牛蒡、白芷、山桃草、针茅草、艾草、芨芨草、蛇床等。尤其蛇床最普遍，星星点点的白色小碎花，是绿色草原的主人。蛇床的果实叫"蛇床子"，相传古时一山村流行怪病，患者全身长出一粒粒疙瘩瘙痒难受，医生都说无药可医。一青年只身闯蛇岛，采回两大篓草药，让病人进行沐浴，数次后痊愈。大家好奇地问药名，青年想了想回答，此药长在蛇身底下，就叫它"蛇床子"吧。

草原上最常见的花，还是红、黄、蓝三原色居多。

山丹花是一种红色的花，细小的茎叶，火红的花冠，它是草原上热情的女神，每时每刻都在张扬着自己婀娜多姿的身段和奔放的个性。翠菊是坚定不移的象征，每一种花色都有自己的花语，红色代表主动热恋，黄色代表纯洁友情，蓝色代表永恒爱情。像芝麻开花般的夏季柳兰，花穗繁茂而秀美，花色艳丽而大方。这里的格桑花枝叶茂密，梅花般的花瓣如绽开的笑颜，风吹之处，像附在草地上的一只只蝴蝶翩翩起舞。还有菊花状的毛连菜，从未听说过名字的败酱、橐吾等，真是繁花似锦，姹紫嫣红啊。

令人难忘的还是草原的夜色。夜空中缀满了耀眼的繁星，一轮弯月悬挂其中，云彩随着月光变幻着她轻柔而缠绵的舞姿。草原之夜，只有一片宁静和神秘。远离城市的喧嚣，远离生活的繁杂，尽情享受大自然的恩惠，美哉悠哉！

四

"赤峰"，红山之意，因城区东北部赭红色山峰而得名。

前不久的 7 月 15 日，赤峰迎来最尊贵的客人。习近平总书记到此看望各族干部群众，特别关心少数民族文化的保护与传承。当我们紧随习近平总书记的足迹抵达赤峰时，当地干部群众还沉浸在幸福的回忆之中。

赤峰博物馆，是习近平总书记亲临过的场馆。博物馆的镇馆之宝，自然是 1971 年当地出土的红山"碧玉龙"。它是由墨绿色的岫岩玉雕琢而成，造型生动，雕琢精美。猪的头，马的鬃，蛇的身，躯体光洁，呈"C"字形，酷似甲骨文中的"龙"字。蜷曲中隐含着升腾，安逸中透露着威猛，令人望而生畏。背部有一对穿单孔，如果以绳悬挂，龙的首尾恰好处于同一水平线上，真是独具匠心。赤峰红山"碧玉龙"的发现，曾经让史学界和考古界为之震惊，被专家们誉为"中华第一龙"。

赤峰境内被国家考古界命名的原始人类文化众多，在中国地市一级独一无二。8000 年前，古老的兴隆洼人在这里建起了"华夏第一村"；6000 年前，红山文化在这里发祥；4000 年前，"草原第一城"在这里出现；1000 年前，契丹族在这里建起了雄峙万里的大辽王朝。还有此后的蒙古文化、明清佛教与见证满蒙和亲联盟的王府文化等，延绵不断，影响深远。赤峰，无愧"中华文化发源地"之美誉。

赤峰，是以蒙古族为主体的多民族聚居地区。蒙古人曾以游牧生活为主，有诗为证：

> 牛羊散漫落日下，
> 野草生香乳酪甜。
> 卷地朔风沙似雪，
> 家家行帐下毡帘。

1206 年，铁木真统一蒙古高原各部，建立大蒙古国。随后南征北讨，灭西夏，破金朝，金戈铁马称霸欧亚大陆。相传，意大利人马可·波罗向忽必烈谈及世界各国情况时，忽必烈问，你为什么从来不说你的家乡威尼斯呢？马可·波罗微笑而诙谐地回答："我怕我说出来之后，它就不是我的威尼斯了。"可见当时的蒙古国是多么地强悍。

钓鱼城的一声炮响，彻底改变了蒙古国以及欧亚大陆的历史。蒙哥汗在重庆合川钓鱼城下中弹身亡后，领有汉地的四弟忽必烈与受漠北蒙古贵族拥戴的七弟阿里不哥为了争夺汗位发生战争，最后忽必烈获胜。1271年，忽必烈建国，8年后灭南宋，建立起统一的多民族的元王朝。元朝，就像一个历史巨人扎在了中华的大地上，彻底结束了自唐末以来500多年的分裂局面。中国又一次实现了大统一。

大元王朝统治退出中原后，其政治中心曾一度设在今赤峰市的应昌路。这里又称"鲁王城"，它与大宁路、会宁路同为元代塞北三大历史名城。清人赵玉丰有诗赞曰：

> 大元王气起开平，
> 北建雄藩馆帝甥。
> 四面楼台公主第，
> 万家灯火鲁王城。

朱元璋称帝后，元顺帝北逃至应昌不久逝世。其子爱猷识理答腊即位，史称元昭宗。他笔下的鲁王城却是另一番景象：

昨夜严陵失钓钩，
何人移上碧云头？
虽然未得团圆相，
也有青光照九州。

这两首足以表现元朝兴衰的历史。

历史与文化，是一对孪生兄弟。元朝时期，不仅历史恢宏厚重，文化也博大精深。唐诗宋词元曲，戏曲艺术是元代的杰作，涌现出"元曲四大家"关汉卿、马致远、郑光祖、白朴。如今中国各地的戏曲剧种，大多有元曲的影子，《窦娥冤》、《西厢记》等作品在当今舞台上依然经久不衰。

到了清朝，"天骄蒙古"雄风犹在。面对潜在的强悍对手，清廷制定了"南不封王北不断亲"的基本国策，满蒙联姻一直保持了三个世纪之久。据统计，清朝皇室先后有20多位后妃出自蒙古，有40多位公主嫁给成吉思汗的子孙们，正如乾隆诗赞"塞牧虽称远，姻盟向最亲"。

从博物馆出来，遥望蔚蓝的星空，我们感叹不已。历史喧嚣已经远去，蒙古人又归于平淡而安逸的生活中，那一曲曲蒙古长调，回荡在草原之上，回旋在赤峰上空。

历史是一本教科书，更是一个大舞台。我们从北方三大民族——鲜卑族、契丹族、蒙古族的兴衰上感悟出一个真谛：一部中国史，就是一部各民族交融汇聚成多元一体中华民族的历史，就是各民族共同缔造、发展、巩固统一的伟大祖国的历史。960 多万平方公里的国土富饶辽阔，这是各族先民留给我们的神圣故土，也是中华民族赖以生存发展的美丽家园。秦汉雄风、大唐气象、康乾盛世，中华民族悠久的历史都是各民族共同铸就的历史。从赵武灵王胡服骑射，到北魏孝文帝汉化改革；从唐代诗人王建的"洛阳家家学胡乐"到宋代诗人沈括的"万里羌人尽汉歌"；以及当今神州大地随处可见的舞狮、胡琴、旗袍等，无不展现各民族灿烂文化的互鉴融通。这正是今天我们强大文化自信的根源。

习近平总书记说，实现中华民族伟大复兴的中国梦是各民族大家的梦，也是我们各民族自己的梦。

中国梦，我们 56 个兄弟民族正朝你走来。

写于 2019 年 8 月

市政协考察组考察赤峰市博物馆

北碚故事

隆冬季节，难得的白日懒洋洋地冒了出来。

应北碚区邀请，市政协组织文化文史学习委、经济委的部分委员深入北碚，助推北碚文旅商融合发展。一路参观考察、学习交流，渐渐地打开我对北碚的记忆闸门。

北碚，不仅是一个充满山水诗意的花园之城，更是一座饱含历史沧桑的故事之都。

一

北碚，因有巨石曲折伸入嘉陵江中，曰碚，又因在渝州之北，故名"北碚"。

这是一座历史文化的古城。从巴国腹地到东阳置郡，从巴县乡场到乡建名镇，从迁建重地到川东名城，数千年的风雨见证了北碚历史文化的底蕴。

这是一方历代文人墨客向往的胜地。缙云山的云雾缭绕，嘉陵江的波涛汹涌，无不令人心醉与遐想。置身青山绿水之间，创作激情自然会喷薄而出。尤其大唐盛世，众多文人游历北碚，如李白、杜甫，如王维、陈子昂，他们触景生情，挥毫泼墨展才艺，翰墨飘香显风采。

> 君问归期未有期，
> 巴山夜雨涨秋池。
> 何当共剪西窗烛，
> 却话巴山夜雨时。

就连李商隐也没有想到，他的一首《夜雨寄北》，竟成为1300多年后北碚文化旅游的一张亮丽名片。

这里有沧海桑田的古迹。缙云寺的古佛道场、金刀峡的古老神奇、偏岩古镇的小桥流水、金刚碑古镇的千年遗迹，星罗棋布，如诗如画，令人流连忘返。

缙云寺，位于北碚缙云山，是我国为数不多的古佛道场。据记载，始建于南朝刘宋景平元年（公元423年），后曾受到历代帝王封赐，唐高祖李渊赐"禅真宫"，唐宣宗赐"相思寺"，宋真宗赐"崇胜寺"，直到明神宗朱翊钧下令改为"缙云寺"。因寺庙大殿里供奉的佛像不是释迦牟尼，而是他前世之师迦叶古佛，故赐题"迦叶道场"。

缙云寺是办学的好地方。相传宋代状元冯时行曾授业缙云山，留下《春题相思诗》、《缙云寺》、《题毛祖房屋壁》等诗作，更有《缙云文集》传世于今。1932年，太虚法师在此创办世界佛学苑汉藏教理院，名为"缙云书院"。办学 20 年，桃李满天下，赵朴初先生就是其一。

缙云寺前，有座青石浮雕壁，专家认定为晚唐文物。石照壁之上为缙云寺山门，门前有座明代石牌坊，牌坊上嵌有"迦叶道场"、"缙云胜境"等匾额，题字苍劲有力，气势恢宏。一对石雕青狮，虎视眈眈，守护在牌坊两侧。山门外，青松翠柏，千姿百态，几株沧桑银杏直向蓝天。到了夏日，此起彼伏的蝉鸣从不消停，古刹钟声与青山松涛相映成趣。寺庙围墙外，有一处四合院建筑，名曰"双柏精舍"，两侧配有禅房与石刻，古色古香，意趣横生。

新中国成立，寺庙及其周边房产全部收归国有，由林业部门代管。重庆直辖后，缙云寺一再要求落实政策归还庙产。市民宗委出面协调，市林业局党组二话没说就同意归还。当时家居庙产内的缙云山管理局职工近 30 余户，他们无怨无悔地迁出住进了临时工棚。正是他们长年累月的日晒雨淋，守住了缙云山这座如黛青山，守住了缙云山这片主城肺叶，也才有了今日缙云寺的香火缭绕、香客不断。

金刀峡，位于北碚金刀峡镇。它的得名，来自峡中一把金刀每当夜晚时分就会金光闪闪照耀峡谷的传说。它全长约 10 公里，分上峡、下峡两段。上峡为峡谷景观，两岸垂直，石壁如削，上有古藤倒挂，下有潺潺流水；下峡为洞穴景观，碧玉串珠，飞泉扑面，石笋石柱千姿百态。惊魂台、天犬洞、神鹰峡、千幻古岩，听听名号就会让人兴趣盎然。

金刀峡内有很多传说。峡口一处平台，称之"惊魂台"。站在上面往下一望，确有触目惊魂之感。相传，当年川东游击队的双枪老太婆，派她的麾下去解救被捕的共产党人失败后，被国民党围追至此，弹尽粮绝，他们一行十余人手挽手跳下山崖，吓得敌人魂飞魄散，由此得名"惊魂台"。

偏岩古镇，古名"接龙场"，建于清顺治十二年（1655），是重庆通往华蓥古道上的一座工商古镇。上场横街，有一高三十米的悬崖向西北方向倾斜，人们称之"偏岩"。

去年初夏，市政协学习文史委开展"历史文化古镇保护"专题调研，特意到此感受了这座古镇的古色古香。

走进偏岩，只见这里依山傍水，民居、木屋、砖舍错落有致。蜿蜒曲折的黑水滩河穿流而过，清澈见底的河水倒映着河岸那些黄葛树。这是一些百年老树，盘根错节，枝繁叶茂，像一把把支撑着的巨伞，不知疲倦地为这方乡亲遮风避雨。每家每户，都有通向河滩的石阶小道。河边，洗衣的、戏水的、拍照的，枯藤老树，小桥流水，好一派乡间风光。

更令人欣喜的是，300多年的古镇，至今保存着当年的历史文化。有老街区、古戏台、古客栈等老建筑；有打连响、山歌会、秧歌舞等民间艺术；有木雕、彩扎、服饰等民间工艺。这里的唐门彩扎，集工艺、书画印于一身，丰富多样，栩栩如生。老街上的禹王庙广场，逢年过节热闹非凡，是传统民俗和手艺人的舞台。老街上的糖人、雕刻、剪纸、布艺等传统技艺，是乡亲们的念想，也是游客们的向往。古镇深处，有一间小小的铁匠铺，夫妻俩靠祖传手艺起早贪黑，培养出一个重庆大学毕业的女儿，在当地传为佳话。镇上还有两株百年黄葛树，相传是一对恩爱夫妻死后化成，从此相依相偎，永不分离。

镇上有一个"老侃民俗文化研究中心"，竟是几位70多岁的老人发起的。镇上干部介绍，这些老人大多是当年的教师、街上的居民，为了研究偏岩历史文化，他们翻山越岭，探寻文化源头，整理出版了《古镇老侃》专著。这些老人各展所长，书画、摄影、杂艺、雕刻、讲故事、办板报，弘扬着乡贤文化。我们拜访的几位老人，他们的健谈以及那些颇有功底的作品，给我们留下了深刻印象。

金刚碑古镇，位于缙云山下嘉陵江畔。据说，当年佛祖大弟子到缙云山建寺，有金刚力士前来助力，曾遗漏了一块巨石在此。那巨石有7米多高，状似一碑，唐人题刻"金刚"二字，"金刚碑"由此而来。

早在康熙年间，缙云山一线的小煤窑星罗棋布，金刚碑这个水陆码头就成了煤炭的中转站。到同治年间，各种商号、客栈、茶楼、酒肆林立，川剧、评书、划龙舟、放花灯等各种民间活动热闹非凡，也有了以煤、盐、船、驮等为首的行业"七帮会"。再后来，相继出现姚家院子、熊家院子、郑家院子等民居建筑群。据说极盛时期，沿街河两岸有商店、货栈千余家，挑夫摩肩接踵，江岸帆樯如林，生意一派兴隆。

区政协继超主席坚持安排我们去实地考察。从北碚出发，走水路几分钟就可抵达，但是嘉陵江上没有航船。

旅游公路也正在抓紧建设，我们只能沿着崎岖小道缓缓驶进古镇旧址。眼前山峦拱翠，古树参天，繁茂浓郁的植被，深藏山坳的独特地理，难怪当年能够吸引一大批文化名流、商贾大家到此定居。遗憾的是，由于年代久远，不少房屋已经濒临垮塌。

2017年，北碚区正式启动了对金刚碑古镇的升级改造。在保存好古迹的基础上，将引入图书馆、博物馆、美术馆、温泉养生、游船观光等业态，恢复勉仁书院，培育文创孵化等产业。

项目经理对历史文化情有独钟，他带我们参观了企业布置的小展厅，一件件文物，一张张老照片，足见他们的良苦用心。他自信地说，恢复后的金刚碑，不仅是抗战文化遗迹，更会是一座文创小镇。我们拭目以待。

二

北碚，是最容易念错地名的城区，稍不留意就会念成"北陪"。重庆曾是国民党的陪都，而北碚又被民间称为"小陪都"，念成"北陪"也不为怪。

抗战时期，国民政府迁都重庆。为了躲避敌机的狂轰滥炸，国民政府的科学文化教育机构以及一大批赫赫有名的文化教育名人，纷纷涌入北碚，由此传出一段段令后世感叹的佳话。

走进北碚博物馆，你可详细了解当年的迁驻情况。中央研究院动物、植物、气象、物理等研究所，经济部中央工业实验所，农林部中央农业实验所，中央地质调查所等 22 个研究单位；国立复旦大学、江苏医学院、国立歌剧学校、社会教育学校等 20 余所大中专院校；中山文化教育馆、中国辞典馆、国立编译馆、文摘出版社等 30 余家单位。

北碚区政协文史委统计过，抗战期间寓居北碚的文人创作了数以千计的作品，在中国现代文学史上留下浓墨重彩。长篇抗战小说有老舍的《四世同堂》、路翎的《财主底儿女们》等 11 部；短篇小说、散文诗集有 53 部；多幕和独幕剧有洪深的《包得行》、夏衍的《水乡吟》等 43 部；电影有阳翰笙的《塞上风云》、孙瑜的《春到人间》等 10 部；文论专著有吕振羽的《简明中国通史》、梁漱溟的《中国文化要义》等 23 部。至于散见于各种报纸杂志上的诗词歌赋及散文，则不计其数。

这就是曾被外界称为"东方的诺亚方舟"的地方。

80 年过去了，当年的名人早已仙逝，唯有其足迹与传说依稀犹存。当游客漫步于此，仍会感叹血色岁月并未走远，那些尘封的故事，就隐藏在这里的大街小巷之中。挖掘利用这些资源，北碚区已经在行动。当年各界大咖名人"打过卡"的地方，正在一个一个地修缮还原，成为小巧精致的文旅展示点。

"老舍故居"，一幢中西合璧 4 室 1 厅的小别墅，位于天生街道，因当年鼠害猖獗，老舍将其取名"多鼠宅"。靠着一杯甜茶、一张书桌，老舍在此创作了《四世同堂》等作品。1982 年，老舍夫人故地重游，认为此地是保护得最好的老舍故居，并赋诗称赞"旧屋旧雨惊犹在，新城新风笑堪夸"。

　　"雅舍"，是梁实秋先生的寓所，与老舍故居相邻。梁实秋在此居住八年，撰写的散文随笔以《雅舍小品》命名出版，此后中英文本300多版发行全世界，"雅舍"的名声也不胫而走。如今，北碚博物馆将它打造成集学术活动、图书阅读、文化创意、艺术体验于一体的开放式书院。走进雅舍，你会情不自禁地吟诵墙上的名句："你走，我不送你，你来，无论多大风多大雨，我要去接你。"

　　"潜庐"，位于东阳镇上，是共产党人陈望道教授的旧居。这是一座四合院，沿途的梧桐树冠盖如荫，好似一幅写意画，精致的西式建筑，在山水环抱中美得飘逸动人。当年的房东将房子捐给复旦大学做教师宿舍，50岁的陈望道夫妇居住两间外，其余房间是地下党同志的会议室和休息室。如今，四合院格局早已物是人非，唯有正门顶端镶嵌的"潜庐"二字，仍沾着些许烟雨旧梦。

　　"晏阳初旧居"，位于歇马镇上，是一栋砖木结构的三合院平房。1940年，晏阳初先生创办"中国乡村建设学院"，并长住于此。1943年，他被膺选为"现代具有革命性贡献的世界伟人"之一。

　　到北碚，一定要到北温泉公园看看。这里有5栋名居，虽然有的外墙和门窗早已斑驳残缺，但它们坚持用自己的残垣断壁，向世人诉说房屋主人的传奇。

　　"数帆楼"，因依山临江，随处可见江面点点船帆而得名，据说是"傻儿师长"范绍增打麻将赢钱归公建成的。当年，许多老一辈革命家都曾在此下榻过。黄炎培有诗云：

数帆楼外数风帆，

峡过观音见两三。

未必中有名利客，

清幽我亦泛烟岚。

"竹楼别墅"，卢作孚先生募捐建造，上下两层，因其竹墙、竹柱而得名。据说，郭沫若曾在此写作《棠棣之花》、《屈原》等剧本。砖红的墙面、蓝青的窗户、木刻屋檐、竹木柱子，定会让你陶醉其中。

还有"柏林楼"、"农庄"、"磬室"等名楼建筑，更是留下林森、冯玉祥、陶行知等名人的足迹。

上缙云山的路口，小地名曰"三花石"。这里有一别墅"花房子"，一楼一底，坡屋顶，琉璃瓦，外墙上黄石凸出，宛如花朵绽放。梁漱溟先生迁居至此，写下《中国文化要义》等作品。如今，花房子仍是开花模样，红枫叶映着灰墙，一冷一热和谐共存。

与"花房子"齐名的还有"美龄堂"。抗战时期，每一场战斗下来，都有不少幸存的伤残军人。如何安置这些伤残军人，宋美龄出面建立"荣誉军人自治实验区"，地址选在澄江镇运河口，一年建成。为纪念宋美龄，实验区内建有一幢砖木结构的小礼堂，命名为"美龄堂"。哪怕20世纪60年代这里建成仪表工厂，"美龄堂"依然保持原状完好无损。一件件老物品，一幅幅旧照片，生动细致地反映出伤兵生产自救的历史，更反映出宋美龄传奇的人生。

"张自忠烈士陵园"，位于天生街道。1940 年 5 月 16 日，时任 33 集团军总司令兼第 5 战区右翼兵团总指挥的张自忠，率部与日军血战宜城南瓜店壮烈殉国，年仅 50 岁。噩耗传来，中共中央举行了延安各界追悼会，党中央领导人分别致挽。忠骸运抵北碚，蒋介石和冯玉祥亲自扶灵下葬。新中国成立后，张自忠墓地扩建为烈士陵园。

在北碚，还有许多科研院所旧址。

中国西部科学院旧址，是当时中国第一所民办科学院。1930 年 9 月，在蔡元培、黄炎培等大力支持下，中国西部科学院成立，卢作孚任院长。随后，设立了地质、生物、理化和农林等研究所。1940 年秋，著名地质古生物学家杨钟健把在云南发掘到的恐龙化石运抵至此，并完成"许氏禄丰龙"的鉴定命名，从而震动科学界。

国立复旦大学旧址，位于东阳街道。1938 年，复旦大学西迁至北碚夏坝，在地方民众的支持下，征地办校，延续薪火，谱写了一曲曲感天地泣鬼神的动人篇章。如今，复旦旧址"登辉堂"已经开放，常有昔日校友前来拜谒。

北碚的人文名胜，大多与卢作孚先生有关。位于朝阳街道的"卢作孚纪念馆"，会带你真正认识这位"北碚之父"。

卢作孚是合川人，幼年家境贫寒，辍学后自学成才，还亲自编著多本教材。他早年加入同盟会，从事反清保路运动，后当过教师、报纸编辑、记者，再后创办民生公司，陆续统一川江航运。直到 1927 年，他以"江巴璧合四县峡防团务局"局长的身份来到北碚，彻底改变了北碚的命运。

人们对卢作孚的感知，主要聚焦在抗战期间，他坐镇宜昌组织领导大撤退运输。在那场惊心动魄的战役中，他的民生公司向重庆运送了 100 万吨货物、150 万人、几十所学校以及一大批军工企业及其工厂设备，为保存当时中国的政治实体、经济命脉以及教育文化事业做出巨大贡献和牺牲，毛主席称他是"中国近代史上万万不可忘记的人"。

只有到北碚才知道，卢作孚还是中国乡村建设运动的开创者之一。20 世纪二三十年代，面对民族危机和乡村衰败，一批有识人士掀起了乡村建设运动，其中北碚的实验时间最长、影响最大。卢作孚以北碚为基地，系统提出以经济建设为中心、以交通建设为先行、以乡村城镇化为带动、以文化教育为重点的乡村现代化思路，成功创造了乡村建设的"北碚模式"。

于是，北碚有了四川最大的天府煤矿、四川第一条铁路、中国第一个火车头、西部第一家科学院，架设起乡村电话线，创办了兼善中学、医院、图书馆、报社，修建了运动场、博物馆、动物园……短短几年，偏远的北碚乡村初显现代化雏形，成为被陶行知誉为"新中国缩影"的美丽城市。

80 年一挥间，北碚的抗战遗址和文物，或已不再如当初那样光鲜亮丽，但它们承载的记忆，仍在向每个来北碚的人传递。谁也不会想到，就连北碚一些道路的命名，背后也有悲壮的故事。抗战期间，北碚民众为了不忘国耻，每沦陷一个省市，就将其命名一条道路，于是有了"辽宁路"、"吉林巷"、"黑龙江巷"、"广州路"、"南京路"等地名。

三

每一座城市都有一个属于自己的后花园，重庆的后花园正是北碚。这里青山绿水，鸟语花香，宜居宜业。

重庆直辖以来，北碚的生态建设一直走在主城区的前列。2016 年，第一个荣获"重庆市生态文明建设示范区"称号，前不久又捧回"国家生态文明建设示范区"的金牌。"全国首批风景名胜区"、"国家环保模范城区"、"国家级生态示范区"、"国家卫生城区"、"全国绿化模范城区"、"国家园林城区"、"中国人居环境范例奖"，一项顶顶让各地羡慕不已的桂冠，悉数降落在北碚这块美丽的大地上。

权威部门发布，今年 1—10 月，北碚区的空气质量优良天数和空气质量综合指数双双排名重庆主城第一；城市集中式饮用水源地水质达标率达 100%；区域环境噪声和交通干线噪声在主城率先实现双达标；全区森林覆盖率达到 53.13%，人均公园绿地面积达 27.06 平方米，基本实现市民出门"300 米见绿，500 米见园"。这些成绩的背后，有一个个山的故事，水的传说。

北碚是一座森林之城，拥有缙云山、中梁山、金刀峡、龙王山 4 座山脉，尤以缙云闻名遐迩。

缙云山，古名巴山，是 7000 万年前燕山运动造就的背斜山岭。山间白云缭绕，似雾似烟，早晚霞云，姹紫嫣红。史志记载："轩辕黄帝往，炼石于缙云堂，于地炼丹时，有非红非紫之云现，是曰缙云，因名缙云山。"

缙云山是长江中上游地区典型的亚热带常绿阔叶林区和植物物种基因库，现有植物 1966 种，其中珙桐、银杉、红豆杉、桫椤等珍稀植物 51 种，缙云四照花、缙云械、北碚榕等模式植物 38 种，有动物 1071 种，其中草鸮、红腹锦鸡、雕鸮等珍稀动物 13 种，是国家级自然保护区。

缙云山集雄、奇、险、幽于一身，横亘 40 多千米。山上有佛光岩、相思岩、舍身崖、黛湖、白云竹海等优美怡人的自然景观；有缙云寺、温泉寺、白云观、绍龙观、复兴寺、石华寺等沧桑久远的人文古迹。

朝日峰、香炉峰、狮子峰、聚云峰、猿啸峰、莲花峰、宝塔峰、玉尖峰、夕照峰，是缙云山九峰，从北至南，峰峰相连，形态迥异。玉尖峰最高，海拔 1050 米，没有道路上去。狮子峰最为壮观，有莲云石阶通达。清晨起来，登极峰顶，可观大江日出，如遇云海，偶有"佛光"出现。放眼望去，林海苍莽，古木参天，让你心旷神怡。数百年的古银杏、古桂花，依然生机勃勃，再看那株两人才能围抱的红豆杉，更是令人惊叹。

山中镶嵌一湖泊，曰"黛湖"，你无论从哪个角度欣赏它都觉得是最美的。尤其春天，四周的笋子发芽了，辉映着的黛湖水绿油油的，宛若披着绿纱的少女在那里翩翩起舞，真是"山如碧玉水如镜，云在青天月在松"。

缙云山的保护与开发，一直是一对矛盾。重庆直辖以来，每逢召开全市的两会，北碚区的人大代表、政协委员都要提交"下放缙云山自然保护区管理职能"的议（提）案，可市林业局一直坚持不放，理由是放给区县的结果就不会是大保护为主了。

"拉锯战"旷日持久，而保护区内居民生活、房产权属、保护区外过度开发等问题却日益严重。直到2018年4月，生态环境部遥感监测发现：这里侵占破坏生态问题十分突出！于是，一场"铁腕治山行动"全面展开，拆违还绿，清脏播绿，平土复绿，造景添绿，既"洗脸"又"美容"，全面提升了沿线景观和环境品质，深受市民们的称赞。

山，是北碚人的骄傲，也让北碚人操心。春节清明的祭祀用火、盛夏高温的人为失火，时常威胁着北碚的山、北碚的林。2006年8月30日那场大火，一直燃烧了4天3夜，动用扑火力量上万人，创下直辖以来燃烧时间最长、着火面积最大、动用力量最多的森林火灾纪录。

北碚又是一座温泉之都，沿嘉陵江及运河两岸，足足十里温泉城，尤以北温泉享誉中外。

北温泉前身为温泉寺，至今已有1600多年，几经战乱后，明清时期重新修建。它正对峡谷，背靠陡崖，树木葱茏，松涛阵阵，云雾弥漫，梦幻迷离，融山水、泉石、洞穴于一体。寺内关圣殿、大佛殿、观音殿等庄严肃穆，周围戏鱼池、接官亭、石刻园等错落有致，奇石花草、水榭亭台，曲径通幽、古朴静谧。漫步其中，大有步移景异之奇妙、回归自然之静美。

北温泉的水极为罕见。现有泉眼20余处，水温常年保持在 38℃左右。水质绝佳，清澈见底，无色无味，含有少量钾、钠、氯及多种微量元素。世界温泉与气候养生联合会副主席古尔纳·乔瓦尼先生，称赞北温泉的水是"行业标杆"。

我结识乔瓦尼先生，是在中国第二届温泉浴气候养生国际研讨会开幕式前，为"世界温泉与气候养生联合会北碚代表处"揭牌。世温联主席恩贝托·索里曼以及乔瓦尼先生与我们友好交谈，一同参观北碚区为他们代表处提供的办公条件，两位老外"OK"、"OK"赞不绝口。北碚为打造世界温泉之都，还真是下了不少功夫。

北碚的故事，引人入胜；北碚的新篇，令人向往。奇怪的是，如今主城周边到处都是网红打卡之地，唯有北碚显得有些冷冷清清，似乎被遗忘了。难怪区委区政府十分着急，想方设法调动各种资源，为北碚经济社会发展鼓与呼。

座谈会上，市政协委员们不负期望，积极建言献策：

——打造文创产业示范区。北碚的文化底蕴深厚，尤其抗战期间三千英才涌入北碚，留下无数人文故事和遗址旧迹，发掘利用这些资源，建设文创园文创小镇、名人居、名人影视城等，是最好的文旅融合。

——打造重庆夜经济示范区。不仅继续打造购物、美食、夜景之地，更要注入文化科技元素，发展博物展览、影视演艺、科普体验、运动健身、休闲娱乐等业态，与解放碑购物之城、观音桥美食之地错位发展。

……

委员们的情怀，似乎牵动主人们跃跃欲试的神经。说者轻巧，干者艰难。我们期待北碚，我们祝福北碚！

写于 2019 年末

调研北碚区历史文化保护工作

考察偏岩古镇

黄河之水天上来

——甘豫生态文化考察游记

君不见，
黄河之水天上来，
奔流到海不复回。

　　这是诗人李白《将进酒》的开篇之句，其势其景，
何等壮观！它写出大河之来势不可当，大河之去势不可
回，形象地描绘出黄河源头之远，流程之长，至今影响
着一代代中华儿女对黄河的崇拜！

　　2020年新年伊始，习近平总书记主持召开中央财经
委员会第六次会议，研究黄河流域生态保护和高质量发
展问题、推动成渝地区双城经济圈建设问题。这是给川
渝大地、也是给黄河流域送来的新年大礼包。唱好"双
城记"，建设经济圈，市政协责任重大。市政协文化文史
学习委为助推"巴蜀文化旅游走廊"的打造，按照年初
计划冒暑前往甘肃、河南，考察黄河流域生态文旅示范
区建设的情况。

一

黄河，中国仅次于长江的第二大河，在中国北方蜿蜒流动。从高空俯瞰，它恰似一个巨大的"几"字，宛若我们民族那独一无二的图腾。

黄河出自青海巴颜喀拉山脉，一路向东经四川入甘肃，过宁夏入内蒙古，穿行陕西、山西、河南，由山东北部融入渤海，全长5464公里，流域面积75万平方公里，上千条支流与溪川犹如无数毛细血管，源源不断地滋润着两岸的土地，养育着世世代代的炎黄子孙，是当之无愧的中华民族的"母亲河"。

黄河之源，有三条小河。最北部的扎曲，发源于查哈西拉山，河道窄，支流少，水量有限，一年中大部分时间断流。西部的约古宗列曲，在藏语中意为"炒青稞的锅"，发源于巴颜喀拉山脉，从这里汩汩流出的泉水，顺山势汇聚成溪。平缓处，溪水清澈见底，倒映的雪峰流云清晰可见；湍急处，溪水与碎石碰撞，声音如走马摇铃，清脆悦耳。西南部便是黄河的正源卡日曲。卡日曲以五个泉眼开始，一股股细微的清泉和一片片有许多砂砾野草的温林荒滩交织在一起，风光宜人，水草丰美。

三曲东流入星宿海，藏语称为"错岔"，意思是"花海子"，位于青海省玛多县，海拔4000多米。这里因地势平缓，河面骤然展宽，流速也变缓，四处流淌的河水，形成星罗棋布、形状各异的湖泊，大的几百平方米，小的几平方米，甚为壮观。登高远眺，阳光照耀下的湖泊熠熠闪光，宛如夜空中闪烁的星星，"星宿海"之名大概即由此而来。

由冰封雪覆的星宿海涌出的河水，清澈见底，潺潺有声，犹如嬉戏的儿童，一路欢歌，途中不断吸纳各地汇聚而来的支流，逐渐形成一条气势磅礴的大河，穿行在高山峡谷之间，跌宕起伏，湍急回旋，水流依旧清冽，及至内蒙古托克托县河口镇，进入黄河中游的黄土高原。

无垠的黄土高原，千沟万壑，流不尽的黄土如同一条条巨龙，一齐拥入大河的怀抱，仿佛不是河水冲刷了黄土，而是黄土要掩埋河水。固执而又无羁的大河，冲破一道道泥的堤、土的坝，一路扬波夹带着它俘虏的泥沙，自山西壶口飞流而下，轰轰隆隆，昼夜不舍。这一段有不少峡谷，水流落差很大，为修建水电站提供了得天独厚的条件。刘家峡、李家峡、龙羊峡等水利枢纽就耸立在这里。到了雨季开闸泄洪的时候，水流争先恐后地从闸门咆哮而出，犹如发怒的雄狮，又似咆哮的巨龙，只觉得地动山摇、震撼心魄。

在黄河中游，既有"塞上米粮川"的河套平原，又有"黄河夕照"的壮丽景观。到了春秋季节，苍茫的黄沙捧托着火红的太阳，疏落有致的沟壑在阳光的斜射下形成间隔不等的阴影。四周静寂无声，只有沉重的水流声。由远而近，河面映现的色彩不断变幻，火红、红黄、淡黄……层次非常分明。偶尔，远处的天边升起淡淡的炊烟，好一幅"大漠孤烟直，长河落日圆"的美妙画面。

进入河南孟津县，地势变得平缓，黄河进入下游的奔流。滔滔河水在华北平原的宽广的胸怀中渐渐歇息，无数泥沙从怀中释落沉入河底，日积月累，河床不断抬高，成了举世闻名的"地上河"。

黄河的最后辉煌，展现在入海之时。地处渤海与莱州湾交汇处的山东东营市黄河口镇，是黄河的入海口，1855 年黄河决口改道而成。在这里，黄河受到海水潮汐的顶托，一部分泥沙积淀形成坚硬的河岗。为了越过这道河岗，远道而来的黄河之水又突然抖擞精神，宛如一条出海蛟龙，腾跃而起汇入东海。

至此，黄河宛若一条昂首巨龙，劈开青藏山川，穿过高原峡谷，跃壶口、出龙门、闯三门峡，九曲十八弯，奔腾入海，完成了它那曲折壮丽的行程。

二

黄河是自然之河，更是文化之河。

黄河由西到东，把中国北方大地串联成一个整体，构建了一条空间的横轴；7000 年前的仰韶文化，绵延 2000 余年，缔造了一条时间的纵轴。纵轴和横轴交织，构成中华民族历史的长空和成长的坐标。历史上的黄帝、颛顼、帝喾、唐尧、虞舜五帝，以及海岱地区的太昊、少昊，他们的族人主要在黄河中下游地区繁衍生息，由此创造了灿烂的黄河文明。这是中华民族的根和魂。

沿着黄河走下去，逐步有了星罗棋布般的各具地域特色的文化中心，先后形成北方、南方、长城沿线、西北、东北等区域文化。南北文化的过渡带与东西文化过渡带的交汇区，即今日之西安—洛阳—开封一带，是我国史前文化最发达的地带，她宛若一个大大的"十"字，开启黄河流域的文明发祥地。

在黄河文明早期，黄帝与炎帝是华夏诸族中最强有力的两个氏族，而东夷诸族中太昊、少昊、蚩尤是强大的中坚。史料记载，发祥于陕西的炎帝率部族进入山东，与蚩尤部族发生战争，战败的炎帝求助于黄帝联手，在涿鹿摆开了战场与蚩尤决战。这一场古史传说时期的"涿鹿之战"，直杀得天昏地暗。最终蚩尤败死，族人四散，一部分融入华夏氏族，一部分南撤西迁，另一部分则渡海而去。

公元前 21 世纪，黄帝族后裔夏后氏崛起。此间一场由天而降的洪灾遍及中原，夏禹治水成功的故事，成为中华民族永不湮灭的传说。借助治水的威望与成就，夏禹成为原始社会最后一位经推举而出的部落联盟领袖。他举兵征伐那些阻碍夏族发展的三苗、共工等势力，开启建立第一个中国奴隶制社会夏王朝的历史进程。走进河南，世袭制取代"禅让制"，揭开中华文明崭新的一页。那一刻，距今已有 4000 多年。

"在我国 5000 多年文明史上，黄河流域有 3000 多年是全国政治、经济、文化中心，孕育了河湟文化、河洛文化、关中文化、齐鲁文化等，分布有郑州、西安、洛阳、开封等古都，诞生了'四大发明'和《诗经》、《老子》、《史记》等经典著作。"习近平总书记对黄河如此评价。

这是黄河的骄傲，也是每一个中国人的骄傲。

三

时过境迁，而今黄河"病"了。"我曾经讲过，长江病了，而且病得还不轻。今天我要说，黄河一直以来也是体弱多病，水患频繁。"习近平总书记在甘肃如是说。

纵观人类文明的发祥地，其兴衰都与河流森林相关。《孟子》记载了先皇们烧毁山林的"功绩"："当尧之时……草木畅茂，禽兽繁殖，五谷不登，禽兽偪人……尧独忧之，举舜而敷治焉。舜使益掌火。益烈山泽而焚之，禽兽逃匿。"《诗经》也唱出先民们砍伐森林的场景："坎坎伐檀兮，置之河之干兮，河水清且涟漪。"尤其秦皇大兴土木，四处建造宫殿陵寝，实行屯垦戍边，每次迁移人数多达数十万，让一望无际的草原变成了农耕区。

永无休止的采伐与开垦，使黄土高原的植被不断遭到破坏，土壤结构变得脆弱，大量泥沙被冲进河里，清清的河水失去最初的灵秀清澈，成了一条真正的"黄"河。专家测定，每年从黄土高原输入下游的泥沙竟达 16 亿吨。黄河流走的不是泥沙，而是中华民族的血液。

历史上，黄河三年两决口、百年一改道，沿岸百姓深受其害。1855 年，黄河在兰考县东坝头附近决口，夺大清河入渤海，形成了现行河道。更有无休止的战乱，人为导致黄河决口 12 次。1938 年 6 月，蒋介石下令扒决郑州花园口大堤以抵抗日军机械化部队西进，导致 1250 万人口受灾，受淹的 44 个县市 5400 平方公里黄泛区饥荒连年，真是"百里不见炊烟起，唯有黄沙扑空城"的悲惨景象。

　　"黄河宁，天下平。"自古以来，从大禹治水到潘季驯"束水攻沙"，从汉武帝"瓠子堵口"到康熙帝把"河务漕运"刻在宫廷的柱子上，中华民族始终在同黄河水旱灾害做斗争。但是，长期以来，黄河屡治屡决的局面始终没有根本改观，黄河沿岸人民的美好愿望一直难以实现。直到中国共产党领导新中国，古老的黄河才获得新生。

　　1952 年 10 月，毛主席第一次离京巡视就来到黄河岸边，发出"要把黄河的事情办好"的伟大号召。改革开放以来，党和国家领导人都曾亲临黄河岸边，筹划指挥治黄战略。兴建了刘家峡、小浪底等水利枢纽，实施黄河流域水土保持工程……黄河沿岸，树叶黄了又绿，河水落了又涨，伏秋大汛没有发生洪水决溢，创造了黄河岁岁安澜的历史奇迹。

　　党的十八大以来，习近平总书记心系黄河，仅去年以来六次亲临黄河流域视察。他在内蒙古赤峰，沿着崎岖的护林小道察看林木长势；在甘肃兰州，沿步道察看黄河两岸生态修复；在河南郑州，考察黄河国家地质公园；在陕西柞水，考察秦岭生态保护；在山西汾河，考察汾河水治理及沿岸生态保护；在宁夏吴忠，察看黄河生态治理保护。

　　2019 年 9 月 18 日，习近平总书记在郑州主持召开黄河流域生态保护和高质量发展座谈会。习近平总书记对黄河的保护与治理做了系统的阐述：保护母亲河是事关中华民族伟大复兴和永续发展的千秋大计；表象在黄河，根子在流域；抓住水沙关系调节这个"牛鼻子"；尊重规律，更加注重保护和治理的系统性、整体性、协同性；一张蓝图绘到底，一茬接着一茬干，让黄河造福人民。

生态与文化，历来是唇齿相依的一车两轴。黄河保护与治理的号角再次吹响，黄河生态文化的融合恰逢其时。

四

大漠孤烟，长河落日，敦煌飞天，驼铃声响，一头连着历史，一头朝向远方，这就是甘肃。她形似一柄"玉如意"，镶嵌在祖国的大西北。

7月26日，我们乘坐川航航班正点抵达兰州中川机场后直接赶往省博物馆。虽然已是快闭馆的时间，排队的人流依然不少，大多是家长带着孩子来博物馆穿越时空，感受甘肃8000年的黄河文化。

作为华夏文明的发祥地之一，甘肃省博物馆得天独厚，收藏有众多的文物、古生物化石及标本，其中不乏蜚声海内外的文物珍宝。特别是镇馆之宝——东汉"铜奔马"，又称"马踏飞燕"，以及魏晋墓"驿使图"画砖，已分别被定为国家旅游标志和邮电事业的标志。虽属同行，考察组的三峡博物馆春鸣主任也不得不感叹：全国独一无二啊。

黄河自青海东流进入甘肃，穿越4个市州，流域913公里。由于甘南州太远，我们选择了另外三地实地考察。

兰州市，是黄河唯一穿城而过的高原古城。20年前我第一次来看到的荒山秃岭，如今早已郁郁葱葱。侧柏、云杉、槐树、红柳、山杏，各种植物装点着南北两岸的山峦，"魅力两山"逐渐撩开面纱，露出她的娇容。

来到南岸的滨河路中段，雕塑"黄河母亲"吸引着无数游人。这座雕塑据说重40余吨，由"母亲"和"男婴"构图，分别象征哺育中华民族生生不息的黄河母亲和茁壮成长的中华儿女。一群穿红衣服的老大妈争着合影，让我们很难靠近，小兰主任一眼指出，她们是一群广场舞的舞伴。

向北不远，是兰州标志性建筑——中山桥，为纪念孙中山而命名，始建于1907年，有"天下黄河第一桥"之称。此前这里有一座明朝时期建的浮桥，今尚存建桥所用铁柱一根，上有"洪武九年"字样。"铁桥古渡老斜阳，塔影河声寻旧梦"，如今的中山桥已经成为"兰州黄河风情线"上最引人注目的一景。

兰州黄河风情线，是一条以中山桥为中轴，以黄河两岸风光为依托，东西向50余千米长的滨河风景区，建有观光长廊、黄河母亲、绿色希望、西游记、平沙落雁等大型雕塑，以及众多广场、喷泉、公园和其他沿河景观，主题都是围绕黄河文化、丝绸之路文化展开，被誉为兰州的"外滩"。

漫步其间，一排排粗大的垂柳、洋槐，看上去都像是百年"老字号"，人们成群结队在浓密的树干庇护下纳凉休憩。这几天黄河涨水，河水超过警戒线已经漫延上第一台阶，水上的游乐活动全部停止，宽阔的水面上，除了一圈圈红的绿的警戒线，只有那些被淹没腰身的杨树、芦苇，还在坚强地挣扎摇曳。

兰州的饮食很有特色。每逢用餐时，长明主任就会喊一声"师傅，来碗牛肉面，要二细"。第一次看见端来的面条，我感到很惊讶，怎么没有牛肉？主人们笑了。原来这才是正宗兰州牛肉面，一清二白三红四绿五黄。

白银市，黄河流经 245 公里，至景泰县进入宁夏。

在白银区，市政协于副主席带我们走进黄河湿地公园。1000 多亩的荷花、睡莲、油葵，争相绽放，煞是喜人。公园里的体验活动丰富有趣，微信扫码，可以凭借自己的吼声，让荷花池中的塑像小孩喷水，音量的高低决定喷水的远近。我们走了一段滨河步道，不少同仁捡到几块称心的黄河石，在主人指点下学会了处理石头的技巧。

景泰县，与内蒙古阿拉善左旗、宁夏中卫交界。我们来到龙湾村，这里群山环抱，其地势似飞龙盘踞，黄河在此拐弯，从东至西再向北而去。于主席讲，这里过去"一年一次风，从春刮到冬"，现在生态好了，老百姓收入也多了。这里有农产品"三红"——苹果、花椒、大枣；更有旅游精品——"黄河石林"。这里的石林景观独特，以黄色砂砾岩为主，与黄河曲流山水相依，造型千姿百态。生态美、旅游兴、农民富，这是真理，也是必然。

临夏回族自治州，地处兰州上游。黄河在甘南州玛曲绕一个 180 度的大弯后，宛如从天而落的哈达，蜿蜒铺垫在海拔 3000 余米的临夏高原上，形成炳灵峡、刘家峡、盐锅峡三大峡谷景观，即"黄河三峡"。

一大早出兰州城，穿过西固区顺黄河而上。河面或宽或窄，水流时缓时急，两岸莺飞草长，一片生机盎然。进入临夏，沿途山地不高，公路两旁，垂柳袅袅，槐花流莺，农民新居随处可见，丝毫没有黄土高坡的感觉。

刘家峡水电站位于临夏永靖县，海拔1700米，其地形状似一小一大的两个葫芦，电站大坝建在葫芦嘴上。登上快艇穿越水库，左岸是临夏、东乡、积石山三县，右岸是永靖县。高原烈日映照着碧绿的水面，烟波渺渺，水天一色，50余公里行程不觉丝毫枯燥。眼瞅浑浊的水流迎面涌来，已经进入炳灵峡黄河主河道。逆河而上，浪高水急，我们着实领略了黄河特有的跌宕冲撞、奔腾而来、滚滚而去的大河气度，真想吼一声："咆哮吧，黄河！"

回到大坝前已近午时，我们簇拥在高大的旱柳树下，微风拂拂，凉意漫漫，一路疲惫消失殆尽。不知谁冒喊一句"背靠大树好乘凉"，济光秘书长连连称赞。他的腿脚不好，是最想歇气的人。都说"南有长江三峡，北有黄河三峡"，实地感受后才明白，此峡非彼峡。

永靖老县城，就在刘家峡电站大坝之下，黄河在此由东到西呈独特的S形穿境而过，流经全县107千米。新县城很美，一条花海景观带全长20余千米，马鞭草、蛇鞭菊，一片紫色的海洋，还有波斯菊、金盏菊，黄花红花相互映衬，惹得来自区县的云阳建彬、奉节益平、渝中小兵几位主席羡慕不已。

返回兰州，驾驶员王师傅特意绕黄河北岸进城，满足了我们黄河两岸看兰州的心愿。

再见兰州，再见甘肃。

五

7月29日，我们开始河南省境内黄河流域的考察。黄河沿太行山麓进入河南，经三门峡、济源、洛阳、焦作、郑州、新乡、开封、濮阳8市，全长711公里。我们选择了有代表性的郑州、濮阳、开封三地。

郑州，地处中华腹地，九州通衢，有"天地之中"之称。去年，习近平总书记提出黄河流域生态保护和高质量发展战略后，郑州以"华夏文明之源、黄河文化之魂"为主题，深入挖掘黄河文化，全力打造黄河历史文化主地标城市。

午后，烈日当空，高温灼人。我们在市政协吴副主席带领下步入郑州市炎黄广场。邙山之巅，矗立着炎黄二帝巨型塑像，一位像彬彬有礼的智者，一位像英姿勃发的将军。二帝以山体为身，山人合一，浑然天成。广场四周，布局着117位中国历史名人的群像。

走出广场来到黄河堤边，凭栏而立，远眺滔滔河水奔腾东去。市政协吴副主席讲，这里是习近平总书记站过的地方。于是，大家纷纷拍照留念。

不远处，一座铁路大桥静静地横卧在宽阔的大河上，仿佛在向人们诉说它与前辈们的命运。这里先后有三座桥，第一桥1899年建成，1987年淹没拆掉，桥墩处已经长出一排排青翠的树木，远远望去好似一条风景带；第二桥1958年建成，而今已被河水漫过腰身，不得不停用。这都是黄河淤泥惹的祸！试想，每年以10厘米的速度提升河床，2014年才通车的第三桥又能挺多久，我们为之担忧啊！

沿着黄河南岸前行，两旁绿树成荫，很难看出这是大堤。抵达花园口决堤口，我们心情十分沉重。1938年6月的决堤，造成400万人背井离乡、近90万人死亡。如今，这里建成黄河湿地公园，有矗立亭阁里的《决堤记事碑》，有嵌在地板上的《决堤口及黄泛区区域示意图》，南来北往的参观人员不少。

濮阳市，是志伟的家乡，历史悠久，文化厚重。"濮"字难写，还是濮阳市政协副主席刘国相说文解字："水美人美事业美，美中不足少一横"，才让我们一下子记住了。

从兰州上路，经新乡、鹤壁、安阳地界到濮阳市的台前县考察。一望无际的平原沃土，让我们羡慕不已。按照定位走，结果还是错了，误入了山东莘县、聊城境内。绕了一大圈，两个多小时行程花了四个小时才抵达。

台前县，河南段黄河的出口。20世纪60年代初，因黄河水患受灾严重从山东寿张县划入范县，后归并于河南。1978年，国务院批准成立台前县。询问"台前"来历，县委书记讲，古时一只凤凰落于台前留下痕迹，故得此地名。

台前一带，历来是黄河流域重灾区。市政协主席郑大文是台前人，与我同庚，典型的北方人体型与性格，他总结过去的工作为"3个月防汛，8个月救灾，还有1个月过年"。直到2012年小浪底电站建成，濮阳160余公里的黄河段从此再没有了水患，老百姓的生活才逐渐好起来。

台前，是 1937 年 6 月刘邓大军渡黄河的地方。从"纪念馆"出来，走近黄河边的孙口渡，眺望近 500 米宽的河面，河水湍急而过，涛声时隐时现，当年晋冀鲁豫野战军十二万大军强渡黄河的呐喊声仿佛就在耳畔。如今，斯人虽去，炮声犹存，硝烟已散渡口永固。台前孙口，您就是一座丰碑。

台前是黄河文化、红色文化基地，生态文旅融合前景广阔。辞别前，我们赞同地喊出："请到台前来！"

经过一夜休整，我们一大早又精神抖擞地前往濮阳县考察治水工程。这里的两大闸门工程，让我们进一步感受到濮阳在黄河流域的地位与作用。

一是渠村分洪闸，位于渠村乡黄河左岸大堤处，号称"亚洲第一大闸"。它的分洪流量为 10000 立方米／秒，有 56 孔，上下游全长 749 米。我们登上闸楼，看着那一组组大型分闸设备，无不为这雄伟壮观的工程感到震撼。深入了解，一旦分洪，涉及 3 个县的面积、200 余万人的安危。一个随时会引爆的炸弹悬在头上，要有多么宽广的胸怀才能安然卧榻啊？我们祈望永不分闸。

二是引黄入冀补淀渠首闸。该工程沿途经河南濮阳以及河北的邯郸、邢台、衡水、沧州、保定 6 市 26 个县，最终进入白洋淀，为的是缓解沿线农业灌溉缺水现状，改善白洋淀生态环境，更为雄安新区提供重要生态水源保障。该工程 2017 年建成放闸通水，问及补水情况，首闸管理人员告诉我们，去年开闸 4 次，长则 3 个月，短则 20 余天，引水量超过 3.5 亿立方米。思绪着黄河水的流向，我突发奇想，黄河流域是否会新增一个省份——河北？

开封市，一座老被黄河欺凌的历史古城。黄河自古有"铁头铜尾豆腐腰"之说，开封正好处于"豆腐腰"位置。有记载以来，黄河开封段决口338次，开封城7次被淹。

黄河流经开封境内88公里，河道游荡多变，"地上悬河"突出。开封市政协赵洁副主席讲，为了黄河开封段的保护治理，开封不惧艰难，交出一份份老百姓满意的答卷。

这里也有"西湖"，由黄河水引入而成，其形似长龙飞舞，龙头通过10余公里长的引水渠，连接到第一沉淀池——黑池。坐上观光车走马观花，沿线一排排银杏树，一片片樱花园、紫薇园，不时穿插几处楼阁庭宇，景观十分怡人。清风拂过，碧绿的河水荡漾起粼粼波光，让人沉醉。据介绍，尤其夜晚，五彩灯光与皎洁月光交相辉映，河上的拱桥、廊桥影影绰绰，似真似幻，恍然步入"汴京富丽天下无"的宋时开封。

"沿黄生态廊道示范段"，这是开封生态文化旅游融合的大作。市河务局潘局长干练利落，谈吐自信。他站在黑岗口景观台上介绍，沿黄生态廊道建在黄河大堤上，全长13.5公里，沿途展示宋文化、黄河文化的内涵，更有生态旅游的魅力。我们看见一片片泡桐、雪松、柳树、国槐、石楠，既涵养自然生态，更是构建出水林田草湿地坑塘共生的有机整体。

河南省的考察行将结束。全程陪同的省政协文化文史委党组书记、副主任何白鸥，特意赶回开封的老宅取来两瓶当地老白干，酒瓶很精致，酒感也不错。我们一众围在宾馆房间，举杯道情，愉快度过"八一建军节"之夜。难忘今宵，难忘此行。

当年，毛主席率党中央机关转战陕北后，从川口渡黄河到华北去。当船行至中流，他望着滔滔的黄河水留下一段名言："你可以藐视一切，但不能藐视黄河。藐视黄河，就是藐视我们这个民族。"

黄河，我们祝您万古安澜。

写于 2020 年 8 月

考察甘肃永靖县黄河文化

让夜经济更火起来

——写在市政协主席会重点通报之前

2019 年 12 月 6 日，"中国十大夜经济影响力城市颁奖典礼"在青岛举行，重庆、北京、长沙、青岛、深圳、广州、济南、成都、西安、石家庄十大城市，获评"中国十大夜经济影响力城市"。

重庆以独特的魅力夺得榜首，实属不易。但我知道，重庆的夜经济仅限于夜景夜市，离真正的夜经济还有距离。

发展夜经济，是一座城市消费活力的新引擎。如何让夜经济更火起来，市政协将此议题列入 2020 年 9 月主席会议重点通报计划，由经济委牵头实施。其实，通报只是一种形式，更重要的是以此引起政府及相关部门的足够重视，助推重庆夜经济真正实现再上一个台阶。

一

山水重庆，宛若一座魔幻"不夜城"，不分季节，不限寒秋。每当夜幕降临，两江四岸，一束束斑斓的光影霓虹与传统的吊脚楼交相辉映。绚丽多姿的江景，来往络绎的人群，交通轨道车水马龙，简直美得让人沉醉。洪崖洞、江北嘴、千厮门大桥、朝天门来福士、长嘉汇、南滨路、南山一棵树等地，有着绝佳的夜景夜色。

过去外地人到重庆，晚上消遣要么上南山看夜景，要么乘船去"两江游"，要找一个值得一逛的夜市还真没有。一个城市既需要时尚、潮流、高端、前卫的现代商圈，又需要带有地域化、个性化、草根化的特色夜市。打造一批非去不可的知名夜市，成为重庆市的急迫任务。

2014 年，是重庆打造夜经济的夯基之年。

这一年的 6 月 3 日，重庆市人民政府印发《关于鼓励发展夜市经济的意见》，随后，重庆夜市经济迅速起步，得到媒体和市民的普遍关注。《以后来重庆，夜市非逛不可》、《点亮夜经济，重庆三年内建 50 条夜市街》，一则则消息，在山城的大街小巷不胫而走。

江北区报道，6 月 3 日，市商委主任一行到江北区调研夜市打造工作，先后来到"洋河大食代"餐饮街、"不夜九街"特色街、金源时代购物中心等地，研究如何打造重庆特色夜市品牌。

渝中区报道，6 月 30 日，市商委主任一行到渝中区调研夜市工作。他们从较场口夜市出发，经八一路好吃街、解放碑，到达协信星光广场，沿途边走边看边听，就解放碑商圈改造升级、较场口夜市扩建等提出了建设性的意见与建议。

随后的每年 7—9 月，以"夜重庆·潮生活"为主题的夜市文化节开始在山城火热上演，逐步形成重庆打造夜市经济的知名品牌。

重庆首届夜市文化节，于 2016 年 7 月 15 日晚在南岸区南滨路烟雨公园开幕，水木天地清凉仲夏夜、北滨饕餮漫生活、较场口夜市夜色行动派、九龙坡创意夜市文化节、永川户外啤酒节等大型活动陆续登场，直到 8 月 26 日在九龙坡区九龙滨江落下帷幕。其间，重庆市首批"市级夜市"命名授牌。

首批特色夜市 12 个：

渝中区较场口夜市
江北区不夜九街
九龙坡区南方花园夜市
万州烤鱼城
北碚区泰吉正码头滨江夜市
长寿区菩提古镇夜市
荣昌区昌州故里夜市
黔江区恒盛·伴山金街夜市
梁平县乾街夜市
武隆县夜宴商业街
酉阳县桃源水街
璧山区南门唐城夜市

首批市级创业夜市 10 个：

九龙坡区黄桷坪夜市

南岸区城南家园夜市

沙坪坝区双碑夜市

南川区名润河滨夜市

铜梁区马家湾夜市

开州区滨湖中路夜市

石柱县滨江金岸夜市

彭水县黔龙金街夜市

秀山县朝阳路夜市

万盛经开区孝子河夜市

2017 重庆夜市文化节，于 7 月 14 日晚在九龙滨江广场开幕。酷爽啤酒、跨界艺术、潮流创意、夜市美味、科技体验，为重庆市民带来与众不同的狂欢。

2018 重庆夜市文化节，于 9 月 6 日晚在南滨路烟雨公园举行颁奖典礼。据统计，此次夜市文化节有 720 多万人次参与，近 3 万商家参与促销，销售额达 63 亿元。其间，评出"最具人气夜市"奖：

不夜九街

鎏嘉码头

东原 1891

新光里

九龙滨江

水木天地

中交公园时光美食街

　　2019 重庆夜市文化节，由市商务委、市文旅委首次联合主办，8 月 2 日在沙坪坝区磁器口沙磁巷开幕。27 个城市 47 场主题活动吸引了超 670 万人次参与，实现消费 81 亿元。通过大众投票，产生了五大特色夜市街区：

　　　　最奇街区——沙坪坝区磁器口沙磁巷
　　　　最雅街区——南岸区壹华里
　　　　最潮街区——江北区大九街
　　　　最美街区——渝中区洪崖洞
　　　　最辣街区——江北区鎏嘉码头、较场口

夜市

　　夜间经济是城市发展水平和品位的缩影。近年来，重庆构建形成了"1+19+30"城市商圈发展格局，建成市级夜市街区 33 条、市级特色商业街 22 条、中华美食街 17 条、中国美食之乡 7 个、市级美食街（城）35 条，夯实了夜间经济发展基础，促进了全市夜间经济较快发展。

　　重庆的众多夜市，尤以解放碑商圈的"较场口夜市"、观音桥商圈的"大九街夜市"著名。

　　地处解放碑商圈的"较场口夜市"，聚集了近 500 家商家，其中 90% 为时尚餐饮、娱乐、休闲等非零售业态，既有重庆本土、港台风味等各类小吃、餐饮商家，也有"蜂 88"、"奇丑的猴子咖啡"等品牌餐饮娱乐商家，还聚集了大型影院 5 家，KTV、酒吧等主力商家近 50 家。依托八一路好吃街、八一路二期、得意世界、日月光中心、30 度街吧五大板块夜市集群，长约 1 公里的夜经济消费带，已成为来渝游客重要消费目的地。

地处观音桥商圈的"大九街夜市"，早已成为重庆夜经济的地标之一。每天从下午五六点开始，人群从四面八方向这条长不足千米的商业街涌来，尽享时尚餐饮、主题酒吧、休闲娱乐、美体健身、街头表演……一直到凌晨三四点离开，日均人流量约4万人次，节假日高峰则超过6万人次。九街扎堆集聚了2000多家商户，其中包括全重庆近六成酒吧，解决了2万余人的就业，年营业收入近百亿元。

二

夜经济，仅仅体现为美食、购物、夜景"老三篇"是不够的。

根据第一财经发布的"知城——夜生活指数"显示，夜间生活指数排名前10名城市依次为：深圳、上海、广州、北京、成都、重庆、东莞、西安、杭州、佛山；而阿里巴巴发布的"夜经济"报告也显示，全国夜间消费最活跃的十大城市分别为上海、北京、广州、深圳、重庆、成都、杭州、东莞、苏州、武汉。重庆的夜经济实力均没有进入中国的前三，更不用说在全球比试高低。

夕阳西下，华灯初上。从巴黎的博物馆之夜到东京的涩谷商业街，从纽约的第五大道到伦敦的"酒吧文化"，从柏林的菩提树下到新德里的"星期天市场"，从韩国的"夜猫子夜市"到曼谷的火车夜市……喧嚣的集市、旋转的木马、咖啡和美食，七彩霓裳和璀璨灯火，这才是夜幕下的繁华。

美国纽约，作为全球著称的"不夜城"，有超过 2.5 万家夜生活场所，主要是餐饮、酒吧、艺术、体育和娱乐 5 大类，其中餐饮和艺术类是纽约夜生活消费的主力。如大都会歌剧院、麦迪逊广场花园等夜间照常开放，每天都会举办各类精彩演出。纽约设立"夜间市长"及"夜生活咨询委员会"，实行 24 小时通宵地铁，确保夜生活环境。2019 年纽约市夜经济创造了 19.6 万个工作岗位和 191 亿美元的经济产出。

英国伦敦，早在 1995 年就正式将发展"夜经济"纳入城市发展战略。夜晚时分，遍布伦敦大街小巷的酒吧、音乐厅、剧院、俱乐部，成为市民结束一天忙碌工作后的首选。大小博物馆也会推出不同类型的晚间活动，如展览、讲座、对话等。市政府成立了夜间经济活动委员会，并设置一位夜间主管，11 条地铁线路中有 5 条已实现周末通宵运营。伦敦的夜经济已成为当地的第五大产业。

韩国首尔，也是一座不夜城。午夜时分，餐馆、酒吧、咖啡馆、健身房、汗蒸房、网吧、游戏厅、电影院等依旧是灯火通明，大街小巷仍然行人如织。从 2015 年起兴起的"夜猫子夜市"，每周五至周六晚间营业至 24 点，市民和游客们可以在夜市看到形形色色的移动餐车和商铺，尽情体验首尔夜生活的魅力。

日本东京，可谓"夜经济"发展的先驱，拥有涩谷、新宿、六本木、银座、池袋等商业中心，物美价廉的深夜食堂、24 小时经营的居酒屋、随处可见的酒吧夜店，灯火通明，引人入胜，其中不少实体店铺 24 小时营业。每年一度的涩谷万圣节，参与人数超过 100 万。

重庆夜间经济虽然在全国小有名气，但因业态单一，档次较低、赚人气不赚钱等问题，与国内外夜经济发达城市相比还存在一定差距。一个明显的例子是：来重庆的游客人均旅游消费还不到 500 元，比北京少 700 多元。比如网红打卡地洪崖洞，每天晚上前去玩耍的游客络绎不绝，但往往看完夜景拍完照就离开了。

重庆要打造国际消费中心城市，必然要在夜经济升级上有所作为。2019 年 11 月，市政协助推北碚区文旅商融合发展座谈会上，委员们首次提出打造"夜经济示范区"概念。大家提出，夜经济必须植入科技文化的元素，要在展览节会、影视演艺、科普体验、运动健身、休闲娱乐"新五篇"上做足文章，为市民和游客提供差异化的丰富消费场景，供给老少咸宜、中西合璧的消费产品。

由此，2020 年市政协主席会议重点通报"全市夜经济"的议题应运而生。

三

市政府及主管部门获悉市政协协商通报计划后，积极支持，闻风而动，陆续制定出台相关措施，丰富夜经济内涵，拓展夜经济外延，力争给人民政协一个满意的通报答卷。重庆夜间经济开启新一轮提档升级。

7 月 1 日—17 日，市商务委联合支付宝开展"重庆 717 生活狂欢节"，在观音桥好吃街、石桥铺好吃街举行夜市活动。两条好吃街夜晚灯火通明、人头攒动，有 300 多个商家参与活动，点燃了市民的消费热情。

7 月 20 日，在征求各方意见后，重庆市发布《关于加快夜间经济发展促进消费增长的意见》（以下简称《意见》），着力打造"重庆味、国际范"的"不夜城"。

《意见》提出，到 2025 年，基本形成布局合理、业态多元、功能完善、特色鲜明、管理规范、区域协调发展、商旅文体深度融合的"1+10+N"夜间经济发展格局。其中，"1"指依托"两江四岸"核心区基本建成全市夜间经济核心区；"10"指在"一区两群"成功创建 10 个高品质夜间经济示范区；"N"指在各区县建成夜间经济集聚区。

《意见》提出，加强夜间经济规划布局；建设多元化夜间消费场所。依托山城、江城、历史文化名城等优势，积极打造山城夜色、魅力桥都、云端经济等"不夜重庆"地标；培育丰富夜生活业态。着力培育"五夜"（夜味、夜养、夜赏、夜玩、夜购）夜生活业态，满足游客、市民消费需求；打造夜间消费品牌。重点打造"不夜重庆生活节"；完善夜间经济功能配套。重点从景观打造、公共设施配备、交通接驳、货币兑付等方面予以配套，完善服务功能。

7 月 31 日，由"夜市文化节"升级更名的"不夜重庆生活节"开幕。媒体报道，当晚 8 点 20 分，一段 3D 全息投影开场秀，拉开了"2020 不夜重庆生活节"序幕。江北区、南岸区、永川区、开州区、黔江区和北碚区 6 个分会场，同步启动。8 月—10 月，150 多场特色主题活动持续在各区县开展，覆盖"夜味、夜养、夜赏、夜玩、夜购"消费业态。

重庆夜经济的升级版开始显现成效。

媒体报道，曾在解放碑步行街驻守 20 多年的千叶眼镜店已改造成为千叶美术馆，让商业运营空间变得文艺又时尚。栩栩如生的人像雕塑、高耸的发光板、艺术范儿的三轮车……每一样都让游人感觉别具一格、耳目一新。"真没想到，一家眼镜店还这么有艺术范儿。"观者无不感慨。

重庆来福士水晶连廊探索舱·观景台正式开放。连廊内，110 多棵乔木构成一片空中热带雨林，游客可在 5 个 5D 体感火星主题展区开启"火星之旅"，探索未来；还可在 250 米高空从不同方位俯瞰两江四岸，在悬挑透明玻璃地板上感受高空漫步的惊险与刺激。

南岸区金辉铜元道数字夜市街区开市。尖椒鸡店铺门口，市民排队吃江湖菜；几米外的广场上，小孩们耍玩具飞镖……由于添加了互联网大数据等数字化元素，现场人气更旺，商家生意更好。

万事俱备，只待东风。9 月下旬，市政协五届三十八次主席会议召开，相信市政府关于全市夜经济发展情况通报一定会得到政协委员们的首肯。

我们祝福，重庆夜经济更加火起来！

写于 2020 年 8 月底

不夜九街

不夜两江

见证奇迹

——重庆市脱贫攻坚亲历记

2021 年 4 月 15 日，重庆市脱贫攻坚总结表彰大会在人民大厦隆重召开。

重庆是唯一的承担着繁重的脱贫攻坚任务的中央直辖市。20 余年弹指挥间，年轻的直辖市终于迎来脱贫攻坚的胜利，创造了继百万移民之后又一个彪炳史册的奇迹！此时此刻，作为一名亲历者，我百感交集，脑海里中不断浮现出一个个难忘的瞬间。

一

1997 年 6 月，重庆市直辖，所辖 40 个区县（市）。

摆在这座年轻直辖市面前的有两大世界级难题：一是三峡库区所属 21 个区县上百万人的移民；二是 18 个区县 366 万贫困农民的脱贫。这 18 个贫困区县，除了潼南，其余都来自老四川的"两市（万县市、涪陵市）一地（黔江地区）"。数量最多的是我曾经工作过的万县市，包括万州区（此前为县级万县市、万县）以及云阳、开县、奉节、巫山、巫溪、城口、忠县8个区县，唯有梁平未进入贫困县行列；占比最全的是黔江地区，黔江、石柱、彭水、酉阳、秀山5区县一个不落；剩下涪陵（此前为县级市）、南川、丰都、武隆4县市属于涪陵市。

重庆市的扶贫工作，早在直辖前就开始布局了。1996年重庆代管"两市一地"期间，重庆市新设立扶贫开发办公室，时任万县市委常委、常务副市长的莫官元成为首任主任，遗憾的是，两年后他因病去世。他在扶贫战线工作时间虽然不长，但贫困区县的干部群众是不会忘记他的。

重庆一接手脱贫攻坚工作，就全力以赴频频出招，"集团式"扶贫就是一大亮点。由市级部委主要负责人担任团长，以归口管理的局办、大型企业为成员，动员了市属240个部门与单位组成18个扶贫集团，采取"一对一"方式，对口帮扶全市18个贫困区县。

直辖之初，我工作的市林业局参与市科委牵头的南川市扶贫集团。市林业局派出干部分别出任南川市副市长、南川林业局副局长、水江镇副镇长等，协助当地开展脱贫攻坚工作。我们本着"绿山富民活行业"的理念，深入南川山山水水，为金佛山、楠竹山等森林公园的开发，为山王坪等林场的发展，为陡坡地农户的退耕还林竭尽全力。今日南川的青山绿水，有林业人的一份贡献。

直辖10年后，重庆市的扶贫方式有了新的变化，每个部门都要对口帮扶一个贫困乡镇。我工作的市商委（市粮食局），既是丰都县扶贫集团的牵头单位，又是丰都县高家镇、栗子乡的帮扶责任单位。市商委一方面先后派出 4 位处级干部到丰都县委、县政府挂职分管扶贫工作，另一方面全力以赴为丰都脱贫攻坚献计出力。

2012 年，丰都县扶贫办对外公布了市商委（市粮食局）当年帮扶工作的成绩单：

投入 195 万元，发放新型储粮装具 5000 套，建设乡镇规范化农贸市场 2 个、再生资源分拣中心 2 个、网点建设 90 个；

投入 30 万元，修缮校舍 2 所、整治贫困村道路 3 千米；

投入 64 万元，开展农商对接、会展活动，支持生猪屠宰监管、目标管理、商务执法；

引进扶贫项目 1 个，落实到位资金 300 万元；

资助贫困学生 31 人，举办技术培训班 13 期 778 人次，发放节日慰问金 25.7 万元。

2014 年，扶贫工作进入攻坚战。市商委扶贫集团的 22 家成员单位转战到涪陵区，帮扶对象由重点贫困乡镇延伸到重点贫困村，其中市商委负责马武镇白果村，机关周波处长挂职涪陵区区长助理，协调相关工作。

2015 年，涪陵第一个退出市级贫困县，同时退出的还有潼南。

2016 年，忠县、南川退出市级重点贫困县；万州、黔江、武隆、丰都、秀山退出国家重点贫困县。

2017 年，开州、云阳、巫山退出国家重点贫困县。

2018 年，石柱、奉节退出国家重点贫困县。

2020 年，城口、巫溪、酉阳、彭水 4 县最后一批退出国家重点贫困县。

至此，重庆市贫困区县全部实现脱贫摘帽。

二

城口县，是重庆唯一的革命老区，更是重庆脱贫难度最大的国家级贫困县之一。

20 世纪 80 年代，有四川驻万县记者偶然走进地处深山的仓房村。那里山高坡陡，没有公路，尽管离县城只有 7 公里，但村民们很少有人去过县城。进城的人都得提前准备两支长长的松油火把，三更出门点一支，途中藏一支返回时再用。村民很穷，人均年收入只有几百元。尤其让记者惊诧的是，走访的村民大都神情呆滞，根本无法交谈，完全像个"愚人村"。记者出来后写了一篇报道，"愚人村"的故事不胫而走。

2017 年，我们特意回访当年的"愚人村"。五月的暖阳，投向我们迟到的身影。穿过一个小隧洞，进入仓房村地界，弯弯曲曲的沿河将仓房村一分为二。为连接两岸，跨度 53 米的寨家湾大桥刚刚建成通车，一些工人还在桥上桥下忙碌着收尾。乡党委书记告诉我们，县里把修路作为扶贫攻坚的"硬骨头"来啃，新建村社公路已经通到八成村落。

越野车行进在崎岖狭窄的村道上，没有哪一处弯道是一手盘子转过去的。来到半山腰的一处新建移民安置点，我们走访贫困户，召开坝坝会。村支书讲，通过种药材、育树苗、养山地鸡，全村人均收入接近6000元。目前只剩10户农户还没有脱贫，其中8户为因病致贫。

摆脱贫困的农民，自然有了新的梦想。万国强，50岁出头还是老光棍，两兄弟相依为命，一年出栏几头肥猪，家境一转好就有了成家的念想。朱天明，中年汉子，打工致残回到家乡养蜂育苗，他期盼政府早点把通往每一个村民小组的公路修通，让家家户户脱贫致富有"路"。

巴山镇，位于城口北部，过去是五个乡的所在地，出了名的穷乡僻壤。我们来到巴山湖畔的坪上村，一下车，湿润清新的空气迎面扑来，天空白云缭绕，湛蓝深邃。公路边，坐落着十几栋红灰相间的仿古式楼房，全是农户自建的。

走进脱贫户王春军家，他的家属热情地招呼我们，脸上洋溢着幸福与自信。她家原来在山上居住，家庭收入主要靠丈夫外出打工，后来享受政府高山移民政策下山建了这栋房子，腾出四间客房办起农家乐，不久便可开张营业。去年刚脱贫的杜昌国，50岁出头，不善言辞的表情显得更加憨厚。前些年老母亲生病，两个娃又要读书，家境陷入贫困。如今大娃毕业参加了工作，自己卖豆腐、办农家乐，日子越来越好。村支书老曾介绍，全村原有45户190人建档立卡贫困户，目前只剩下3户11人，年底都有望脱贫。

我们住宿在"曾家院子"，这是曾支书带头开办的一家农家乐。晚餐的主菜是一盆鱼，土法烹调，酥嫩细腻，味道极好，我们当即建议取名为"巴山鱼"，作为当地旅游的特色菜肴。饭后的座谈会上，村干部畅谈巩固脱贫成果的措施，话题主要围绕巴山湖，以"鱼"为题，做"鱼"文章，打造风情街，唱足"垂钓"戏。你一言，我一语，他们畅想的是坪上村的希望，而我们感受到的是基层干部的力量。

红花乡，位于城口东南部，曾是有名的贫困乡，现并入厚坪乡。在熊竹村的一处农家大院，我们逐户走访精准扶贫情况。村主任陈代银，是高山移民搬迁户，这几年饲养商品猪带头致富了。贫困户张增清家，也靠养猪脱贫了；贫困户张增平独自在外打工，其住房破败不堪，村里已联系本人拟帮他改造危房；贫困户方德祥，家属患有严重的糖尿病，儿子残疾，他家靠乡政府送来的母猪，一年产的猪仔就卖了近 50 头。

听说我们来走访，四周百姓自发地簇拥在院坝中，看上去一个个精神面貌都很好。村支书老李介绍，全村 202 户 658 人，其中外出务工 200 多人，每年务工收入 500 万元左右。在家村民从事养殖业为主，生猪、牛羊、中蜂、山地鸡都有，他们唱着"山"歌迈向了致富路。

城口的走访，让我们深深感受到全市上下扶贫工作的成效。我们祝福城口，祝福城口在脱贫攻坚与乡村振兴的征途上再创佳绩。

三

云阳县泥溪镇，是市政协办公厅扶贫集团帮扶的深度贫困乡镇之一。

脱贫攻坚战打响以来，山乡巨变，硕果累累，泥溪镇成功实现了7个贫困村整村脱贫，474户建档立卡贫困户1766人全部稳定脱贫，贫困发生率由12.5%降至零。在全国脱贫攻坚总结表彰大会上，泥溪镇获评"全国脱贫攻坚先进集体"荣誉称号。

泥溪镇的蜕变，正是重庆全力实施脱贫攻坚战的缩影。

据《重庆政协报》报道：

> 2020年，市政协办公厅扶贫集团面对"大战"、"大考"，毫不退缩，攻坚克难。全年组织协调各成员单位深入云阳调研指导302人次，落实帮扶资金3530万元，协调落实项目资金2100万元，落实消费扶贫资金1020万元。其中，重点助推创建重庆师范大学云阳教育研究院（重师二级学院）、S507龙耀路升级改造、泥溪集镇排危改造、黑木耳和菊花等优质农产品对外出口、提前实施泥溪镇新的对口帮扶等5个项目。

在脱贫攻坚中，市政协扶贫集团的干部们因势利导，鼓励泥溪镇果断选择"黑色"作为主导产业，引导村民大面积种植黑木耳和香菇。

泥溪镇境内林木茂盛，其中生长着大量的青冈树。这种青冈锯成椴木搞种植，种出来的黑木耳口感爽脆、营养价值高。以青冈木的木屑培植的香菇，香气格外浓郁，是地道的山珍。然而，由于长期家庭式生产，技术粗放，全镇的木耳年产量很低，仅仅满足自给自足。

2017 年下半年，党委政府在桐林社区进行试点，引入专业合作社，引导村民入股规模种植黑木耳。到了2018 年，全镇有 350 多户农户参加了合作社，其中贫困户 30 户，种植黑木耳 20 万段，实现年产值 500 万元左右，入股农户每户首次分红 800 多元。此外，有 80 多名贫困户在合作社务工，户均增收 4500 元。

泥溪的扶贫，牵动着市政协主席班子成员们的赤诚之心。我第一次去泥溪，是 2019 年的秋天，正值天高气爽、木耳香菇丰收的季节。走进群山环抱、层林尽染、薄雾袅袅的山村，四处可见青冈段木林立。经过一夏的阳光孕育和当地特有的山水滋养，段木上的黑木耳如一只只小精灵，一茬茬地冒出来了，密密麻麻，甚是喜人。香菇棚内，一朵朵大小各异的香菇，簇拥着一袋袋菌棒，在村民们的笑脸映衬下竞相绽放。

食用菌产量起来了，销售是成败的关键，千万不能再走农产品"多了多，少了少"周期性波动的尴尬老路。我们及时建议，进一步落实帮扶责任，着重培育泥溪山珍品牌，尽快建立电商平台，积极拓展订购渠道，开设高端社区直销专卖店，让泥溪的农产品走得更远。

思路决定出路，泥溪大做"吃喝"这篇文章。他们在农耕故土园举办"赶年节"，帮助贫困农户销售农产品；利用市扶贫办的"网上村庄"电商平台，帮助扶贫集团成员单位的食堂与泥溪建立长期购销合作机制……泥溪农特产品的"后顾之忧"迎刃而解。

小木耳变成大产业。如今的泥溪，已建成 10 个黑木耳产业园区，规模达到 80 万段，实现产值 1000 多万元。香菇基地发展到 42 个大棚，年产香菇 30 万斤。全镇建成完善了物流配送体系，泥溪的黑木耳、香菇、菊花等农特产品已经走向全国。

"忽如一夜春风来，千树万树梨花开。"

在我们的见证下，重庆脱贫攻坚的奇迹，正一步一步地在巴渝大地延伸……

写于 2021 年 4 月